KAREN BOOTH

Ce play-boy interdit

Traduction française de
MORGANE FROGERE

PASSIONS

HARLEQUIN

Collection : PASSIONS

Titre original :
THE PROBLEM WITH PLAYBOYS

HARPERCOLLINS FRANCE
83-85, boulevard Vincent-Auriol, 75646 PARIS CEDEX 13
Service Lectrices — Tél. : 01 45 82 47 47 - www.harlequin.fr
ISBN 978-2-2804-8059-8 — ISSN 1950-2761

Composé et édité par HarperCollins France.
Imprimé en décembre 2022 par CPI Black Print (Barcelone)
en utilisant 100% d'électricité renouvelable.
Dépôt légal : janvier 2023.

FSC
www.fsc.org
MIXTE
Papier issu de
sources responsables
FSC® C159065

Pour limiter l'empreinte environnementale de ses livres, HarperCollins France s'engage à n'utiliser que du papier fabriqué à partir de bois provenant de forêts gérées durablement et de manière responsable.

- 1 -

Chloe Burnett était une pointure dans le domaine des relations publiques et de la gestion de crise. Elle était née pour ça.

— Madame Burnett, trois petites choses avant que vous partiez, déclara son assistant, Forrest Mack, en passant la tête par la porte de son bureau.

Forrest était incroyablement grand et large. Les gens le prenaient souvent pour un athlète professionnel, mais c'était plutôt un adorable nounours maître d'échecs.

Chloe s'adossa au dossier de sa chaise et regarda le plafond.

— « Avant que je parte » ! Pouah. Pourquoi est-ce que ma mère me fait subir ça ?

Forrest prit la question comme une invitation, et entra aussitôt dans la pièce pour redresser la pile de documents sur le bureau.

— Je ne sais pas. Elle semble être une femme charmante, mais j'imagine qu'elle peut se montrer assez exigeante.

Exigeante était bien loin de décrire cette femme. La vie d'Eliza Burnett était un long feuilleton mélodramatique dans lequel elle jouait le rôle de la riche matriarche malheureuse en amour, tandis que Chloe était l'inébranlable progéniture dédiée au travail dont elle pouvait tout obtenir par le chantage affectif… y compris de faire l'aller-retour jusqu'à Long Island un vendredi après-midi, juste parce que sa mère ne supportait pas de se retrouver face à son futur ex-mari, et qu'elle ne lui faisait pas confiance pour qu'il lui envoie le reste de ses affaires par la poste.

— Elle va vraiment m'en devoir une après ça.

Forrest hocha la tête en silence, sous-entendant qu'elle répétait cela à chaque fois.

— Les trois choses ?

— Oui. Allez-y, répondit Chloe en fermant son portable pour le ranger dans l'élégante sacoche Prada en cuir de couleur aubergine.

— L'attaché de presse de Thomas Henley aimerait déplacer votre entretien à mardi 8 h 30 au lieu de lundi à 9 heures. Nous avons aussi reçu les images des caméras de sécurité de Dakota Ladd. C'est sans conteste du vol à l'étalage, mais vous devriez regarder par vous-même.

Chloe inspira profondément par le nez et se leva.

— Le déplacement du rendez-vous me va, tant que ça rentre dans mon emploi du temps. Pour Dakota, arrangez un appel téléphonique avec son manager. Je pense qu'il faudrait qu'elle retourne trente jours en cure de désintoxication. Ça ne changera peut-être pas grand-chose, mais ça donnera au moins l'impression qu'elle essaye de s'en sortir.

— C'est noté.

— Et la troisième chose ? demanda Chloe en s'arrêtant devant lui.

— Liam est en bas, et un latte au lait de coco et à la cannelle vous attend sur la banquette arrière.

— Merci, dit Chloe en souriant à son incroyable

assistant. J'ai une sortie de prévue en rentrant, après cette petite course, donc pas besoin de m'attendre au bureau. Passez un bon week-end.

— Vous aussi, madame Burnett.

Chloe traversa son bureau, adressant au passage des petits signes de tête à ses employés. Son équipe était composée de trente-deux personnes, et comme le monde des affaires et du divertissement ne manquait jamais de crises, son entreprise, Burnett PR, s'agrandissait de jour en jour. Si tout se passait comme prévu, elle travaillerait comme une dingue jusqu'à ses cinquante ans, puis vendrait l'entreprise et se retirerait sur une plage quelque part dans le monde. La gestion de crise n'était pas son idéal, mais elle était incroyablement douée pour résoudre les problèmes. Tellement douée qu'elle réclamait le prix fort.

Chloe pressa le bouton de l'ascenseur et se rendit au parking, où l'attendait son chauffeur Liam. En la voyant, il ouvrit aussitôt la portière du SUV noir. Elle monta à l'intérieur et sourit de bonheur en voyant le café qui l'attendait dans le porte-gobelet à côté d'une bouteille d'eau froide. Forrest était un ange.

Elle s'installa et se remit au travail en passant des appels, envoyant des e-mails et visionnant la caméra de surveillance redoutée grâce au Wifi mobile de la voiture. Dakota était actrice à Hollywood depuis ses cinq ans, ce qui avait causé un certain nombre de dégâts dans sa personnalité. Elle s'adonnait à toutes sortes de comportements répréhensibles, mais le vol à l'étalage était le problème le plus persistant. L'opinion publique avait du mal à comprendre que quelqu'un, payé sept millions pour un film, puisse voler des boucles d'oreilles à dix dollars dans un centre commercial. Sans être psychologue, Chloe devinait que tous ces comportements étaient des appels au secours, mais la jeune actrice rejetait systématiquement les suggestions de Chloe quand elle lui conseillait de se trouver un passe-temps moins gênant, comme par exemple la méditation ou le tricot.

Son téléphone bourdonna, annonçant l'arrivée d'un SMS de la part d'une de ses meilleures amies, Taylor Hayes. Taylor et Chloe, ainsi qu'Alexandra Gold, étaient meilleures amies depuis le collège – l'École privée Baldwell pour Filles. Elles y avaient passé six ans à se confier, faire les quatre cents coups et tisser une incroyable amitié. Malgré les douze ans qui s'étaient écoulés depuis l'obtention de leurs diplômes, elles étaient restées inséparables. Le fait de venir du même milieu social – vieilles familles fortunées – les aidait à mieux se comprendre, et comme elles vivaient toutes les trois à Manhattan, elles se fréquentaient régulièrement.

Je n'arrive pas à croire que tu ne m'aies rien dit sur Petit Carnet Noir.

Il y avait également un lien vers un compte sur les réseaux sociaux.

Ça faisait partie du métier de Chloe d'être informée de tout ce qui se passait sur Internet. Être au sommet du jeu des relations publiques signifiait être constamment dans la boucle. Pourtant, là, elle ignorait de quoi il s'agissait, et n'avait même jamais entendu ce nom. Chloe se dit que ça devait être sans importance, sinon elle aurait été au courant.

Vraiment ? Tout le monde en parle ?

Intriguée, elle étudia le compte. La photo de profil était simple : deux lettres à la feuille d'or sur fond noir : SA. La biographie était courte et cryptique.

J'aurais pu provoquer un scandale, mais j'étais caché à la vue de tous. À présent c'est mon tour de répandre les secrets. Tous, jusqu'au dernier, seront révélés.

Le nombre d'abonnés attira alors son attention : presque un million ! C'était drôlement élevé pour un simple message, surtout quand aucun nom célèbre n'y était attaché. De quoi s'agissait-il ? Un coup de pub ? Le message ne donnait aucune indication. Les lettres dorées provenaient de la couverture en cuir noir d'un vieux carnet aux coins usés. Un objet probablement ancien et de qualité. Tout cela paraissait si inoffensif. Elle lut alors la légende : *« Si vous évoluez dans un milieu riche et puissant, je vous conseille d'être sur vos gardes. @PetitCarnetNoir a probablement des ragots sur vous. Et si ce n'est pas le cas, j'en trouverai. »*

Un frisson la parcourut. Qui était derrière cela ? Et que signifiaient ces initiales « SA » ? Chloe était intriguée, mais également inquiète. Les secrets de quelqu'un allaient manifestement être bientôt révélés au grand jour, se dit-elle sans pouvoir s'empêcher de compatir. Son métier consistait justement à réconforter ses clients, les aider à surmonter cette épreuve et aller de l'avant. D'un autre côté, ce genre de déballage pouvait signifier d'éventuels nouveaux clients.

Intéressant. Merci pour ce lien.

Trois points apparurent immédiatement, signifiant que Taylor tapait une réponse.

On va toujours boire un verre ce soir ?

Et comment ! Je me rends chez le futur ex-mari de ma mère à Long Island pour récupérer ses affaires.

Ça fait quatre heures aller-retour ! Elle ne peut pas payer quelqu'un pour le faire ?

C'est mon devoir de fille.

Oh je vois. Tu vas croiser ton beau-frère ?

Son beau-frère, Parker Sullivan, était un arrogant agent sportif avec un carnet de clients bien fourni, un gros compte en banque, et le physique d'une star de cinéma : la panoplie du play-boy. Ils ne s'étaient jamais rencontrés car le mariage de sa mère et du père de Parker avait été très court. Cependant Chloe l'avait pas mal espionné en ligne, et avait parcouru ses photos. Honnêtement, l'homme était incroyablement agréable à regarder. Elle répondit à Taylor :

Je crois.

Bonne chance. Appelle-moi quand tu auras fini. J'ai vraiment besoin d'un verre !

Compte sur moi.

Elle décida alors d'envoyer un SMS à Parker pour l'informer de son arrivée. Elle tenait son numéro de l'avocate chargée du divorce de sa mère, mais ne lui avait encore jamais parlé.

Bonjour Parker, c'est Chloe. Je serai chez ton père dans un peu plus d'une heure. Ça serait parfait si tu pouvais préparer les affaires de ma mère pour qu'on en finisse aussi vite que possible.

Bien sûr, sœurette.

Chloe plissa les yeux sur son téléphone et tapa rapidement une réponse.

Je ne suis pas ta sœur.

Pardon. Demi-sœur.

Chloe ne l'avait encore jamais rencontré, mais son opinion était déjà toute faite. Encore un riche beau gosse insupportable qui n'avait rien à perdre.

Pas pour longtemps. Le divorce sera bientôt prononcé.

Mais pas encore.

Quel abruti.

Visiblement, tout ce qu'elle avait entendu à son sujet était vrai. Elle ne préférait même pas penser à ce qu'allait être ce face-à-face. Sachant qu'elle avait une faiblesse avérée pour les hommes arrogants, elle entendait déjà Taylor et Alexandra la conseiller de rester loin de lui.

Une heure plus tard, ils atteignirent l'enclave ultra luxueuse de Sagaponack. Chloe était déjà venue à plusieurs reprises dans cette partie de Long Island, surtout durant les vacances d'été. Si elle n'était pas impressionnée par les kilomètres de pelouse immaculée, les vastes propriétés et les immenses demeures, c'était parce qu'elle-même avait grandi dans cette opulence. Ce n'était pas qu'elle n'appréciait pas cette richesse – au contraire – mais elle était consciente que le vernis cachait parfois bien des choses. Toutes ces familles avaient en point commun les secrets et les trahisons et, pour celles qui avaient de la chance, l'amour et la bienveillance. Mais l'argent compliquait toujours tout, et les gens qui vivaient ici en avaient à ne plus savoir quoi en faire.

Liam s'arrêta devant un portail en fer forgé, entra le mot de passe temporaire qui leur avait été communiqué et s'avança sur l'allée de pierres. Des deux côtés se trouvaient des haies bien entretenues et des étendues d'herbe verte à perte de vue et, devant, le manoir de George Sullivan, le père de Parker. Des générations de Sullivan avaient vécu ici, tous financiers et banquiers. Chloe appréciait que Parker se soit libéré de ce moule et qu'il ait choisi une carrière différente. Un bon point pour lui.

Liam arrêta la voiture devant la magnifique entrée avec ses larges marches en pierre et ses imposantes doubles portes. Il se précipita pour faire le tour du véhicule et ouvrit la portière de Chloe. Elle sortit ses jambes et prit la main de Liam mais, n'étant pas très grande, elle dut se laisser tomber et, ce faisant, sa jupe remonta un peu plus qu'elle ne l'aurait voulu. Ses pieds atterrirent sur l'allée rocheuse et ses talons vacillèrent sur la surface inégale. Elle réajusta rapidement ses vêtements, puis leva les yeux et vit que Parker se tenait dans l'encadrement de la porte. Avec ses cheveux bruns, ses traits sculptés et ses yeux bleu-gris pénétrants, il était encore plus impressionnant en chair et en os. Mais ce fut son petit sourire narquois qui la frappa. Il avait visiblement vu toute la scène et en avait apprécié chaque seconde.

Parker n'avait pas prévu d'en avoir autant durant leur première rencontre. La vue des cuisses crémeuses de Chloe était très certainement la raison pour laquelle ses reins s'étaient échauffés. La cerise sur le gâteau avait été quand elle s'était penchée pour arranger sa jupe. Elle n'était pas plantureuse, mais tout de même parfaite et de la taille idéale pour ses mains. Pour couronner le tout, la regarder marcher vers la porte était un véritable enchantement, entre le balancement de ses hanches dans cette jupe moulante, et ses jambes souples mises en valeur par des talons vertigineux et criminellement excitants. Il avait déjà vu des photos de Chloe, toutes montrant un très joli visage avec de grands yeux marron et des cheveux roux abondants. Mais la version visuelle lui fit l'effet d'une bombe. C'était comme si elle avait été téléchargé d'un de ses fantasmes.

— Tu dois être Parker.

Elle monta les marches telle une déesse, mais il devina au ton de sa voix qu'elle était comme toutes les filles fortunées qu'il avait rencontrées – légèrement coincée et ne demandant qu'à s'ouvrir. Il adorait ce défi. Il ne vivait que pour ça.

— Et tu dois être Chloe.

Il tendit la main, et ils restèrent ainsi un moment, paume contre paume et se regardant dans les yeux. Le courant électrique entre eux fut immédiat et quelque peu déroutant. Parker avait déjà ressenti de l'alchimie avec une femme, mais jamais avec une ancienne demi-sœur.

— Tu m'apportes les affaires de ma mère ou je dois entrer ?

— Droit au but, hein ?

— Oui. J'ai rendez-vous avec une amie en rentrant et je ne veux pas être en retard.

Parker recula et l'invita à entrer d'un grand geste de la main.

— C'est tellement dommage. On devrait quand même apprendre à mieux se connaître. Mon père a tout de même été marié à ta mère.

— Durant un peu moins de huit mois, déclara Chloe

en entrant. Une erreur passagère dans le parcours de ma mère, désolée de te le dire.

— Je comprends. Les mariages de mon père sont de plus en plus courts. Bientôt il demandera à son avocat de remplir les papiers du divorce durant la cérémonie de mariage. Mais il tient toujours autant à se marier. Je ne comprends pas. Pourquoi s'embêter ?

Chloe lui lança un regard agréablement surpris.

— C'est exactement ce que je n'arrête pas de demander à ma mère. Pourquoi s'empêtrer dans la vie de quelqu'un ? Couchez ensemble, prenez du bon temps et partez en vacances. Ce n'est quand même pas si dur de ne pas s'engager, non ?

Si seulement elle savait combien elle l'excitait à présent.

— J'approuve à cent pour cent.

Chloe lança un regard circulaire dans la pièce avant de s'attarder sur une boîte posée sur l'une des chaises antiques tapissée, près d'une commode surmontée d'un plateau en marbre appartenant à la famille Parker depuis des générations.

— C'est tout ce qu'il y a ?

— C'est tout.

— Non ! Ce n'est pas possible.

— C'est tout ce qu'il y a. Une photo encadrée de toi, quelques flacons de parfum et des bijoux. Mon père adore acheter des bijoux aux femmes. C'est d'un niais.

Les épaules de Chloe s'affaissèrent légèrement et elle secoua la tête.

— J'adore qu'elle m'ait fait faire tout ce trajet pour une simple boîte qui aurait pu être envoyée par la poste.

— Si ça peut te consoler, mon père a fait la même

chose avec moi. Il ne faisait pas assez confiance à son personnel et ne voulait pas le faire lui-même.

Chloe se retourna et lui sourit. Il en eut le souffle coupé.

— Ça me réconforte de savoir que je ne suis pas la seule dans ce cas.

— Bienvenue dans la galère. Nous marchons au chantage affectif parental, avons d'énormes fonds de placement, autant de bourbons qu'on puisse en rêver et, avec un peu de chance, un gros héritage au final.

Un rire silencieux secoua Chloe.

— Bien vu. Et quelle vivacité d'esprit. Pas étonnant que tu aies la réputation d'être un âpre négociateur.

Gêné, Parker enfonça ses mains dans ses poches et baissa le regard.

— Je fais au mieux dans l'intérêt de mes clients. C'est tout.

— Tu viens de signer avec Marcus Grant, n'est-ce pas ?

Parker fut intrigué qu'elle connaisse un détail pareil.

— Tu suis le sport ?

— Pas le foot. Je suis plutôt basket. Mais je connais plein d'anciens élèves du lycée que Marcus a fréquenté. Ce n'est pas loin de l'endroit où je suis allée, et je suis l'actualité de très près.

— Je vois. Eh bien, je suis content de savoir qu'on parle de Marcus.

— C'est une étoile montante : gros contrat d'embauche, bonus à la signature encore plus important et plusieurs millions de dollars de sponsors.

Son attirance pour Chloe ne cessait de croître.

— Waouh. Tu vas au fond des choses, toi.

Elle haussa les épaules.

— Je ne sais jamais quand un nouveau client peut

frapper à ma porte. Les athlètes se mettent souvent dans le pétrin.

Parker secoua la tête avec conviction. Il se sentait farouchement protecteur de son plus gros client.

— Sûrement pas Marcus. Ce gamin est aussi propre qu'un sou neuf. Il travaille comme une bête, ne va jamais en boîte de nuit et fréquente l'église le dimanche. Il ne boit pas, ne prend pas de drogue, et ne fait aucune de ces choses que font habituellement tes clients.

Chloe fronça les sourcils et croisa les bras. Dans le monde du langage corporel, elle se coupait de lui. Mais il oublia d'y prêter attention car ses yeux étaient attirés par le doux renflement de ses seins.

— Certains de mes clients sont innocents des choses que les tabloïds ou la presse les accusent. Et quand bien même certaines sont vraies, ils ne sont pas des saints. Être une célébrité peut être très stressante. Le monde entier les observe constamment. C'est impossible de ne jamais faire de faux pas.

— Pas en ce qui concerne Marcus. Il n'y a pas plus sérieux que lui, et il bénéficie de son immense talent.

— Dont tu bénéficies tout autant.

Parker haussa les épaules.

— Évidemment : je suis son agent. Mais tu sais, même si mon client n'était pas aussi collet monté, je ne comprendrais toujours pas cette obsession d'avoir une réputation parfaite. Est-ce si important de faire quelque chose de mal ? Il suffit de ne pas en faire toute une histoire, et tout le monde fera pareil.

— C'est pas toujours vrai. Une réputation est extrêmement importante. Ça peut avoir un impact sur la profession, les revenus et la famille. Ça peut même faire un cauchemar de ta vie amoureuse. C'est essentiel de limiter les dégâts.

— Je ne vois toujours pas l'intérêt, dit-il, pas du tout convaincu.

Frustrée, Chloe laissa échapper un grognement que Parker trouva incroyablement séduisant. Il se demanda l'effet que ça ferait d'étouffer ce son par un baiser, fondre sur sa bouche et lui faire oublier la raison de sa colère. Ou mieux encore, la diriger contre lui dans un lit.

— Tu es en train de parler de ma profession. Est-ce que j'insulte ta carrière ?

— Qu'y a-t-il à critiquer dans le fait d'être agent sportif ? C'est un travail tout à fait légitime qui existe depuis des dizaines d'années.

— Je t'assure que mon métier est tout à fait honnête.

— Je n'ai pas dit le contraire. Si tu arrives à convaincre les gens de te payer pour ce que tu fais, tant mieux pour toi.

Chloe s'avança vers la boîte et la souleva.

— J'y vais.

— Attends, je vais t'aider, déclara Parker en essayant de la lui prendre des mains.

Chloe se détourna de façon à éloigner la boîte, laissant derrière elle les effluves de son parfum enivrant.

— Ça ira. Je peux la porter toute seule.

Parker ne voulait pas se battre avec elle. Il savait qu'il l'avait vexée, mais il s'était simplement montré honnête. Il n'allait quand même pas lui mentir pour lui faire plaisir.

— Comme tu veux.

Elle s'avança vers la porte, mais prit rapidement conscience qu'elle ne pourrait pas faire une sortie gracieuse en tenant la boîte. Parker se dépêcha de lui ouvrir. Son torse effleura son épaule et une autre onde de choc le parcourut. Il adorait l'avoir mise en colère, mais l'attirance était toujours présente. C'était le problème d'une attraction aussi forte. Le bois d'allumage n'attendait qu'une flamme pour prendre feu.

— Au revoir, Parker, dit-elle sèchement.

— Au revoir, Chloe. C'était sympa de te rencontrer. J'espère qu'on se reverra bientôt.

— Mais bien sûr.

Puis, sans le moindre regard, elle se dépêcha de descendre les marches tandis que son chauffeur se précipitait pour lui prendre la boîte des mains.

Parker resta dans l'encadrement de la porte, et regarda Chloe monter dans sa voiture. Il ne s'était pas attendu à ce qu'elle lui fasse un effet pareil. Dans un sens, c'était une bonne chose qu'ils ne se soient pas rencontrés avant le divorce de leurs parents, sinon ils auraient dû lutter contre leur attirance, même si elle était sa demi-sœur uniquement sur papier.

Quand la voiture de Chloe s'éloigna, Parker referma la porte et alla se préparer à boire. Il venait juste de laisser tomber les glaçons dans son verre quand il reçut un SMS. Était-ce de Chloe ? L'idée le remplit d'un sentiment de satisfaction. Il sortit son téléphone de sa poche.

Le message n'était pas de Chloe, mais de Marcus.

On a un problème.

- 2 -

Chloe bouillonna intérieurement durant les deux heures du trajet de retour. Le travail ne réussit même pas à la calmer, ce qui en disait long sur son agitation : Parker l'avait complètement perturbée. Rien ni personne ne pouvait jamais la détourner de son travail. Mais lui, si.

Parker était comme tous les hommes séduisants qu'elle avait rencontrés – une source inébranlable de confiance débridée qui ne servait qu'à le rendre encore plus séduisant. L'impudence irradiait de lui, et Chloe était en colère contre elle-même de l'avoir laissé l'atteindre. Tout son corps bouillonnait comme si une abondante énergie était refoulée en elle. Bien sûr, elle savait ce que ça signifiait vraiment… Ce n'était que de la frustration sexuelle. Ça faisait des mois qu'elle n'avait fréquenté personne, et le désir l'assaillait au plus profond d'elle. Elle aspirait aux caresses d'un homme tel que Parker.

Mais pas Parker bien sûr, car ce serait une erreur, et que sa mère deviendrait complètement hystérique.

Liam déposa Chloe au bar où elle devait retrouver Taylor.

— Appelez-moi quand vous aurez terminé, dit-il en ouvrant sa portière.

Chloe prit son sac Hermès préféré et descendit du véhicule.

— Si vous pouviez simplement déposer mon ordinateur et mes documents chez moi, je prendrai un taxi tout à l'heure. Rentrez chez vous.

— Vous êtes sûre, mademoiselle Burnett ? C'est mon travail d'être ici pour vous.

— C'est aussi votre travail d'être présent pour votre femme. Combien de temps avant l'arrivée du bébé ?

— Deux semaines.

— C'est bien ce que je disais. Rentrez chez vous.

— Avec plaisir, mademoiselle Burnett. Passez un bon week-end.

— Vous aussi.

Chloe entra dans le bar, et repéra immédiatement Taylor à l'autre bout de la salle, devant ce qu'elle devina être son cocktail habituel : un Dark & Stormy à moitié entamé. Taylor était une véritable beauté. Blonde avec une coupe au carré au niveau du menton et des racines noires, et une peau sans défauts. Ses yeux marron étaient presque aussi foncés que la nuit, et de ce fait parfaitement assortis à sa personnalité. Elle était intelligente et gentille, mais elle était également perpétuellement frustrée, toujours à la recherche de ce qui pourrait enfin la rendre heureuse.

— Te voilà, dit-elle en descendant de son tabouret de bar pour étreindre Chloe.

Elle portait une courte veste péplum noire avec un jean boyfriend et des talons.

— Comment vas-tu ? demanda Chloe en s'asseyant près de son amie.

— C'est vendredi et j'ai presque fini mon premier verre. Ça pourrait être pire.

Elle vida le reste de son cocktail et secoua la glace dans le verre.

— Tu prends la même chose ?

Chloe n'était pas difficile.

— Bien sûr. On pourrait aussi commander à manger ? Je suis affamée.

Taylor fit signe au barman, qui s'approcha immédiatement. Incroyablement grand, le crâne chauve et terriblement séduisant, il leur adressa un sourire ravageur.

— Que puis-je faire pour vous, mesdames ?

— Deux autres comme ça, dit Taylor en poussant le verre vers lui. Et des frites aux truffes.

— Et un flatbread aux champignons et à la mozzarella, ajouta Chloe.

— Je reviens, répondit le barman. Faites-moi signe s'il vous faut autre chose.

Taylor reporta son attention sur Chloe.

— Qu'est-ce que tu penses de Petit Carnet Noir,le lien que je t'ai envoyé dans la journée ?

— Pourquoi est-ce que tu me le demandes ? Tu es obsédée.

Taylor haussa les épaules et repoussa ses cheveux derrière une oreille.

— Tu sais que j'adore les polémiques. Surtout quand ça concerne les gens riches et puissants.

— Ça me semble étrange venant de ta part. Toute ta famille est riche et puissante. Et s'ils se retrouvaient dans le collimateur ?

Taylor repoussa cette idée d'un geste dédaigneux de la main.

— Je ne m'inquiète pas pour ça. Les secrets de ma famille sont d'un barbant. Comme la liaison de ma grand-mère avec son paysagiste.

— C'est vraiment arrivé ? Je sais que tout le monde plaisante avec ça, mais elle semblait toujours si douce.

— C'est vraiment arrivé. Elle se vengeait de mon grand-père.

Un autre exemple d'échec en matière de mariage et d'engagement. D'après l'expérience de Chloe, ça arrivait plus souvent qu'on ne le croyait.

— Waouh.

— Si tu avais vu son paysagiste, tu aurais compris, ricana discrètement Taylor alors que le barman apportait leur boisson. Santé, dit-elle en levant son verre.

— On boit en quel honneur ?

— L'amitié ? C'est la seule chose de stable dans ma vie.

— À l'amitié alors.

Elles firent tinter leurs verres, mais Chloe devinait déjà où cela les mènerait. Depuis l'université, Taylor cherchait sans relâche le travail de ses rêves. Même chose avec sa vie amoureuse : elle attirait les hommes comme des mouches, mais finissait souvent le cœur brisé. C'était une des raisons pour lesquelles Chloe était si difficile en matière d'homme et ne s'attachait jamais.

— Tu veux me dire quelque chose ?

Taylor soupira.

— Tu arrives à deviner à mon ton quand ça ne va pas ?

— C'est le boulot ou un homme ?

— Le boulot. Tu sais bien que je ne m'approche plus des hommes. C'était ma résolution de l'année.

— On est en mars. La plupart des gens ont déjà abandonné leurs résolutions.

— Pas moi, dit-elle en prenant une autre gorgée de sa boisson. Non, mes malheurs sont liés au travail.

— Quelque chose en particulier ?

Elle secoua la tête.

— C'est pareil qu'à chaque fois. Je me lance dans quelque chose et j'échoue. Je ne suis pas douée pour l'événementiel, tout comme je ne l'étais pas pour la finance, la mode ou le poste d'assistante de direction.

— Je suis sûre que tu es meilleure que tu ne le penses.

Taylor haussa les épaules et baissa les yeux sur son verre.

— Je voudrais juste être douée dans un domaine. Comme toi. Tu assures tellement. Je donnerais n'importe quoi pour exceller dans une carrière et avoir un but.

Chloe pensa immédiatement à sa conversation avec Parker et le fait qu'il avait affirmé le contraire.

— Tout le monde ne partage pas ton avis.

— Comme qui ?

— Comme mon futur ex-demi-frère.

Le visage de Taylor s'illumina.

— Oh ! mon Dieu ! Parker Sullivan. Tu l'as rencontré ? Est-ce que c'est un abruti ? Il y a des histoires qui circulent sur lui.

— Il a dit d'horribles choses sur mon travail. Il pense que la gestion de crise ne sert à rien.

Taylor haussa les sourcils.

— Sérieusement ? Ce n'est pas comme s'il soignait des cancers. Il est agent sportif.

— Tu as tellement raison. De quel droit est-ce qu'il critique ce que je fais ? Au moins j'aide des gens. Lui, il se contente de négocier des contrats pour des vêtements de sport.

Le barman leur apporta leur commande.

— Vous désirez autre chose, mesdames ?

Chloe grignota une frite croustillante : un pur délice salé.

— Non, c'est parfait.

— Je reviendrai dans une minute ou deux.

Il se retourna pour regarder l'écran de télé accroché au mur au-dessus du bar, et se figea un instant.

L'attention de Chloe fut attirée par le présentateur d'une chaîne info et d'une photo de Marc Grant. Avec le son coupé, elle ne pouvait pas entendre ce qui se disait, mais la légende en bas de l'écran l'expliquait en partie.

LE CONTRAT À PLUSIEURS MILLIONS DE DOLLARS DE LA RECRUE EN DANGER. PETIT CARNET NOIR DIVULGUE SUR LES RÉSEAUX SOCIAUX DES PHOTOS D'UN JEU DE CARTES MAFIEUX.

— Mince. C'est le client star de Parker.

Taylor leva le regard.

— Tu vois ? Petit Carnet Noir. Je t'ai dit que ça allait faire le buzz.

Chloe reprit des frites, incapable de détacher le regard de l'écran. Elle ignorait qui était derrière Petit Carnet Noir, et elle détestait que Marcus Grant ait des ennuis, mais, waouh, quel timing incroyable. Elle imaginait Parker faisant les cent pas dans la fabuleuse demeure de son père, furieux de ce qui arrivait. Serait-il vraiment capable d'en rire comme il l'avait suggéré plus tôt ? Ou est-ce qu'il ravalerait sa fierté et essayerait de sortir son gros client du pétrin ?

— Quelque chose me dit que Parker Sullivan pourrait regretter de s'être moqué de ta carrière, déclara Taylor. Est-ce que tu comptes l'appeler pour proposer ton aide ?

Chloe remua son verre en regardant les glaçons

tourbillonner, et se demanda pourquoi l'idée de parler à Parker l'excitait.

— Non. Je pense que je vais attendre qu'il se décide à me contacter lui-même.

Une des raisons pour lesquelles Parker avait signé avec Marcus Grant, c'était qu'à chaque fois qu'il entrait sur le terrain, il était aussi calme que comme si de la glace coulait dans ses veines. Détendu et serein malgré la pression, et doté d'un lance-missiles à guidage laser à la place du bras, il était en passe de devenir le meilleur quarterback de ces cinquante dernières années. En dehors du terrain, il était aussi doux qu'un chaton – facile à vivre et amical, avec toujours un grand sourire aux lèvres. Mais ces deux derniers jours, il était totalement bouleversé par Petit Carnet Noir.

— Je ne comprends pas qui se cache derrière tout ça, et ça me rend fou, déclara Marcus à travers le haut-parleur.

Parker écoutait en faisant les cent pas dans son bureau situé au quatre-vingt-septième étage d'un gratte-ciel de Manhattan.

— Ça doit être un des tabloïds. Une sorte de coup de pub sur les réseaux sociaux.

En vérité, l'idée d'un ennemi invisible le rendait également fou. Il voulait savoir contre qui et quoi il devait se battre. Mais ce compte était entouré de secret… pour l'instant.

— Ce n'est pas l'identité de Petit Carnet Noir le problème, mais les conséquences sur ta carrière.

— Mais comment a-t-il eu ces photos de moi pendant la partie de cartes ? Nous avons dû laisser nos téléphones portables à l'entrée. Ces gars prennent le poker très au sérieux.

Parker ne blâmait pas vraiment Marcus, mais son meilleur client n'aurait jamais dû se mettre dans une telle situation. Une partie de cartes secrète avec une mise aussi élevée et des hommes liés au crime organisé, ce n'était tout simplement pas un bon choix de vie. Que Marcus ait parié… et perdu son salaire annuel… c'est-à-dire un million quatre cent mille dollars pour être précis, ne faisait qu'ajouter à la gravité de la situation.

Le vrai problème, c'était que Marcus avait signé pour le club de Miami. Leur équipe avait traversé de drames majeurs il y a trois ans avec plusieurs joueurs impliqués dans quatre gros scandales différents. L'équipe était devenue une habituée des tabloïds, ce qui avait conduit à des spéculations sans fin sur la direction et les propriétaires du club. Depuis, l'équipe avait réhabilité son image, notamment avec l'arrivée de Marcus. Les propriétaires – la famille Bratt – avaient été clairs comme de l'eau de roche en signant avec lui. Ils voulaient des joueurs de « haute moralité », qui feraient les gros titres pour leurs réussites, et non pour des scandales. Ils avaient utilisé ces mots exacts, et souvent même. Parker savait au fond de lui que Marcus était un type bien. Il avait simplement fait une erreur stupide et colossale.

— Je ne doute pas qu'ils prennent ça très au sérieux. Tu as déjà payé, n'est-ce pas ? demanda Parker.

La dernière chose dont ils avaient besoin, c'était qu'un gangster se présente pour réclamer l'argent.

— Oui, monsieur.

— Et tu ne recommenceras pas ?

— Je le jure.

Parker inspira profondément et se laissa tomber sur sa chaise de bureau.

— D'accord. Maintenant, il va falloir trouver comment résoudre ce problème. Ça fait deux jours et il est clair que Petit Carnet Noir ne compte pas en rester là.

Il s'avérait que le grand-père de Marcus dirigeait un casino clandestin dans les années cinquante. Parker n'en aurait jamais rien su si Petit Carnet Noir n'avait pas dévoilé cette information la nuit dernière.

— Vous croyez que j'ai ruiné ma carrière ?

— Non. Tu feras tes preuves sur le terrain à l'automne. Mais c'est jamais bon de tomber en disgrâce auprès des propriétaires du club. Et tu devras te préparer aux problèmes cet été durant le camp d'entraînement. Tu vas devoir t'arranger de ta position de quarterback débutant dans une équipe de vétérans chevronnés qui en ont déjà bien bavé. Ça va diminuer ta crédibilité auprès de ces gars. Ils sont déjà jaloux de ta prime à la signature.

— Je vais appeler tous mes coéquipiers et m'excuser. Et peut-être qu'on devrait organiser un dîner avec les Bratt et leur rappeler que je suis quelqu'un de solide.

C'étaient de bonnes idées, mais Parker savait que le problème était bien plus important, et que la situation ne devait pas être prise à la légère. Il fallait se montrer méthodique, d'autant plus qu'ils ignoraient ce que Petit Carnet Noir pourrait faire ensuite. Pour résumer, Parker avait besoin d'un spécialiste.

— Laisse-moi trouver une idée avant de te rappeler, d'accord ?

— D'accord.

— D'ici là, continue à faire profil bas, reste chez

toi, regarde la télé, entraîne-toi. Et vraiment plus de jeux de cartes.

— Oui, monsieur.

Parker raccrocha et se massa le front dans l'espoir de faire passer son mal de tête. Il savait très bien qui il devait appeler car c'était un travail sur mesure pour la magnifique et intelligente Chloe Burnett. Compétente même en talons, avec un balai coincé dans le derrière. Ah et également… sa demi-sœur jusqu'à ce que l'encre ait séché sur les papiers de divorce de son père. Chloe allait adorer l'entendre dire qu'il s'était légèrement emballé en lui expliquant qu'un homme comme Marcus n'aurait jamais besoin de ses services. Il s'était montré arrogant et irréfléchi. Mais c'était l'effet que lui faisaient les belles femmes indépendantes.

Il prit son téléphone, et découvrit le message de reproche que son père lui avait envoyé à l'annonce de l'histoire de Marcus dans les infos.

C'est bien ton client ? C'est très mauvais pour moi. Je connais très bien la famille Bratt.

Son père était très doué pour tout ramener à lui, ce qui ne manquait jamais d'irriter Parker. À trente-quatre ans, il avait parfaitement réussi dans sa profession, mais son père continuait à le traiter comme s'il devait encore prouver sa valeur.

Je m'en occupe. Les Bratt sont assis sur une mine en or avec Marcus.

Ce qui n'était pas tout à fait vrai, puisque Parker ne s'en occupait pas encore. Mais cet échange le conforta dans l'idée qu'il fallait agir. Il était temps de faire ce qu'il détestait le plus : ravaler sa fierté.

Chloe répondit après quelques sonneries.

— Je n'en reviens pas que tu aies mis autant de temps à m'appeler.

Était-ce une note de joie qu'il entendait dans sa voix ? Savourait-elle sa vengeance ? Ou était-il possible qu'elle flirte ?

L'esprit de Parker revint en arrière, à leur conversation chez son père. Elle savait beaucoup de choses sur Marcus et avait dit que c'était son métier d'être bien informée. EÉvidemment qu'elle était au courant de la mauvaise publicité de Marcus.

— Écoute, si c'est pour me faire remarquer que tu me l'avais dit, j'aimerais qu'on saute cette partie et qu'on passe à la suivante.

— Si je voulais faire ça, c'est moi qui t'aurais appelé. L'histoire de ton client fait la une depuis deux jours. Tu as manifestement hésité à m'appeler.

— J'avais besoin de temps pour réfléchir.

— C'est précisément pour ça que tu as besoin de quelqu'un comme moi. Je n'ai pas besoin de temps pour réfléchir dans ces situations : J'agis en sachant exactement ce qu'il faut faire.

— Je ne suis pas du genre à tergiverser d'habitude, dit-il en grimaçant face à sa réponse défensive. Mais c'était inattendu. J'imagine que ça m'a pris de court.

— C'est tout à fait compréhensible. J'entends ça tout le temps. C'est pour ça que je fais ce métier, même si tu penses qu'il est inutile de chercher à limiter les impacts négatifs de ce genre de situation. Je crois que tu as dit que tu n'en voyais pas l'intérêt ?

Parker poussa un soupir de frustration.

— Écoute, je suis désolé pour ce que je t'ai dit l'autre

jour. Je me rends compte maintenant à quel point c'était idiot de ma part. Mais pour info, je déteste la mentalité tendancieuse des médias. Je ne suis pas d'accord avec l'idée que les célébrités ne doivent pas faire d'erreurs. Ils sont humains eux aussi. Marcus est juste un gamin de vingt-deux ans qui a fait une bêtise. Ça arrive tout le temps.

— Petit Carnet Noir n'est pas vraiment un média. Il peut faire ce qu'il veut.

— Oui. Si tu veux mon avis, c'est comme si quelqu'un était tapi derrière un buisson, prêt à en jaillir et faire peur. As-tu une idée de qui ça peut être ?

— Vraiment pas. C'est un nouveau compte, et Marcus semble être le premier dans la ligne de mire.

— Comment se défendre contre quelqu'un qui se cache ?

— On ne se bat pas contre Petit Carnet Noir. On se bat contre l'information et le récit, dit-elle avant de marquer une pause et d'ajouter : C'est même plus fin que ça. La chose pour laquelle tu te bats, c'est le contrôle.

Un infime grésillement électrique parcourut le corps de Parker.

— Je vois. Et comment puis-je avoir le contrôle face à un ennemi invisible ?

— Comme je l'ai dit, la source n'est pas l'ennemi : c'est l'histoire. Et pour changer ça, tu embauches quelqu'un de hautement qualifié dans l'art de la gestion des crises dans les relations publiques.

— Tu envisages vraiment de proposer tes services ?

— Seulement si tu envisages vraiment de m'embaucher.

Parker ne put s'empêcher de sourire. En plus d'être intelligente et séduisante, elle était rapide et avait de l'humour, ce qui était plutôt remarquable, compte tenu de tout ce qu'il lui avait dit sur son métier.

— Je n'embauche personne par téléphone d'habitude. Je préférerais qu'on se voie en face à face.

— Mon emploi du temps est chargé.

Évidemment, tout comme celui de Parker. Mais il était bien obligé de tout laisser en plan pour résoudre la situation de Marcus.

— Comment pourrais-je te convaincre de me trouver une place ?

— Eh bien, il faut bien que je mange. Nous pourrions en discuter pendant le dîner.

— Il est 10 heures. Pourquoi ne pas déjeuner ? Ou prendre un petit déjeuner tardif ? Je ne veux pas attendre et Marcus non plus.

— C'est toi qui as attendu quarante-huit heures avant de m'appeler. Mais on dirait que tu as décidé de m'embaucher ?

Parker n'arrivait pas à contrôler ses lèvres – pourquoi tout ce qu'elle disait le faisait sourire ? Elle était très forte à ça.

— Est-ce que je deviendrais une priorité dans ce cas ?

— Évidemment.

— Parfait. Tu es embauchée. Peut-on se voir ?

— Il y a des papiers administratifs et un contrat à signer, Parker. Et mon acompte à régler.

— Je m'en occuperai.

— Je n'en doute pas. Mais quelle sorte de femme d'affaires serais-je si je me contentais de ta parole ?

— Allez, Chloe. Nous sommes pratiquement de la même famille.

— Le mot « pratiquement » a une importance capitale dans ta phrase et tu le sais.

Elle était intraitable, et ça n'aurait pas pu exciter Parker davantage. Il aurait vraiment dû accepter la suggestion de son père et la rencontrer quelques mois plus tôt. Que de temps perdu à ne pas la connaître.

— D'accord. Envoie les papiers et je demanderai à ma banque de te faire un virement.

— Parfait. Alors, quand veux-tu qu'on se voie ?

— Comme je l'ai dit, le plus tôt possible.

— Dîner ce soir ?

Pourquoi est-ce que son cœur s'emballait à la perspective de sortir avec Chloe ? Était-ce parce qu'il voulait la voir ? Ou parce qu'il ne voulait pas être vu en compagnie d'une experte en gestion de crise quand son client était impliqué dans un terrible scandale ? Il décida que c'était ce dernier. Le premier serait absurde.

— Tu sais, Chloe, je ne sais pas si c'est une bonne idée de nous retrouver dans un restaurant branché à boire du vin et dîner ensemble. Ça me plairait beaucoup, mais je ne sais pas si c'est la meilleure chose à faire en ce moment ?

Chloe éclata de rire – un petit rire léger et aérien qui fit galoper encore plus vite son cœur.

— Parker. On a du pain sur la planche. Nous n'irons pas dans un restaurant branché. On se verra à mon bureau, on commandera à manger et on commencera sans perdre de temps. 19 heures ?

Parker déglutit avec peine.

Commencer sans perdre de temps.

Quel idiot il faisait.

— Très bien. À tout à l'heure.

- 3 -

Quelques heures à peine après cette conversation, Chloe s'interrogeait déjà sur le bien-fondé de sa décision. Elle avait laissé son désir se mettre en travers de la raison et accepté de travailler pour le fils de l'homme qui avait brisé le cœur de sa mère. Pourquoi avait-elle fait cela ? Pourquoi laissait-elle son égo prendre le dessus ? Oui, ça avait été un pur bonheur de l'entendre dire qu'il avait besoin de son aide, mais elle n'avait pas pris le temps de réfléchir aux conséquences de sa décision.

En réalisant que Parker serait là d'une minute à l'autre, Chloe eut un éclair désagréable de lucidité. Son mère serait furieuse. Eliza Burnett n'était pas le genre de personne à mettre un terme amical à une amitié, et encore moins à une relation amoureuse. Soit un homme était amoureux d'elle et organisait sa vie en conséquence, soit la porte se refermait à jamais.

Madame Burnett, avez-vous besoin que je reste pour la réunion ?

Forrest posa les copies de la proposition de Chloe sur la table basse de la zone moins formelle de la pièce, où se trouvaient un élégant sofa gris clair et deux confortables chaises blanches. Chloe se demanda si l'ambiance convenait vraiment pour un dîner d'affaires, mais c'était la fin de la journée et elle était exténuée. L'idée de s'asseoir dans une salle de réunion était au-dessus de ses forces.

— Non, ça ira. La proposition est prête. Je dois juste faire quelques dernières mises au point avec M. Sullivan. Le reste pourra attendre demain.

Forrest alla préparer les serviettes pour le dîner, ainsi qu'un petit seau à glace rempli de diverses boissons.

— Puis-je être honnête avec vous au sujet de la situation de Marcus Grand ?

— Bien sûr.

— Cela peut ne pas paraître si important qu'il ait perdu tout cet argent aux cartes, sauf que les propriétaires du club de Miami sont impitoyables. Il va devoir faire des pieds et des mains pour les convaincre de le garder.

— J'avais oublié que vous suiviez le football.

— Surtout l'équipe de Miami. C'est l'équipe favorite de mon père et c'est notre seul sujet de conversation depuis que ma mère est décédée. Ça nous aide à maintenir le lien. C'est le seul parent qui me reste et je veux qu'on soit proches.

Chloe, qui appréciait la nature généreuse de Forrest, se sentit consternée par sa propre attitude. Sa mère était sa seule parente en vie, puisque son père était décédé lorsqu'elle était enfant. Alors pourquoi est-ce que sa première réaction n'avait pas été de dire non à Parker ? Pourquoi ne pas lui avoir dit d'engager une autre entreprise ? Elle connaissait évidemment la réponse et n'en était pas fière : elle cherchait constamment à faire ses preuves, et cela de manière presque compulsive. Parker lui avait dit des choses terribles sur son métier, et elle voulait lui prouver le contraire.

Le téléphone de Forrest vibra, indiquant l'arrivée d'un SMS.

— M. Sullivan vient visiblement de franchir la sécurité.

— Je vais l'accueillir à la réception.

— Je vais sortir le dîner du frigo.

— Merci d'avoir été franc à propos de Marcus, dit-elle en lui tapotant l'épaule. Vous êtes très perspicace.

— Ce n'était pas grand-chose, répliqua-t-il en souriant.

— Mais beaucoup de gens n'en auraient pas eu le courage. Votre travail est inestimable. Sans vous cette entreprise s'effondrerait.

Forrest tenta de rester impassible mais il ne put s'empêcher de rougir.

— Vous allez me donner la grosse tête, madame Burnett.

— Je doute que ce soit possible.

Chloe arriva à la réception juste au moment où Parker sortait de l'ascenseur, et fut surprise par son apparence. La plupart de ses clients arrivaient débraillés et abattus par la crise qu'ils affrontaient. Mais pas Parker. Sa démarche était assurée et son demi-sourire détendu. La journée était presque terminée mais son costume bleu nuit avait l'air de sortir du pressing. Sa chemise blanche était impeccable, et le contraste entre les deux étoffes faisait ressortir son regard mystérieux. En surface, il ressemblait à un joli livre ouvert – un bel homme intrépide qui s'attaquait de front aux problèmes – mais quelque chose d'indéchiffrable se cachait derrière la tempête bleue et grise de ses yeux.

— Bonsoir, dit Chloe avant de réaliser que son ton était un peu trop tendre, vu les circonstances.

— Bonsoir. Merci d'avoir accepté de me rencontrer, dit-il en lui serrant la main.

Il la fixa droit dans les yeux et, sauf erreur de sa part, l'attira plus près de lui. Une bouffée de chaleur envahit

Chloe qui recula. Pourquoi lui faisait-il cet effet ? S'il y avait bien un homme à figurer sur sa liste noire, c'était Parker. Il fallait qu'elle se ressaisisse.

— Allons dans mon bureau et mettons-nous au travail.

— Merci. Je te suis.

Chloe ouvrit le chemin, parfaitement consciente de sa présence alors qu'ils avançaient dans le large couloir. Aussitôt dans son bureau, elle remit en question son choix sur le lieu de la réunion. La vue sur la ville était saisissante depuis les fenêtres de son bureau et, à cette heure de la nuit, le scintillement des lumières sous le ciel nocturne était magnifique. Mais c'était un peu trop attrayant, voireromantique.

— Je t'en prie. Assieds-toi.

— Je vais me mettre à l'aise si ça ne te dérange pas.

Sans attendre sa réponse, il s'avança jusqu'au canapé et retira sa veste. Tout sembla se dérouler au ralenti alors qu'il drapait le vêtement sur le dossier d'une chaise, déboutonnait les poignets de sa chemise et retroussait ses manches en les pliant soigneusement, révélant ainsi des avant-bras incroyables. Puis vint la cravate qu'il desserra en tirant sur le nœud.

Chloe savait ce qui allait suivre : le bouton de sa chemise. Elle pria pour que ce ne soit pas tous les boutons, mais Parker était si imprévisible. Elle détourna les yeux et secoua la tête.

Ressaisis-toi, Chloe.

Heureusement, ce fut vite terminé : ce ne fut que deux boutons. Une fois fait, il s'assit et passa un bras le long du dossier du canapé.

— C'est beaucoup mieux.

Elle n'avait pas l'habitude de voir un client aussi

calme et serein. Les gens venaient la voir quand leur vie s'effondrait.

— Mon assistant nous apportera le dîner d'une minute à l'autre. J'ai commandé chez M Sushi.

— Vraiment ? C'est mon restaurant préféré.

— Je le sais.

— Tu le sais ? De quelle façon ?

— J'ai lu une interview de toi, à l'époque où Marcus venait de signer son gros contrat.

— Mais je ne t'ai embauchée que ce matin, et tu m'as dit que ta journée était bien remplie.

Elle lutta contre l'envie de lever les yeux au ciel.

— J'ai trouvé le temps de faire preuve de diligence. Il fallait que je sache ce qui m'attendait.

— Mais tu n'as pas fait ça quand mon père a épousé ta mère ?

Chloe s'assit à l'autre bout du canapé et c'est là qu'elle remarqua pour la première fois qu'il sentait incroyablement bon.

— Pour être franche, ça ne m'est même pas venu à l'esprit. Sans vouloir te vexer, je ne m'attendais pas à ce que ça dure.

— Je ne suis pas vexé. J'ai pensé la même chose.

Forrest apparut dans l'encadrement de la porte.

— Le repas est servi, si vous êtes prêts.

Chloe lui fit signe d'entrer.

— Parker, voici Forrest, le meilleur assistant au monde.

— Ravi de vous rencontrer, Forrest. Vous devez effectivement être incroyable car j'ai l'impression que vous avez une patronne très perspicace.

Forrest serra la main de Parker.

— C'est elle qui est incroyable. J'ai beaucoup de

chance, dit-il avant de tourner son regard vers Chloe. Voulez-vous que je déballe la nourriture ?

— Je m'en occuperai, répondit Chloe. Rentrez chez vous et profitez de votre soirée.

— Merci. Ravi de vous avoir rencontré, dit Forrest en se tournant à nouveau vers Parker. Bonne nuit.

Chloe déballa rapidement les deux plateaux de sushis magnifiquement disposés qui contenaient également les préférés de Parker : le rouleau de thon épicé.

— Sers-toi à boire, je t'en prie. Nous avons de l'eau, du thé, des sodas…

— De la bière. Parfait.

Il sortit une bouteille ambrée du seau et l'essuya avec la petite serviette que Forrest avait laissée.

— Tu en veux une ?

— Bien sûr.

Il lui tendit la bouteille et enfourna un sushi dans sa bouche.

— Délicieux. Tu viens déjà d'améliorer considérablement ma journée.

— Je suis contente de l'entendre, déclara Chloe en souriant avec satisfaction.

Parker prit alors la pile de papier posée à côté de son plateau.

— C'est ton plan d'action pour supprimer Petit Carnet Noir ?

Chloe le regarda en plissant les yeux.

— Tu veux dire réhabiliter l'image de Marcus. C'est de cela qu'il s'agit.

— Non. J'ai bien dit ce que je voulais dire. Marcus devrait avoir une bonne image pour la bonne et simple raison qu'il le mérite. Ça ne serait pas plus simple de démasquer celui qui se cache derrière Petit Carnet Noir ? C'est-à-dire un opportuniste qui tente de semer le trouble ?

— Ça ne marche jamais de dénigrer l'adversaire dans ces situations. Et j'ajoute que tu pourrais ne pas aimer ce que tu trouves.

Parker secoua la tête avec consternation.

— Je ne comprends pas, et ça me rend fou. Comment un petit compte de médias sociaux a pu mettre la main sur une telle information et pas la presse ? Même moi je n'en avais jamais entendu parler. Maintenant, j'ai tous les journaux et les chaînes d'information sur le dos qui me demandent un commentaire.

— Je ne sais pas qui est derrière ça, mais je n'aime pas dépenser mon énergie sur des choses que je ne peux pas contrôler.

— C'est ça ton truc, Chloe ? demanda-t-il en lui lançant un regard de braise signifiant qu'il ne parlait pas vraiment de travail. Le contrôle ?

Mais Chloe n'était pas disposée à laisser Parker faire dérailler cette discussion.

— Dans cette situation précise, oui.

— En tout cas quelqu'un de mon équipe a fait des recherches aujourd'hui, et d'après plusieurs personnes, les initiales « SA » sur la couverture du carnet noir sont celles de Simone Astley. Sais-tu qui c'est ?

Effectivement, Chloe la connaissait car Simone Astley était une figure notoire de la haute société new-yorkaise ; le monde même dans lequel Chloe avait grandi.

— Je ne vois pas comment ça pourrait être possible. Simone Astley est décédée il y a quelques années, et je suis sûre qu'elle n'avait pas d'enfant. Je sais aussi qu'elle ne s'est jamais mariée et qu'elle était fille unique. Toute sa lignée familiale s'est éteinte avec elle.

— Ça ne veut pas dire que quelqu'un n'a pas mis la main sur son journal.

— Mais ce jeu de cartes auquel Marcus a participé vient de se produire. Ça n'a pas de sens.

La théorie de Parker piquait sa curiosité, mais il aurait été dangereux de continuer dans cette voie. D'après son expérience, courir après la source d'une rumeur n'était jamais bon.

— Si tu veux que le nom de Marcus soit blanchi, tu dois arrêter d'enquêter.

Parker laissa échapper un grognement dédaigneux.

— Quand on me dit que je ne peux pas faire quelque chose, ça me rend encore plus déterminé à le faire.

— Je suis sérieuse. Laisse tomber. Tu vas créer encore plus de problèmes.

— Très bien, dit-il en levant les mains en signe de reddition.

— Tu le promets ?

— Je le jure, dit-il avec un sourire narquois.

— Alors passons en revue le plan d'action, dit-elle. Je propose qu'on fasse simple. D'après ce que tu m'as dit, Marcus n'a pas de squelettes dans son placard. Alors braquons la lumière sur le positif. J'aimerais descendre à Miami et superviser plusieurs interviews et séances photos. Nous allons montrer sa magnifique demeure au bord de l'océan et partager sa routine d'entraînement dans un magazine de fitness masculin pour lequel il fera la couverture. Nous montrerons aussi un aspect plus intime de sa personnalité en réalisant une interview à cœur ouvert sur l'une des principales chaînes d'actualité.

Il pourra alors expliquer ce qui s'est passé cette nuit-là, et parler de sa famille.

Parker feuilleta la proposition et la jeta sur la table.

— C'est tout ? Avec la somme que je te paye, c'est tout ce qu'on fera ?

— Excuse-moi ? Nous parlons d'une publicité positive qui vaut des millions de dollars et qui lui fera gagner de nouveaux sponsors en échange de tous ceux qu'il va perdre. De plus, j'ai déjà convaincu tous ces rédacteurs en chef. Ils ne sont pas à mes ordres, tu sais. Le plus urgent est de ramener Marcus dans les bonnes grâces de la famille Bratt, et d'après ce que j'ai entendu, ce ne sera pas une mince affaire.

— Je ne suis pas sûr que ça vaille le prix que je paye. J'aurais probablement pu le faire moi-même en passant quelques coups de fil.

— L'acompte comprend également mon temps et mon voyage à Miami.

— Tu seras là ? demanda-t-il en enfournant un autre sushi dans sa bouche.

— Bien sûr. Je dois tout superviser et être disponible en cas de problème.

— Et tu penses vraiment que ça va marcher ? C'est si simple ?

— En ce qui concerne Marcus, oui. Les gens ne demandent qu'à l'aimer. Nous devons juste les pousser à nouveau dans cette direction.

— D'accord. Nous irons à Miami.

— Nous ? dit Chloe avec un rire nerveux. Tu n'as pas besoin d'être là. Tu m'as déjà payée pour m'en occuper.

Parker prit une gorgée de sa bière avant de répondre.

— Pas question que je ne sois pas là. Marcus est en

panique. Il doit savoir qu'il est ma priorité numéro un. J'irai donc là où tu iras, dit-il en pointant sa bouteille vers elle.

Chloe soupira. Elle préférait nettement travailler seule. De plus, mieux valait avoir le moins de contacts possible avec Parker. Elle pourrait ainsi dire à sa mère qu'elle travaillait pour Marcus plutôt que pour Parker.

— Tu te plaignais à l'instant de tout l'argent que tu m'as versé. Tu devrais me laisser faire mon travail.

— Et tu devrais m'accorder la même considération. Marcus est mon meilleur client en ce moment, mais il est jeune et encore impressionnable. Si je ne suis pas là pour lui pendant cette période difficile, ça pourrait avoir des conséquences sur mon entreprise.

Chloe prit alors conscience de tout ce qui était en jeu pour Parker. Elle comprenait parfaitement ce que c'était que de vouloir défendre ce qu'on avait construit.

— D'accord. Comme je l'ai dit, j'ai déjà fait le travail préparatoire. Il ne me reste plus qu'à boucler les derniers détails. Nous devrions donc pouvoir être là-bas mercredi vers midi. Forrest réservera mon vol demain matin. En ce qui concerne l'hôtel, je descends généralement au Mandarin, mais fais comme tu veux.

— Ça ne sera pas nécessaire.

— Quelle partie ?

— Les vols et l'hôtel.

— À moins que tu aies découvert un moyen de te téléporter à Miami, nous allons devoir prendre l'avion. Et comme j'aime dormir, j'aurai besoin d'un endroit pour ça aussi.

— Je dispose d'un jet privé, et Marcus possède une

incroyable maison réservée à ses invités. J'y ai déjà séjourné et il y a suffisamment de chambres pour deux.

— Dans deux chambres différentes bien sûr ? Parce que je ne partage pas.

Un sourire diabolique traversa les lèvres tentatrices de Parker.

— Il me semble qu'il y a quatre chambres. Mais j'aime bien l'empressement avec lequel tu affirmes que tu ne finiras pas dans mon lit.

— Tu es mon client et techniquement mon demi-frère. Nous ne coucherons pas ensemble. Jamais.

— C'est toi qui disais que tu n'étais pas ma sœur. De toute façon, ça ne sera plus un problème dès après-demain.

— Pourquoi ?

— Tu n'as pas parlé à ta mère ? Le divorce est sur le point d'être finalisé.

Chloe n'avait pas parlé à sa mère depuis plusieurs jours, ce qui était inhabituel, mais elle avait apprécié ce répit. Elle adorait sa mère, mais celle-ci était parfois épuisante.

— Oh. Je ne savais pas.

— Ainsi, cette petite source de discorde entre nous sera bientôt officiellement terminée.

Chloe doutait que ça soit si simple.

— Si tu le dis.

— Je passerai te prendre chez toi mercredi matin. Nous pourrons être à Miami à l'heure du déjeuner. Où est-ce que tu habites ?

— À Chelsea sur la vingt-troisième, à un pâté de maisons de l'Hudson. Je t'enverrai l'adresse par SMS.

— Tu es sérieuse ? J'habite à Hudson Yards. La

grande tour, au soixante-douzième étage. Nous sommes pratiquement voisins.

Chloe n'en revenait pas de sa malchance. Comme si elle avait besoin d'être plus proche de Parker Sullivan.

— C'est une ville immense. Je ne pense pas qu'on soit si proches.

— Onze blocs, ce n'est rien, dit-il avec nonchalance.

— Si tu le dis.

Parker se leva et remit sa veste.

— Merci pour le dîner. C'était très agréable.

Chloe se leva également et le raccompagna jusqu'à la porte.

— Merci d'être venu et de m'accorder ta confiance.

Il l'étudia un instant, et elle sentit à nouveau cette attraction interdite entre eux. Quelque chose en lui était beaucoup trop tentant. Peut-être l'attrait du fruit défendu ?

— Tu sais, Chloe, je regrette que nous ne nous soyons pas connus quand nos parents étaient mariés, mais je pense que c'est mieux ainsi.

— Et pourquoi cela ?

— On n'a pas été mêlés à leurs histoires, dit-il avec nonchalance. Je déteste ça.

— Moi aussi.

— C'est épuisant. J'espère que c'était la dernière fois que mon père marchait dans l'allée.

— C'est tellement absurde, n'est-ce pas ?

— Il vaut mieux s'épargner un cœur brisé et se contenter de s'amuser, dit-il en souriant. C'est de loin ce qu'il y a de mieux à faire.

- 4 -

Chloe ne réussit pas à s'échapper de Manhattan sans se faire prendre. Quelques secondes après être montée dans le jet privé de Parker, son téléphone sonna.

— Bonjour maman, répondit-elle. Je suis désolée, mais je ne peux pas te parler maintenant. Je pourrais te rappeler plus tard ?

— Je n'ai besoin que d'une minute.

Parker, qui était assis en face d'elle, haussa un sourcil.

— Maman ? articula-t-il silencieusement.

Chloe agita une main dans sa direction pour lui signifier de ne pas s'en mêler. Elle changea de position dans le luxueux siège en cuir blanc, notant au passage son incroyable confort. Elle était habituée au luxe, mais Parker choisissait visiblement le top du top.

— D'accord.

— Ça fait des jours que tu ne m'as pas appelée.

Une bonne dose familière de culpabilité l'envahit, probablement parce qu'elle ne l'avait pas appelée exprès afin d'éviter les inévitables questions sur son travail qui auraient sûrement fini par lui faire vendre la mèche.

— Je sais. Je suis désolée.

— Je voulais t'informer que c'est terminé. C'est fait.

— Le divorce d'avec George ?

Parker se racla la gorge. Chloe fut tentée de lui mettre un coup de pied dans le tibia, mais elle ne voulait surtout pas lui donner une excuse pour s'immiscer dans la conversation.

— Je te prie de ne pas prononcer son nom. Je ne veux plus jamais penser à lui. Il est horrible. Ça a été l'une des pires décisions de ma vie.

Par cette phrase, Chloe eut la confirmation de la réaction qu'aurait sa mère face à tout homme portant le nom « Sullivan ».

— Je suis désolée, mais essaye de positiver. Tu vas pouvoir prendre un nouveau départ. Tu es une femme libre maintenant et tu devrais peut-être essayer de le rester pendant un certain moment.

— Je dois aller à Paris et noyer mon chagrin dans des vêtements de marque et des orgies de croissants. Mais je ne veux pas y aller seule. S'il te plaît, viens avec moi.

— Maman, je ne peux pas. Je viens de prendre l'avion pour un voyage d'affaires. Nous sommes sur le point de décoller. Tu devrais y aller et m'envoyer des photos.

— Où vas-tu ?

— À Miami.

— C'est parfait, s'exclama sa mère. Je te rejoins. Nous pourrons passer du temps ensemble après ton travail ?

Son cœur se mit à battre comme si elle venait de faire un sprint. Elle ne voulait pas décevoir sa mère, et l'idée paraissait amusante, mais c'était tout de même trop risqué.

— Non. Ne fais pas ça.

— Excuse-moi ?

— Je ne resterai qu'une nuit. Je dois juste être présente durant quelques interviews, et je rentre tout de suite après.

Sa mère poussa un soupir.

— Tu es sûre que je ne peux pas venir ?

— Ce n'est pas que je ne veuille pas de toi. C'est juste que je ne pourrai pas rester.

— D'accord, chérie. Eh bien, j'aimerais quand même te voir. Peut-être que je pourrais vous inviter, toi et les filles, pour un brunch ce dimanche. Ça me ferait tellement plaisir.

« Les filles » étant Taylor et Alexandra. Eliza les invitait à bruncher les dimanches depuis leur adolescence.

— Donc tu ne vas pas à Paris ?

— Ce ne sera pas amusant toute seule.

— Dimanche pour un brunch alors. Je vais envoyer un message à Taylor et Alexandre.

— Parfait. Je t'aime.

— Je t'aime aussi.

Chloe mit fin à l'appel et souffla avant de basculer son téléphoneen mode avion.

La voix du pilote se fit alors entendre :.

— Bonjour monsieur Sullivan. Nous sommes prêts à décoller pour Miami. Notre temps de vol est estimé à un peu plus de trois heures. Le ciel est dégagé. Installez-vous et profitez de votre vol.

Une hôtesse s'arrêta devant eux, grande, blonde et magnifique. Encore une preuve que Parker ne s'entourait que du meilleur.

— Champagne après le décollage ?

— Je prendrai du café, répondit Chloe.

— Monsieur Sullivan ? demanda l'hôtesse.

— Repassez quand nous aurons décollé. Je vais m'efforcer de faire changer d'avis Mme Burnett au sujet du champagne.

Il adressa un sourire séducteur à Chloe alors que l'avion commençait à rouler sur la piste.

— Comment va ta mère ? demanda-t-il en sortant son ordinateur portable de sa sacoche.

— Je pense que tu connais la réponse. Elle déteste ton père.

— Elle ne sera pas la première. Il y a une longue liste de femmes avant elle, et je suis sûr que d'autres ne manqueront pas de s'ajouter dans l'avenir.

— Je ne changerai pas d'avis au sujet du champagne. On est que le matin, et j'ai beaucoup de travail, déclara-t-elle en sortant son propre ordinateur de sa sacoche.

Trois heures, c'était une vie entière. Elle aurait le temps de faire beaucoup de choses.

— Je sais. Je voulais juste t'embêter un peu.

Cet homme était tellement frustrant. Et pourtant adorable, ce qui le rendait encore plus irritant.

— Rappelle-moi de te rendre la pareille un de ces jours.

Après le décollage, Chloe prit son café et Parker, heureusement, ne fit aucune tentative pour la convaincre de boire quelque chose de plus festif. Ils travaillèrent dans le silence, assis l'un en face de l'autre, et ce fut assez agréable d'être avec quelqu'un qui prenait le travail autant au sérieux qu'elle. À quelques reprises elle fut bloquée sur un point et eut besoin d'un moment pour réfléchir, ce qui lui donna l'opportunité de l'admirer en douce. Il avait retiré sa veste et remonté ses manches, ce qui permit à Chloe de saliver silencieusement sur ses avant-bras musclés.

À un moment, il leva les yeux et la surprit en train de le regarder.

— Tu as changé d'avis sur le champagne ?

Elle secoua la tête avec un peu trop de force.

— Non. Pas du tout.

Durant les deux heures suivantes, elle garda les yeux rivés sur son ordinateur, ce qui lui permit de ne pas reluquer Parker, mais qui lui donna mal à la tête après tout ce temps à fixer l'écran bleu. Elle rangea alors son portable et se pinça l'arête du nez avant de faire des petits mouvements d'assouplissement du cou.

— Mal de tête ? demanda Parker. J'ai un truc infaillible pour ça.

Sans lui laisser le temps de répondre, il se leva de son siège et se plaça derrière elle. Elle était sur le point de protester quand ses pouces se pressèrent fermement contre sa colonne vertébrale. Ce n'était absolument pas professionnel. Chloe n'avait pas pour habitude d'autoriser ses clients à lui faire des massages, mais c'était tellement agréable. Elle ferma les yeux et se laissa aller. Peut-être que pour une fois ça pourrait passer ?

Les pouces de Parker remontèrent vers sa nuque et ses doigts se posèrent sur sa clavicule. Elle baissa la tête et gémit.

— Ça fait tellement du bien.

— Tu trouves ? demanda-t-il d'une voix basse et rauque impossible à ignorer.

Il attisait le feu en elle ; une petite flamme qui pourrait facilement se transformer en brasier si elle ne faisait pas attention.

— Oui.

— Tant mieux. Détends-toi alors, dit-il sans s'arrêter.

Même si elle n'était pas prête à l'admettre, Chloe aurait fait n'importe quoi pour le remercier de lui faire autant de bien. Le stress avait disparu.

— Tu aurais besoin de passer un peu de temps dans

la piscine de Marcus ce soir et demain. Ça t'aiderait à te détendre. C'est un endroit magnifique, situé au fond d'un jardin tropical très privé. C'est paradisiaque.

Ça semblait effectivement le paradis. Malheureusement, elle n'était pas préparée.

— Je n'ai pas apporté de maillot de bain.

— Chloe, nous nous rendons à Miami. Pourquoi n'as-tu pas prévu de te baigner ?

Parce qu'elle était bête ? Il n'avait vraiment pas tort sur ce point.

— J'aurai trop de choses à faire pendant notre séjour. Je me suis dit que je n'aurais pas le temps. Nous ne sommes là-bas que pour deux jours.

— Je pense que tu trouveras le temps une fois que tu auras vu la piscine.

— J'ai vu les photos en faisant mes recherches sur Marcus. Mais ça ne change rien au fait que je n'ai pas de maillot de bain.

— Tu pourras toujours prendre un bain de minuit, rétorqua-t-il en accentuant la pression de ses pouces sur sa nuque.

Cette fois sa voix était juste derrière elle, à quelques centimètres de son oreille gauche.

Entre ses yeux fermés, les mains magiques de Parker sur sa peau et sa voix séductrice qui s'immisçait dans son cerveau, il n'en aurait pas fallu beaucoup plus à Chloe pour accepter de prendre un bain de minuit avec Parker. Elle s'imaginait déjà en train de pencher la tête sur le côté pour le laisser lui embrasser le cou.

— Je ne doute pas que ça te plairait.

— Je n'essaye pas de te convaincre de retirer tes vêtements, Chloe, si c'est ce que tu penses. Je dis simplement que ça serait positif pour tous les deux. J'ai besoin que tu donnes le meilleur de toi-même durant les deux prochains jours, et ça ne sera pas le cas si tu es aussi tendue que ton cou en ce moment.

— C'est sous pression que je travaille le mieux.

Pourtant, l'idée de se laisser aller en présence de Parker lui paraissait terriblement séduisante.

Juste à ce moment-là, la voix du pilote à travers l'Interphone interrompit ses horribles pensées insensées.

— Monsieur Sullivan, nous entamons notre descente. C'est une belle journée ensoleillée à Miami, et la température est de vingt-trois degrés. Nous atterrirons bientôt.

— Il est temps d'attacher nos ceintures, déclara Parker en regagnant son siège.

Chloe avait du mal à se ressaisir après ce massage. Ses épaules la picotaient encore. Cette expérience avec Parker avait été une révélation, mais elle se morigéna de l'avoir autant appréciée. Pourquoi en désirait-elle plus ? Et surtout de sa part à lui. Ça ne lui ressemblait pas du tout. Elle était le genre de femme à ne jamais perdre de vue ses objectifs. La logique lui disait de terminer rapidement cette mission et de passer à autre chose. Pourtant une petite voix dans sa tête lui susurrait que c'était normal d'avoir envie de ses mains sur elle et de se demander ce que ça serait de l'embrasser. Elle était peut-être déterminée, mais elle n'était pas un robot, et cette petite caresse avait éveillé une faim sensuelle en elle.

L'avion se posa un peu avant midi. Un chauffeur les attendait sur le tarmac, dans un SUV jumbo noir. Ils roulèrent à travers la ville scintillante et ensoleillée, regardant les palmiers se courber sous le vent et le bleu argenté de l'eau percer entre les bâtiments. C'était peut-être le changement d'environnement, mais elle se sentait d'humeur joueuse.

Ressaisis-toi.

Chloe avait déjà vu des photos de la demeure de Marcus sur Internet, mais une fois devant, elle en eut le souffle coupé. C'était une gigantesque construction moderne en verre et béton aux allures de paradis tropical comportant huit chambres, dix salles de bains et une piscine à débordement face à la mer.

— Passons d'abord par la maison d'hôtes, déclara Parker. Tu pourras déposer tes affaires avant de faire la connaissance de Marcus.

— Parfait. Le photographe et le reporter du magazine fitness devraient être là dans moins de deux heures.

Parker tapa le code sur le portail en fer forgé et invita Chloe d'un geste de la main à entrer.

Elle s'avança sur le sentier pavé de pierres grises entre lesquelles de la mousse avait poussé. Des murs blancs étouffaient les sons de l'extérieur, ne laissant que le doux ruissellement d'une fontaine et le chant des oiseaux. À chaque pas, elle se détendait un peu plus. Les images, les sons et les odeurs autour d'elle lui donnaient envie d'abandonner le travail et de prendre du bon temps. Une fois au bout du chemin, elle s'arrêta :

— Waouh.

— Impressionnant, n'est-ce pas ?

— C'est le cas de le dire.

Elle ne savait plus où poser le regard en premier. Tout ici – le paysage tropical luxuriant et la piscine semblable à une oasis sereine face à une demeure tout en verre aux lignes épurées – était trop beau pour être vrai.

— Tu regrettes de ne pas avoir apporté ton maillot, hein ?

Elle le regrettait même énormément. La piscine était si attrayante qu'elle avait l'impression de ne jamais pouvoir se consoler de ne pas avoir apporté de maillot.

— Je tremperai mes jambes dans l'eau.

— Ta chambre est de ce côté-ci, dit-il en pointant un doigt. Et je serai là.

Leurs chambres n'étaient séparées que par un petit passage. Mais ils avaient chacun une porte, Dieu merci.

— Je vais poser mes affaires et on se retrouve ici dans quelques minutes.

Chloe oublia son chagrin au sujet du maillot de bain et passa la chambre en revue : sol en galets gris clair, draps blancs et lit king-size. Les baies vitrées sur les trois côtés donnaient sur le jardin tropical et la piscine invitante. Elle se voyait parfaitement rester ici durant un très long moment. Mais tout ceci n'était pas la réalité, tout comme ses pensées insensées au sujet de Parker dont elle n'arrivait pas à se défaire.

Afin de penser à autre chose, elle se força à déballer ses vêtements avant de rejoindre Parker qui faisait les cent pas dans la cour en parlant au téléphone. En la voyant il haussa les sourcils.

— Il faut que j'y aille. Je serai avec Marcus le reste de la journée, mais envoie-moi un SMS si tu découvres quoi que ce soit, déclara-t-il avant de raccrocher.

— Tout va bien ?

— Absolument. Allons y.

Parker la conduisit jusqu'à la porte, puis vers le parking, où de grandes dalles blanches menaient à une énorme double porte de bois d'ébène. Il entra sans prendre la peine de frapper.

— Marcus ? Tu es là ?

— Monsieur Sullivan ? C'est vous ? leur parvint une voix masculine del'autre bout de la pièce.

Parker fit signe à Chloe d'entrer.

— Je t'ai déjà dit d'arrêter de m'appeler comme ça, Marcus. J'ai l'impression d'être ton professeur.

Marcus Grant apparut alors qu'ils s'avançaient dans la gigantesque pièce qui comportait d'un côté un salon luxueux, et de l'autre une grande cuisine. Il était tout à fait identique aux photos que Chloe avait vues de lui, avec un sourire éblouissant, des cheveux noirs et un regard brun et chaleureux. Sa peau de bronze brillait, ce qui était impossible à ignorer puisque le très athlétique Marcus était torse nu.

— Oh ! mince. Monsieur Sullivan, vous ne m'aviez pas dit que vous seriez accompagné de Mme Burnett.

Il saisit un T-shirt posé sur l'îlot de la cuisine et s'empressa maladroitement de l'enfiler.

— Salut Marcus. Voici Mme Burnett, dit Parker de son petit ton arrogant typique.

Chloe tendit la main et essaya de dissiper le malaise.

— Ravie de vous rencontrer, Marcus.

— Désolé pour ça. Si ma mère savait que j'ai accueilli une femme que j'ai rencontrée pour la première fois sans T-shirt, elle me tuerait.

Chloe secoua la tête, trouvant le comportement de Marcus absolument charmant : il s'inquiétait de ce que sa mère penserait. Qui n'aimerait pas ça ?

— Continuez avec cet état d'esprit. Votre première interview sera pour un magazine de fitness. Maintenant je sais que je ne me suis pas trompée en leur disant que vous étiez athlétique.

Parker passa son bras autour des très larges épaules de Marcus.

— Tu vois ? Je t'avais dit que c'était la personne idéale pour ce travail.

Chloe prit une profonde inspiration en espérant que ce soit vrai. Dans ce cas en deux petites journées, Marcus serait de retour dans le circuit et récupérerait sa réputation irréprochable pendant que Chloe pourrait fêter une mission rondement menée. Après cela elle et Parker pourraient retourner à leurs vies respectives. C'était tout ce qu'elle désirait… dans les grandes lignes. Elle désirait d'autres choses également, mais elle savait qu'elle devait se concentrer sur ce qui était bien pour elle et non ce qui était tentant.

- 5 -

— M. Sullivan dit que vous êtes la meilleure dans votre domaine, madame Burnett, déclara Marcus alors qu'ils prenaient place dans son salon tentaculaire.

Chloe lança un regard interrogateur à Marcus.

— Vraiment ?

Parker ne montra aucun signe d'embarras, mis à part un léger rougissement.

— Évidemment. Je lui ai dit que je n'engagerais que les meilleurs.

— Hum, fit-elle sans cesser de l'étudier avec ses grands yeux marron. Merci. Ça me touche.

Tu pourras me remercier plus tard, songea-t-il.

Il ne pensait qu'à Chloe, la piscine et l'absence de maillot de bain. Serait-elle ouverte s'il faisait le premier pas ? Il estima ses chances à cinquante pour cent, ce qui n'était pas terrible. En général, la plupart des femmes qu'il fréquentait étaient des livres ouverts, mais Chloe… Elle jouait avec lui… chaleureuse une minute et glaciale la suivante.

— J'aimerais qu'on commence à préparer votre interview, déclara Chloe.

— Vous voulez dire, me donner les réponses ? demanda le jeune homme.

— En fait, je vais vous dire les questions qui, à mon avis, pourraient être posées. Et uniquement les pires.

Ça vous permettra de vous entraîner à répondre, et nous pourrons vous donner notre avis. De cette façon vous serez plus détendu pour l'interview.

Marcus hocha la tête.

— Ça me va.

— Nous voulons éviter que vous soyez pris au dépourvu, ajouta Chloe.

Le téléphone de Parker sonna plusieurs fois dans sa poche. Il fallait qu'il laisse Chloe travailler, mais il devait aussi s'occuper des urgences.

— Excusez-moi un petit moment.

Une fois dans la cuisine, il sortit son téléphone et vit deux messages. Le premier était de Jessica, une femme qui investiguait parfois pour l'agence de Parker, et qui était incroyablement douée pour déterrer la plus obscure information.

Me rapproche de Petit Carnet Noir. Je continue à creuser.

Chloe lui avait dit de ne pas le faire, mais il voulait en finir une fois pour toutes avec cette histoire, et ne plus jamais avoir à revivre cela. Les interviews et la publicité positive seraient d'une aide précieuse, mais la fermeture de la source à ragots lui octroierait une tranquillité d'esprit totale.

Le second message était de son père.

As-tu arrangé les choses avec Oscar Bratt ? Nous participons tous deux à un tournoi de golf dans deux semaines. J'aimerais savoir si je pourrais lui parler sans être embarrassé.

Parker détestait le manque total de confiance de son père vis-à-vis de lui, mais il ignorait comment y remédier. Ça avait toujours été ainsi entre eux.

Il sera content avec ce qui va suivre. Promis.

Il remit alors le téléphone dans sa poche et s'apprêta à rejoindre Marcus et Chloe, mais ils étaient déjà en plein travail et il ne voulait pas les interrompre. Il s'installa donc sur l'un des tabourets de la cuisine et les observa. Marcus était clairement sous le charme de Chloe. Parker étudia la jeune femme ainsi que son attitude concentrée et sérieuse, et ne l'en désira que davantage. Il était toujours sous l'effet du massage qu'il lui avait prodigué dans l'avion. Il avait commencé assez innocemment, mais à l'instant où ses mains s'étaient posées sur ses épaules, le désir l'avait envahi. Il avait imaginé ses seins dans ses mains, sa langue sur ses mamelons et les ongles parfaitement manucurés de Chloe enfoncés dans ses cheveux. Ce soir, il comptait bien faire une petite tentative pour l'entraîner dans la piscine, car ce séjour à Miami serait sa seule chance d'avoir une aventure avec elle. Une fois de retour à New York, tout serait terminé.

Après environ une heure de préparation, l'équipe du magazine de fitness arriva. Ils commencèrent par une courte interview que Chloe et Parker observèrent de loin. Elle surveillait tout comme un faucon, comme si elle était la protectrice de Marcus, articulant silencieusement les réponses et souriant en hochant la tête quand il avait réussi. Parker admira son visage qui s'éclairait, et sa concentration. Elle était plus que belle ; elle était carrément adorable. Son impatience à voir la fin de cette journée arriver grandissait à chaque instant. Il ne pensait plus qu'à être seul avec elle et voir si quelque chose serait possible, même si ce n'était que pour une nuit.

Une fois l'entretien terminé, la séance photo débuta, laquelle consistait en une séance de lever le poids dans sa salle de sport à domicile, suivi d'étirements et de poses de yoga sur le patio près de sa piscine. Chloe était également concentrée pendant cette partie-là, travaillant avec le photographe et s'assurant qu'il ne prenait que les meilleurs angles de Marcus.

À 17 heures, ce fut terminé et Marcus eut tout juste le temps de prendre une douche et d'enfiler des vêtements appropriés avant son interview avec le magazine d'architecture. Cette fois, ce fut une balade dans le parc car le journaliste était focalisé sur la merveilleuse demeure de Marcus et non sur la polémique.

À 19 h 30, il ne restait plus qu'eux trois à nouveau.

— Je meurs de faim, déclara Marcus. C'était bête de ma part d'avoir donné à mon chef son jour de congé.

— On commande une pizza ? proposa Parker dont l'estomac grondait aussi.

— J'ai demandé à mon assistante de nous faire livrer un repas thaï. Ça devrait bientôt arriver, déclara Chloe.

— Merci, mademoiselle Burnett, dit Marcus. C'est très attentionné de votre part.

— S'il vous plaît, Marcus. Appelez-moi Chloe.

Parker l'entraîna à l'écart en lui prenant doucement le bras, et regrettant de ne pas pouvoir la toucher davantage.

— Tu penses à tout, n'est-ce pas ?

Elle sourit et haussa les épaules.

— J'ai aussi faim que vous. Et je savais que je ne voudrais pas attendre une fois le deuxième magazine parti.

— Ne joue pas la modeste, Chloe. Tu étais étonnante aujourd'hui. Tu n'hésitais jamais sur ce qu'il fallait faire. Marcus t'adore. Tu as tout géré à la perfection avec ces deux reporters. Ils n'avaient que le plus grand respect pour toi.

— Attention, Parker. On dirait presque que tu es impressionné.

— Je le suis totalement.

Elle pressa ses lèvres et la plus belle des rougeurs colora ses joues tandis qu'une étincelle s'alluma dans son regard. Parker sentit certaines parties de son corps s'enflammer.

— Tu es si charmeur. Est-ce que ton père l'est autant ? Est-ce pour cela que ma mère est tombée follement amoureuse de lui ?

Parker ne voulait pas parler de son père, mais il eut le sentiment qu'il lui devait une réponse.

— Un charme différent. Je pourrais dire que mon père n'a pas toujours une grande moralité, ce qui n'est pas mon cas. C'est juste que je ne veux pas qu'un excellent travail passe sous silence. Ça n'a rien à voir avec le fait que tu sois une femme, ou que tu sois belle. Ce qui, j'imagine, motivait en premier lieu mon père vis-à-vis de ta mère.

— Quelque chose me dit que je vais devoir me méfier des hommes Sullivan.

— Non. D'un seul, répliqua Parker tandis que la sonnette retentit.

Ils s'installèrent dans le magnifique patio, et dînèrent en s'imprégnant du soleil couchant, de la brise marine et de la vue imprenable sur la baie de Biscayne. Ils dégustèrent du curry rouge au poulet, du curry vert aux crevettes et des rouleaux de printemps, le tout accompagné de riz, de nouilles et de menthe fraîche. Marcus était plus à l'aise maintenant, et ne se rongeait plus les sangs à l'idée d'avoir ruiné sa carrière. Parker était certain que la famille Bratt serait satisfaite.

Dans l'ensemble, ce fut une journée parfaite, et

Parker sentit une vague de soulagement l'envahir, ce qui n'était pas la norme chez lui. S'il n'était pas du genre à s'inquiéter pour tout, en revanche il était rarement pleinement détendu. Il y avait toujours un brin d'inquiétude au fond de son esprit. Aujourd'hui, c'était son père qui avait failli lui gâcher la journée. Mais pour le moment, rien n'avait d'importance.

Ils prirent congé de Marcus et retournèrent à la maison d'hôtes. Le soleil s'était couché et le ciel nocturne était sombre et profond. Une fois dans le jardin, la piscine leur parut paradisiaque. Il imaginait déjà le bien que ça lui ferait de se baigner et de sentir la fraîcheur de l'eau contre sa peau. Pourrait-il convaincre Chloe de se joindre à lui ? Il y avait pensé toute la journée, et était prêt à prendre le risque d'essuyer un refus, si ça pouvait lui donner la moindre chance d'obtenir un oui.

— Tu aimerais faire un petit plongeon ?

— Tu sais bien que je n'ai pas de maillot de bain.

— Je te promets de ne pas regarder.

Il savait que c'était une promesse impossible à tenir, mais ça lui parut la chose à dire.

— Ben voyons !

— Je serai nu également.

Il déglutit en se demandant comment elle allait réagir à cette suggestion sortie de nulle part.

— Comme ça aucun ne sera à son désavantage, ajouta-t-il.

— Je ne sais pas…

— Je ne peux pas ne pas y aller, répondit-il avec nonchalance. Sinon je le regretterai toute ma vie.

— L'eau a l'air délicieuse.

— Et nous avons eu une journée bien chargée.

Elle lui lança un regard indéchiffrable. Il espérait vraiment qu'elle accepte. Après cette longue journée, il ne rêvait que de se baigner dans cette piscine avec Chloe et voir où les choses iraient.

C'est de la folie. C'est complètement timbré.

Était-elle sérieusement en train d'envisager de nager nue avec Parker ?

Tout à fait.

Parce que cette journée avait été un succès. Elle avait préparé Marcus à la perfection et les interviews s'étaient déroulées à merveille. La piscine paraissait incroyablement invitante – un ruban bleu et calme sur un ciel nocturne encore plus bleu. La brise remuait les palmiers. C'était exactement ce dont elle avait besoin en ce moment : beauté et détente. Elle méritait un plongeon, cette eau tentante. Elle avait même l'impression que c'était une nécessité.

Mais d'abord, elle avait besoin d'un verre.

— Et si on portait un toast à cette première journée réussie ?

Parker lâcha un petit soupir d'impatience.

— Bonne idée. Mais je vais d'abord me mettre en maillot… Juste au cas où tu changerais d'avis.

Chloe se demanda s'il essayait de se défiler de sa promesse d'il y a un instant.

— Ça me va.

Elle retira ses chaussures d'un mouvement du pied et entra dans la cuisine pour prendre une bouteille de vin blanc, un seau de glace et deux verres. Elle retourna à la piscine, et s'assit au bord de l'eau en plongeant ses pieds dans l'eau. La sensation était douce et agréable, et le fut davantage quand la brise paradisiaque de Miami lui caressa le visage. Elle se sentait enfin détendue et sereine.

— Tu ne vas pas te baigner en jupe et en chemisier, non ? demanda Parker dans un grondement bas derrière elle.

Elle se retourna, et le vit vêtu d'un short de bain bleu nuit. Ses longues respirations calmes se changèrent en courts halètements. Elle essaya de ne pas fixer son torse et son ventre ciselé, mais c'était impossible. Après une journée entière en compagnie de Parker, elle n'avait plus l'énergie et la volonté de continuer à étouffer son attirance pour lui. Elle s'autorisa donc à le dévorer du regard, mais cela n'épancha en rien sa soif : regarder et toucher étaient deux choses très différentes. Mais Parker n'était pas un homme qu'elle était censée toucher.

L'injustice de la situation la dévorait. Pourquoi fallait-il qu'il soit un client ? Pourquoi devaient-ils être liés par le mariage de leurs parents ? Ce n'était pas juste. Elle l'appréciait beaucoup malgré son côté arrogant, et sa confiance débridée était contagieuse et séduisante. Pourquoi ne s'étaient-ils pas rencontrés dans un bar ou à une fête ? Ils auraient pu alors avoir une très agréable aventure.

— Nous devons porter un toast, dit-il en se penchant pour prendre la bouteille de vin et se verser un verre. À un excellent travail.

— À un excellent travail.

Elle fit tinter son verre contre le sien et prit une longue gorgée, savourant la fraîcheur du vin tandis que leurs regards se croisaient. Elle endura la sensation d'attirance entre eux, ce sentiment qui semblait indéniablement présent chaque fois que leurs regards se croisaient. Le ressentait-il aussi, ou était-ce simplement sa personnalité magnétique ?

Il marcha au bord de la piscine, et Chloe en profita pour l'admirer, étudiant les contours sculptés de ses épaules, son dos musclé qui s'étrécissait en descendant vers sa taille. Arrivé au bout, il plongea et parcourut la longueur sous la surface vitreuse. Quand il remonta pour prendre de l'air, l'eau ruissela sur sa peau. Il passa les mains dans ses cheveux et les lissa en arrière, puis se tourna vers elle, les yeux brillants et pleins de vie.

— Tu devrais venir. L'eau est incroyable.

— Tu as raison, dit Chloe en remuant ses pieds sous l'eau.

Une part d'elle avait peur. Elle avait l'impression d'être perchée sur un précipice entre sage et mauvaise décision. Mais elle était fatiguée d'être constamment sage… tous les jours, semaine après semaine.

Parker aspergea ses mollets et ses genoux de quelques gouttes d'eau.

— Allez, viens. Tu l'as bien mérité. De toute façon, je n'accepterai pas un refus, alors…

Il tira sur le cordon de son short de bain et le retira avant même qu'elle réalise ce qu'il faisait. Il roula le vêtement humide en boule et le jeta au bord de la piscine. L'eau lui arrivait à la taille et, même si Chloe ne pouvait pas le voir entièrement, elle distinguait le contour de ses hanches. De toute façon, le simple fait de le savoir nu faisait monter son excitation d'un cran. Elle était bien plus consciente à présent du battement entre ses jambes et de son désir pour Parker.

Il s'avança alors vers elle.

— Je te promets que j'ai déjà vu ce que tu caches sous cette jupe et ce chemisier, quoi que ça puisse être.

— Je n'en doute pas, dit-elle en le regardant.

— Je ne le disais pas dans ce sens.

— Comment ça alors ?

— Que j'ai déjà imaginé à quoi tu ressemblais sans tes vêtements. Donc je t'ai pratiquement vue nue. Du moins dans mon imagination.

— Je ne te crois pas, dit-elle, les joues cramoisies.

— Tu plaisantes ou quoi ? Je t'ai imaginée à l'instant où j'ai eu un aperçu de tes cuisses, quand tu es sortie de cette voiture, dit-il le regard brillant d'espièglerie.

Un gémissement essoufflé s'échappa des lèvres de Chloe. Pourquoi était-ce si excitant de savoir qu'il avait pensé à elle de cette façon ? Qu'il l'avait désirée au point de fermer les yeux et l'imaginer nue ?

— Juste une fois ?

Elle se sentit fière de flirter avec tant d'audace. C'était si différent d'elle.

— Plus qu'une fois, je l'avoue.

— Oh.

— Alors, un plongeon ?

Chloe se mordilla la lèvre inférieure sans le quitter des yeux. Le lien entre eux avait été instantané, et de savoir qu'il fantasmait sur elle lui donnait envie d'aller plus loin. Avait-elle une raison valable de ne pas le faire ? Oui, évidemment. Mais elle ne voyait aucun mal à être audacieuse et à se laisser aller à ses désirs et ses besoins plutôt que de les nier constamment. Ils étaient seuls dans cette belle maison. Personne n'en saurait rien.

— D'accord.

Elle se leva et se dirigea vers sa chambre. Son cœur

battait à tout rompre, mais ce n'était pas l'angoisse : c'était un sentiment d'euphorie à la perspective de lâcher prise.

— Tu ferais mieux de revenir, lança-t-il.

— Tu ferais mieux de faire moins de bruit, répliqua-t-elle.

Une fois à l'intérieur, elle retira sa jupe et la laissa tomber au sol avant de déboutonner son chemisier. Mais quand elle le retira, sa gorge se noua. Une part d'elle voulait vraiment être la femme audacieuse capable de sortir d'ici nue, mais elle s'en sentait incapable. Elle décida donc de garder ses sous-vêtements – un exquis ensemble en dentelle noire venant d'une maison de création à Paris. Ça ne ressemblait en rien à un maillot de bain et ça la couvrait à peine. Dire qu'elle était sur le point d'entrer dans une piscine en compagnie d'un homme auquel elle était certaine de ne pas pouvoir résister, et qu'elle ne portait rien d'autre que de la lingerie française hors de prix !

Et le plus fou, c'était que lui ne portait rien du tout.

Lorsqu'elle sortit, il l'attendait, l'eau à peine au niveau de sa taille et les yeux rivés sur la porte de sa chambre. Il ne dit rien, et lui présenta un visage indéchiffrable qui emplit Chloe d'un sentiment d'insécurité.

Mais soudain il sourit et laissa échapper un petit rire semblable à un soupir.

— Je t'aurais bien traitée de tricheuse si tu n'étais pas aussi incroyablement sexy.

Elle plongea son pied dans l'eau tiède et descendit la première marche.

— N'est-ce pas fou ?

— Complètement, dit-il en l'aspergeant de quelques gouttes du bout des doigts. Voilà pour t'aider à te mouiller.

Elle plongea sous l'eau et il la suivit aussitôt. Elle sentit son corps près d'elle quand elle remonta prendre de l'air. L'eau était suffisamment profonde pour qu'elle soit obligée de sautiller sur le bout des orteils, mais Parker semblait avoir complètement pied. Ils étaient tous deux légèrement essoufflés, si proches qu'elle aurait juré entendre son cœur battre.

— Tu réussis à me surprendre, juste quand je pensais t'avoir cernée.

— J'ai dit que je viendrais nager, et me voilà.

— C'est vrai. Mais tu ne m'as pas dit que tu allais m'en mettre plein les yeux avec une tenue si séduisante. Je ne pourrais pas être plus heureux que tu aies oublié ton maillot de bain.

— Je ne suis pas aussi courageuse que toi, Parker. Je ne pouvais pas sortir de la chambre toute nue.

— Je te trouve pourtant courageuse, dit-il en s'approchant de quelques centimètres.

Elle n'en était pas vraiment sûre. En revanche, elle était sûre que chaque seconde passée à discuter était une seconde de perdue. Elle saisit ses épaules, et l'instant suivant il posa ses mains sur sa taille et l'embrassa, la laissant prendre ce qu'elle voulait, le goûter et l'explorer. Au bout d'un moment, il saisit ses fesses et la pressa contre son érection. Elle entoura ses épaules de ses bras, et le tira plus près afin d'approfondir leur baiser.

Parker commença à les emporter vers la partie peu profonde.

— Je me fiche que ce soit fou, Parker. J'ai envie de toi, dit-elle d'une voix désespérée et à bout de souffle.

— J'ai envie de toi aussi, gronda-t-il contre ses lèvres. J'ai besoin de toi.

Les pieds de Chloe touchaient le fond à présent et elle le poussa contre la paroi de la piscine en lui administrant un baiser dur, auquel il répondit par une passion étourdissante. Toute cette histoire de piscine était terriblement torride, mais elle avait besoin de l'avoir sur la terre ferme afin de l'admirer tout à loisir, le sentir et le toucher. Elle lui prit donc la main et l'entraîna vers les marches.

L'eau ruisselait de son corps mince à chaque pas. Elle sentait la présence de Parker derrière elle, et sa main chaude dans la sienne. Dès qu'ils furent sur la terrasse de la piscine, il la prit dans ses bras et l'emmena vers une double chaise longue garnie d'épais coussins. Il la reposa alors au sol et abaissa les bretelles de son soutien-gorge au niveau des coudes. La dentelle délicate descendit assez bas pour libérer ses seins, et il la but d'abord du regard comme si elle était le plus délicat des champagnes avant d'aspirer ses mamelons tendus avec sa langue et ses lèvres. Chloe se sentit brûler de désir. Elle détacha son soutien-gorge en se demandant comment elle avait pu imaginer qu'il la protégerait ?

Les lèvres de Parker retrouvèrent les siennes et pour la première fois elle tendit la main pour toucher son sexe érigé. Il était dur comme de la pierre, mais sa peau sembla se contracter sous sa caresse. Il haleta de plaisir, et elle aussi du plaisir de le tenir dans sa main. Il gémit en fermant les yeux, et un mélange de frustration et de satisfaction lui traversa le visage quand elle referma ses doigts avec assurance autour de son sexe et entama un va-et-vient tout en caressant la pointe avec son pouce.

— Tu es trop excitante. Je ne vais pas tenir longtemps si tu continues.

Il l'embrassa durement puis recula jusqu'à la méridienne

où il s'assit lentement tout en lui embrassant la poitrine avant de descendre jusqu'à son ventre. Il s'appuya alors sur ses coudes, laissant son corps à sa disposition. Il était si beau qu'elle ne savait pas où regarder en premier, alors elle regarda l'ensemble : ses épaules sculptées et ses pectoraux surmontés d'une petite touffe de poils, ses abdomens délicieusement dessinés et enfin la ligne du pubis menant à son magnifique sexe.

Tout en l'admirant, elle se mordilla la lèvre inférieure et fit lentement glisser sa culotte le long de ses jambes. Elle accompagna son geste d'une petite secousse des hanches et du torse afin qu'il ait une vue imprenable sur ses seins en mouvement.

Une fois la culotte retirée, elle se redressa, incertaine de ce qu'elle devait faire ensuite. Ils ne pouvaient pas rester là et se regarder éternellement. Mais il y avait en même temps quelque chose de si satisfaisant dans ce moment d'anticipation, à attendre cet instant qui n'allait pas tarder à arriver.

Il se redressa et courba son doigt en signe d'invitation.

— Viens par ici.

Elle sourit et s'approcha, puis posa un genou sur la chaise. Il passa son bras autour de sa taille et l'aida à s'allonger sur les coussins. Puis il se mit à genoux et se dressa au-dessus d'elle, entre ses jambes écartées et baissa la tête pour prendre un mamelon dans sa bouche. Il fit tourner sa langue autour de la peau tendue et sensible et passa à l'autre sein puis recommença. Ses caresses envoyèrent des décharges directement vers l'intimité de Chloe qui passa ses mains dans ses épais cheveux mouillés.

Il déplaça un genou entre ses jambes, puis l'autre, et

elle réalisa que son attention s'était reportée vers une autre zone. Elle était totalement nue, indubitablement exposée et vulnérable, mais étrangement, elle ne s'en sentait que plus libre et en sécurité. Il posa les jambes de Chloe sur son épaule, puis commença à l'embrasser en descendant vers l'intérieur de ses cuisses. La tête de Chloe roula en arrière alors que les lèvres de Parker trouvèrent son sexe et que sa langue effleura son clitoris en imprimant des mouvements circulaires, lui démontrant son talent pour donner du plaisir aux femmes. Elle ignorait comment il faisait pour sembler savoir naturellement ce qu'elle aimait, mais elle lui en était incroyablement reconnaissante.

Sa tête se balançait d'avant en arrière contre le coussin alors qu'elle se sentait foncer rapidement vers les sommets de l'extase. La brise qui lui caressait la peau et les odeurs tropicales de la nuit de Miami rendaient l'expérience encore plus enivrante. Son esprit n'était qu'une brume de bien-être et de plaisirs charnels quand elle se sentit emporter par la vague de plaisir. Les muscles de son corps se tendirent et se libérèrent en un instant. Parker était incroyable, et elle en voulait davantage.

Parker s'allongea près de Chloe sur la chaise et l'embrassa doucement. Il était si dur de l'avoir amenée à l'orgasme qu'il n'arrivait plus à avoir les idées claires, mais il voulait quand même être tendre avec elle. Depuis le moment où elle était sortie de la chambre vêtue de cette lingerie affriolante, il avait compris qu'elle était une séductrice inconsciente de son pouvoir, et il avait envie de la sortir de sa zone de confort. Il approfondit le baiser et enroula sa langue autour de la sienne. Il n'avait pas besoin d'aucun encouragement – chaque respiration essoufflée et chaque baiser désespéré de Chloe lui disaient tout ce qu'il avait besoin de savoir.

— Je vais chercher un préservatif, lui chuchota-t-il à l'oreille. J'ai besoin d'être en toi, Chloe. J'ai besoin de toi.

— Je prends la pilule, mais il faudrait que je sache si tu t'es fait tester récemment.

— J'ai fait mon bilan annuel il y a un mois. Tout va bien. Je suis fin prêt pour toi.

Elle sourit et l'embrassa à nouveau de ses douces lèvres qui le rendaient fou. Il perdait toute notion du temps et de l'espace avec elle, chose totalement inhabituelle pour lui. Puis ce fut au tour de Chloe de le faire rouler sur le dos et de l'enserrer avec ses genoux. Elle posa ses mains de chaque côté de son torse et se pencha pour l'embrasser à nouveau. Ça ressemblait à présent à un vrai jeu de séduction, comme si elle voulait lui montrer qu'elle était capable de le rendre fou. Il se sentait comme tiraillé entre deux mondes… l'un ravi d'anticipation et l'autre brûlant de désir et trouvant cela insoutenable. Ses seins effleuraient son torse et son nez caressa sa joue tandis qu'il saisissait ses fesses soyeuses et enfonçait ses doigts dans sa peau. Ce n'était pas assez et pourtant c'était tout.

Il la tira contre lui avec force, la pressant contre son érection, puis la retourna sur le dos. Sa chevelure rousse s'étala sur le coussin. Elle enroula ses jambes autour de sa taille et il se positionna face à son intimité. Quand il s'enfonça en elle, il réalisa que, malgré son désir, il n'était pas préparé à la sensation incroyable de la posséder. Ils semblaient se compléter, comme s'ils étaient faits l'un pour l'autre, et ce sentiment ne fit que croître à mesure qu'ils trouvèrent leur rythme. Un rythme profond et dur, alors que tout chez Chloe était doux et somptueux, chaud et accueillant. Elle gémit son plaisir dans son oreille, et il répondit par un grognement. La tension en lui grandissait à une vitesse folle. Elle resserra les jambes autour de lui et ses ongles lui griffèrent le dos, ce qui ne fit qu'amplifier les sensations de Parker. Intensité, chaleur, béatitude, le tout menaçant de l'engloutir et de le tuer. Mais ça lui était égal.

Il changea d'angle et accentua ses coups de reins. La respiration de Chloe se fit alors plus saccadée et elle le serra encore plus fort. Elle leva les hanches pour qu'il puisse s'enfoncer profondément, et il fut submergé par une vague de plaisir qui menaça de le noyer. Parker était si proche de l'orgasme qu'il avait l'impression de vaciller sur la lame d'un rasoir, mais il n'était pas encore prêt car il savait que cette nuit ne se répéterait pas. Jamais elle ne resterait dans sa vie : c'était là son unique chance et il devait la savourer.

Mais à la seconde où il la sentit céder à l'orgasme, il se laissa aller lui aussi, et ils sombrèrent ensemble dans un abîme de volupté. La sensation laissa alors place à un sentiment de calme qu'il n'avait pas ressenti depuis longtemps. Alors que la brise nocturne bruissait dans les branches du palmier au-dessus d'eux, Parker verrouilla ses doigts dans ceux de Chloe et porta sa main à ses lèvres.

— Je ne me dirai plus jamais que tu as été bête de ne pas apporter un maillot de bain.

— Pourquoi ? demanda-t-elle en roulant sur le côté et passant la main sur son estomac dur.

— Parce que ça m'a bien profité.

— Je dirais que ça nous a profité à tous les deux, dit-elle en posant son menton sur son torse en levant les yeux sur son visage. C'était incroyable. Vraiment fou.

Parker l'embrassa en pensant déjà à ce qui allait suivre. Il en voulait davantage, dans sa chambre, sur le lit, sous la douche. Partout où il pourrait l'avoir. Il fallait qu'il prenne tout ce qui était possible. L'occasion ne se présenterait plus jamais à lui.

— Chérie, tu n'as encore rien vu. Je vais te montrer ce qu'incroyable veut dire.

- 6 -

Chloe se réveilla lentement en sentant un soleil exceptionnellement lumineux inonder la chambre. Elle essaya de ne pas paniquer mais elle avait un peu peur d'ouvrir les yeux. Elle fit une petite prière pour que la situation ne soit pas aussi terrible qu'elle le craignait. Peut-être qu'elle était dans son propre lit ? Peut-être qu'elle n'était pas nue et qu'elle n'avait pas fait toutes ces choses avec Parker la nuit passée ?

Allongée sur le côté, elle roula lentement sur le dos. Les draps soyeux glissèrent sur sa peau nue.

Aucun doute là-dessus.

Avec une extrême prudence, elle ouvrit un œil, et ce qu'elle vit ne lui laissa plus aucune place au doute : Parker, aussi beau qu'un mannequin pour sous-vêtements, se tenait au pied du lit en caleçon et buvait son café.

— Bonjour, dit-il de la même voix séductrice qui avait éveillé son désir la nuit dernière.

Il en usait comme si ce n'était pas grand-chose, alors qu'en réalité c'était une arme mortelle.

— Bonjour, croassa-t-elle, toujours incapable d'ouvrir complètement les yeux.

Ou peut-être était-ce sa façon de se préserver ? Si elle le regardait trop, il finirait nu et il ne faudrait pas être un génie pour comprendre comment cela finirait. Elle se cambrerait contre lui, l'embrasserait avec abandon, et le laissait la pénétrer aussi profondément que possible. La pensée la fit frissonner d'anticipation, mais elle n'aimait pas ce que la nuit dernière avait fait d'elle : elle s'était montrée faible et avait perdu le contrôle.

— Quelle heure est-il ?

— À peine 7 heures. Trois heures avant la dernière interview de Marcus.

Ce fut un rappel brutal de ce qui n'allait pas : Parker et elle travaillaient ensemble. Ils ne devaient pas se réveiller l'un à côté de l'autre.

— D'accord.

— Tu veux que je t'apporte un café ?

— Je peux me servir. Tu n'as pas à m'attendre.

Mais comment quitter cette chambre avec élégance ? Pour cela elle devrait emporter le drap en entier.

— Sers-toi. J'essayais juste d'être aimable.

Elle s'assit en le suppliant intérieurement de regarder ailleurs ou même de sortir. Il était on ne peut plus tentant avec ses épaules sculptées, son torse puissant et ses longues jambes… et il n'y avait pas que les jambes qui étaient longues chez lui. Les souvenirs de la nuit chassèrent toute pensée cohérente : son visage masculin enfoui dans son cou, ses lèvres effleurant ses seins, les muscles de ses hanches qu'elle avait sentis contre ses mollets alors qu'il la conduisait à l'extase.

— Est-ce que je pourrais avoir un peu d'intimité, s'il te plaît ?

— Je pensais qu'on avait dépassé ce stade dans notre relation.

— Tu es mon client.

Serrant le tissu sur sa poitrine, elle posa les pieds au sol et se leva en tirant sur le drap.

— La nuit dernière ne se reproduira plus. C'était un arrêt sur la route, pas une destination. Il est temps de retourner à ce que nous étions avant, et je pense que nous devrions commencer par ne plus nous voir nus.

Parker sirota nonchalamment son café.

— Tu agis comme si j'attendais quelque chose de ta part. Je peux t'assurer qu'il n'en est rien. On a simplement couché ensemble. Ce n'est pas la fin du monde. Ce n'est pas non plus le début de quelque chose ou un signe que nous devrions établir de meilleures règles ou quoi que tu sembles imaginer dans ta tête, Chloe.

Elle le regarda fixement. Avec quelle nonchalance il disait cela. Tel père, tel fils ? Peut-être.

— Ce n'était que du sexe, ajouta-t-il. Rien d'autre.

Elle inspira profondément. En apparence, elle l'approuvait car c'étaient des propos sensés, surtout venant de Parker Sullivan, un play-boy qui ne s'attachait jamais… pas plus qu'elle d'ailleurs. Alors pourquoi est-ce que ses paroles la déstabilisaient ? Quelque chose la dérangeait, mais elle n'arrivait pas à mettre le doigt dessus.

— Je le sais. Je dis simplement que je ne veux plus que ça se reproduise. Et la meilleure façon de rester sur cette voie, c'est d'arrêter avec la nudité.

— Encore des métaphores avec la route.

— Oui mais elles ont le mérite d'être claires. Il est temps de reprendre chacun notre route.

— Alors tu ne veux pas rester une nuit de plus ? On pourrait s'éclater un peu, juste nous deux, dit-il avec un regard troublant.

Une onde de chaleur la parcourut avec une telle force qu'elle crut s'évanouir.

— Je dois vraiment rentrer chez moi.

Même si ça serait incroyablement tentant et de loin plus excitant que tout ce qui m'attend à la maison.

— Bon d'accord. On arrête donc de prendre du bon temps.

— Ne fais pas comme si j'étais la méchante.

Il leva les mains en signe de reddition.

— Personne n'est gentil ou méchant. Je résume simplement la situation.

Elle fit un pas vers la porte et saisit le bout du drap avec le pied, puis se pencha pour rassembler le tissu dans ses mains et le remonter jusqu'à mi-cuisses. En matière de discrétion, on faisait mieux, mais elle devrait s'en contenter.

— Parfait dans ce cas, dit-elle en passant devant lui.

Pourtant quelque chose en elle essaya de la faire changer d'avis et rester, mais elle se résista.

— L'interview de Marcus est prévue à 10 heures. Elle devrait être finie vers 13 heures. 14 heures maximum.

— Nous partirons pour l'aéroport dès que tu voudras. Je vais faire mes valises.

Chloe se rendit à sa chambre et sauta directement dans la douche en essayant de ne pas penser au fait que Parker était dans l'autre pièce. Ou le fait qu'elle avait vraiment aimé sentir ses mains sur son corps la nuit dernière. Ça avait été une erreur, et elle s'efforçait toujours de ne pas faire d'erreurs, surtout concernant le travail. Mais Parker l'avait rendue faible. Il lui avait donné envie de s'abandonner.

Elle prit une profonde inspiration, regrettant que le jet chaud d'eau ne puisse pas laver son conflit intérieur. Ce n'était pas la fin du monde. Personne ne saurait jamais qu'ils avaient couché ensemble : ni Marcus, ni sa mère, ni personne d'autre. Fort heureusement, ça resterait un secret. Une fois à New York, elle pourrait oublier Parker et ce bref chapitre et passer à autre chose, comme elle le faisait toujours.

Enveloppée d'une serviette, elle retourna dans sa chambre et s'habilla rapidement, en choisissant une robe moulante noire toute simple. Elle avait à moitié terminé de faire sa valise quand son téléphone bipa. Elle jeta un coup d'œil à l'écran, surtout pour s'assurer que ça n'avait rien à voir avec l'interview de ce matin, et fut intriguée par ce qu'elle vit : c'était une image étrangement verdâtre, presque comme si elle avait été prise en vision nocturne. Elle montrait un couple dans une situation compromettante.

Oh non.

La femme sur cette photo était Chloe. Et ce n'était pas n'importe quel homme, mais Parker. Quelqu'un les avait espionnés la nuit dernière ?

Non Non Non.

Elle ne connaissait pas le numéro de l'émetteur et ignorait si elle devait répondre, mais il fallait qu'elle sache qui était derrière cela et, plus important encore : ce qu'il voulait.

Qui est-ce ?

Son cœur battait à tout rompre en attendant la réponse.

Je pense que tu le sais.

Chloe ne le savait absolument pas, mais elle avait l'horrible pressentiment que ça pourrait être lié à Marcus et au problème qui l'avait conduite à Miami. Y aurait-il un rapport avec Petit Carnet Noir ?

Que voulez-vous ?

N'essaye pas de m'arrêter.

Elle plissa les lèvres. La réponse ne l'avançait pas beaucoup et ne faisait que soulever d'autres questions.

De quoi ? Comment vous arrêter si je ne sais pas qui vous êtes ?

Tu devrais savoir qui je suis à présent.

Petit Carnet Noir ?

Toi et ton demi-frère devez arrêter d'interférer dans ma mission sinon je serai moins discret avec les photos.

Chloe laissa tomber son téléphone sur le lit comme s'il avait pris feu.

— Parker !

Son cœur tambourinait dans sa poitrine. Que se passait-il ?

— Quoi ? s'exclama-t-il en apparaissant sur le pas de sa porte, couvert d'une serviette. Qu'est-ce qui se passe ?

Il était essoufflé, ses cheveux étaient mouillés et des gouttelettes d'eau perlaient sur son torse. Ce n'était pas une vision dont elle avait besoin en ce moment.

— Pourquoi est-ce que tu ne portes pas de vêtements ?

— Parce que j'étais sous la douche quand tu as crié mon nom. J'ai eu peur que tu sois blessée ou qu'il se soit passé quelque chose.

Malgré son sentiment de panique, elle apprécia sa sollicitude envers elle.

— Quelqu'un a découvert pour la nuit dernière.

— La nuit dernière ? demanda-t-il, confus.

— Oui, Parker. Toi et moi. Notre partie de jambes

en l'air. Quelqu'un a pris des photos. Ça doit être Petit Carnet Noir. Il a dit qu'on devait arrêter d'interférer dans sa mission. Je ne sais pas ce que ça veut dire.

— Montre-moi.

Elle lui tendit son téléphoner après l'avoir déverrouillé.

— Waouh. C'est nous ?

— Quelqu'un nous espionnait.

— La qualité est vraiment granuleuse, mais tes fesses sont magnifiques.

— Tu veux bien être sérieux une minute, s'il te plaît ? Ce n'est pas une blague. Tu penses que ça peut être Petit Carnet Noir ?

— Sûrement. Je ne vois pas qui d'autre ça pourrait être. Voyons s'il répond.

Il appuya plusieurs fois sur l'écran et alluma le haut-parleur. Une sonnerie retentit, suivie de trois bips et du message : « Le numéro que vous appelez n'est plus en service. »

— C'était rapide.

— Il m'a dit de ne pas chercher à l'arrêter. Mais je n'ai rien fait. Je fais juste mon boulot.

— Ne t'en fais pas. Il joue probablement avec toi.

Chloe secoua la tête. Quelque chose lui disait que c'était plus que ça.

— Nous ne pouvons plus être vus ensemble, Parker. On joue avec le feu. On termine l'interview de Marcus et on part chacun de notre côté.

— Ce n'est pas ce qu'il t'a demandé. Il t'a juste dit d'arrêter de t'interférer.

— Oui. Je sais. Mais si ma mère apprend ce que j'ai fait avec toi, deux jours à peine après son divorce, elle ne me le pardonnera jamais.

Elle ne s'était jamais sentie aussi mal. Étant habituée à ce que les problèmes soient ceux de ses clients, et non les siens, elle n'avait plus aucune objectivité. Tout ce qu'elle voyait, c'étaient des nuages sombres. Tout ce qu'elle ressentait, c'était de la panique.

— Je vais prendre un vol commercial pour rentrer à New York. Je ne veux prendre aucun risque.

— Ne sois pas bête. Tu auras plus de chance d'être espionnée dans un terminal d'aéroport qu'en voyageant avec moi. On partira directement de la maison à la voiture et vers mon avion. Tout va bien se passer.

— Pourquoi est-ce que tu agis comme si ce n'était rien ?

— Chloe, regarde cette photo. Tu es en panique parce que tu sais que c'est nous. Mais personne ne s'en rendra compte. Tout le monde pensera qu'il s'agit de deux personnes qui couchent ensemble.

— C'est une véritable complication. Une catastrophe.

— La vie est remplie de complications. Tu devrais être bien placée pour le savoir. Regarde nos parents. Regarde nos métiers : des hauts et des bas, des victoires et des défaites et tout le reste entre les deux. La vie est compliquée.

Chloe comprenait ce qu'il essayait de dire, mais ce n'était pas pour autant qu'elle était prête à l'accepter. Elle détestait que les choses lui échappent et elle était prête à tout pour restaurer un certain ordre.

— Je rentrerai avec toi, mais ça sera le bout du chemin pour nous, d'accord ?

— Tant que tu arrêtes avec tes métaphores sur la route, je ferai tout ce que tu veux. Je n'ai pas la force d'argumenter.

Parker retourna rapidement dans sa chambre en serrant sa serviette contre sa taille.

Merde.

C'était sa faute si Chloe avait reçu ce SMS. C'était lui qui enquêtait. Était-il vraiment censé tout annuler à présent ? Il n'en avait aucune envie. Petit Carnet Noir n'était bon qu'à faire du mal. Il ne voulait pas blesser Chloe, mais il savait aussi que le meilleur moyen de rendre la monnaie de sa pièce à Petit Carnet Noir était de lui arracher son masque.

Il prit son téléphone et envoya un SMS à Jessica.

Du nouveau ?

Depuis hier ? Non, désolée.

Il tapota nerveusement le côté de son téléphone. Elle avait dit hier qu'elle était sur le point de trouver l'origine du Carnet. Sournoise et intelligente, Jessica était parfaite dans son travail. Il lui avait donné carte blanche et lui faisait entièrement confiance. Il devait la laisser finir le boulot.

Personne n'est au courant ?

Personne.

Génial. Merci.

Il expira longuement en réfléchissant à la situation. Chloe le tuerait si elle apprenait ce qu'il manigançait, mais d'un autre côté leur petit interlude était terminé. Elle avait été très claire sur ce qu'elle voulait : un retour à leurs anciens rapports. Si elle ne voulait rien d'autre qu'une unique nuit d'amour, il n'avait d'autre choix que d'accepter sa décision.

Il s'habilla, fit sa valise et se dirigea vers la principale demeure, où il prit un café avec Marcus et discuta jusqu'à l'arrivée de Chloe une demi-heure plus tard. Quand elle entra dans la pièce, son expression fut un rappel de la situation : elle était certes belle et séduisante, mais elle était là pour le travail, et elle en avait manifestement terminé avec lui.

Les heures suivantes furent consacrées à la dernière interview de Marcus. Il répondit parfaitement aux questions, mais Parker savait que c'était parce que Chloe avait fait un excellent travail de préparation. Assis en retrait et observant l'échange, Parker tapa un court message pour Oscar Bratt.

Ton quarterback vedette est vraiment décontracté devant un appareil-photo.

Avec un peu de chance, ça suffirait à rassurer Oscar et à le convaincre que toute cette histoire n'avait pas grande importance.

Lorsque Parker et Chloe embarquèrent pour New York cet après-midi-là, il aurait dû être empli d'un sentiment d'accomplissement. En effet, Parker avait toutes les raisons d'être satisfait car Chloe avait fait un travail exceptionnel. Quand ces interviews paraîtraient dans la presse, tout rentrerait dans l'ordre, et sa vie pourrait enfin revenir à la normale.

Mais alors qu'il s'assit en face de Chloe, il ne put empêcher les doutes de l'assaillir. Leur aventure la nuit dernière avait été électrique, et il aurait pu la prolonger ce matin. Quand Chloe s'était réveillée, clairement déboussolée par le fait d'avoir couché avec lui, il n'avait pas saisi l'occasion d'entamer une vraie conversation. Il aurait pu s'asseoir près d'elle, la rassurer et l'aider à surmonter ses inquiétudes. Au lieu de cela, il avait choisi la voie la plus facile, en lui disant de ne pas en faire toute une histoire et que ce n'était que du sexe.

Ce qui l'amena à se demander si Chloe était vraiment d'accord ou si elle avait également pris la voie la plus facile.

— Tout va bien ? demanda-t-il en jetant de côté le magazine d'affaires qu'il essayait en vain de lire.

Chloe leva les yeux de son ordinateur portable.

— Je m'avance dans le travail.

— Tu as un emploi du temps chargé la semaine prochaine ?

— Oui. Et toi ?

— Pareil.

Il se racla la gorge, et tenta de donner un tour plus personnel à leur conversation.

— Tu vois ta mère en rentrant ? Tu as parlé d'un brunch ce dimanche ?

— Oui. On fait ça depuis des années. Ma mère se surpasse toujours.

Parker aurait aimé avoir ce genre de traditions amusantes avec son père. Leurs retrouvailles tournaient toujours autour du travail. Ou de l'argent… Ou les deux. Parker n'était pas très famille : il était l'unique enfant du premier mariage de son père, sa mère étant décédée alors qu'il était adolescent, et n'avait aucun lien avec ses deux frères et sœurs des mariages suivants de son père.

Il soupira en s'efforçant de trouver un sujet de conversation. Il aurait aimé savoir ce qui allait suivre avec Chloe.

C'était comme s'il tentait d'empêcher une porte de se refermer en y mettant le pied. Mais comment faire ?

— Inquiète au sujet de la photo que tu as reçue ?

— Oui.

Elle ferma son ordinateur portable et le posa de côté, puis s'adossa au dossier de son siège et croisa les jambes.

— Mais je dois dire que tu as marqué un point : la qualité est granuleuse. Nous savons que c'était nous, mais est-ce que les autres le devineront ? Probablement pas. Alors je ne pense pas que ce soit si dramatique, et je suppose que Petit Carnet Noir le sait. Mais cette histoire d'espionnage et ces photos démontrent clairement qu'il cherche activement de quoi faire chanter. Mais pourquoi ?

Parker déglutit, mal à l'aise.

— Il sait évidemment qu'on était à Miami. Et il devait probablement être au courant des interviews. Alors peut-être qu'il est fâché de nous voir contrer cette mauvaise publicité ?

Chloe haussa les épaules.

— J'imagine. Mais je n'aime quand même pas l'idée qu'on nous espionne. C'est inquiétant, dit-elle avant d'enrouler ses bras autour de sa taille et frissonner.

— Tu dois rencontrer ce genre de situations tout le temps.

— Pour mes clients, mais pas moi. Je suis une vraie casanière. Quatre-vingt-dix pour cent de ma vie se passe entre le bureau et mon appartement. Je ne m'autorise jamais à me retrouver dans des situations comme celle d'hier soir.

Il se demanda alors si elle parlait de leur aventure ou du fait d'être espionnée.

— Tu n'es donc pas une accoutumée de sexe au bord d'une piscine à Miami ?

Elle secoua la tête, mais il remarqua tout de même l'ébauche d'un sourire sur ses lèvres pulpeuses. Ces lèvres qui s'étaient trouvées sur tout son corps la nuit dernière et qu'il aurait été idiot de ne pas vouloir sentir sur lui à nouveau.

— Non. Ça ne m'arrive pas souvent. Jamais même.

Parker ressentit un certain orgueil à entendre cela.

— Et ta vie amoureuse, Chloe ? Y en a-t-il une ?

— On dirait une pêche aux informations.

— Simple curiosité. Et puisque nous sommes coincés dans cet avion, autant discuter.

Elle tourna la tête et se plongea dans ses pensées en regardant par le hublot.

— Elle est plutôt décevante. Une poignée de petits copains. Des fiançailles rompues. Il n'y a pas grand-chose à dire.

— Des fiançailles rompues ?

Clairement intéressé, il se pencha en avant, impatient d'en savoir plus.

— Lâche le morceau. Et je veux tous les détails.

Le sourire qui illumina son visage coupa le souffle de Parker.

— J'aime à y penser comme à un moment passager de folie. Il m'a demandé en mariage et, malgré ma vision globalement désastreuse du mariage, j'ai dit oui.

— Ça devait être quelqu'un de spécial pour te faire envisager ce saut dans l'inconnu.

Parker n'aimait pas la pointe de jalousie qu'il ressentait envers cet homme qu'il ne connaissait même pas.

— Je pense que j'étais prise dans ce qui se passait autour

de moi. Mon amie Alexandra était fiancée et planifiait cet extraordinaire mariage. Ses parents avaient dépensé près d'un million de dollars pour ça. C'était une période folle. J'imagine que je recherchais la même attention ou l'excitation, je ne sais pas. C'était avant que j'embauche Forrest. Je m'épuisais au travail et j'avais besoin d'avoir une vie privée pour me sentir plus épanouie.

— Alors qu'est-il arrivé pour que tu annules ?

— Alexandra a annulé son mariage.

— Avec un million de dollars en jeu ?

Chloe hocha la tête.

— Oui. Je suis surprise que tu n'en aies pas entendu parler. Ça a fait la une de tous les tabloïds de New York. La presse en a fait ses choux gras.

— Quel est le nom de famille de ton amie ? Et qui était son fiancé ?

— Alexandra Gold. Elle était fiancée à Henry Quinn.

Parker s'adossa au dossier de son siège.

— Évidemment. Le Mariage Gold-Quinn. Je ne lis jamais les tabloïds, mais j'en ai entendu parler. Il y a eu des titres terribles.

Chloe prit une profonde inspiration.

— Oui. Comme je l'ai dit, la presse a été brutale avec elle. Bien sûr, elle était une cible facile : une fille de la haute société qui annule un mariage à un million de dollars à la dernière minute. On ne peut pas faire plus juteux que ça.

— Je ne comprends toujours pas comment ça a joué un rôle dans tes fiançailles.

— Ça a été mon électrochoc. Je me suis demandé ce que j'étais en train de faire en me mariant. Je ne crois pas du tout au mariage, et je ne voulais pas finir comme

Alex, le visage placardé dans tous les journaux. Alors j'ai tout annulé. Mon fiancé n'a pas semblé avoir le cœur si brisé. Je pense que quelqu'un d'autre avait déjà attiré son attention.

— C'est donc un imbécile.

— Qu'est-ce que tu racontes ? Tu ne crois pas au mariage, toi non plus. C'est l'une des rares choses que nous avons en commun.

— On a bien plus que ça en commun. Nous aimons tous les deux nos métiers ainsi que nos parents, même si nous les trouvons parfois ridicules.

— Et nous pensons tous les deux que le mariage est inutile.

Parker se demanda s'il ne faisait pas fausse route en se focalisant sur Chloe, mais ce n'était pas comme s'il envisageait de la demander en mariage. Il voulait simplement passer plus qu'une seule nuit avec elle.

— Est-ce que je pourrais t'appeler de temps en temps ?

— De temps en temps ? Comment ça ?

— Exactement comme ça en a l'air ; un de ces jours à l'avenir.

Chloe le regarda, dubitative et visiblement méfiante.

— Je ne pense pas que ce soit une bonne idée.

Parker se félicita d'avoir été vague. Il pouvait ainsi sauver la face.

— Je parlais de travail. Tu sais, si un autre de mes clients avait des ennuis ?

— Vraiment ? Parce qu'on aurait dit que tu demandais la permission pour un coup d'un soir. Tu espérais un remake de la nuit dernière ?

— Et si c'était les deux ?

— Je ne pense vraiment pas que ce soit une bonne

idée, particulièrement après les messages de ce matin. Et ça me ramène encore à mon problème initial : ma mère me renierait si elle savait ce qui s'est passé entre nous. Je pense que nous nous épargnerons beaucoup de chagrin en laissant cela à ce que c'était.

— Et c'était quoi d'après toi ?

— Exactement comme tu l'as appelé : uniquement du sexe.

Parker se détesta davantage d'avoir parlé sans réfléchir.

— Je vois.

— En ce qui me concerne, nous devons cesser de nous voir.

Parker n'était pas disposé à baisser les bras aussi facilement.

— Je ne sais pas, Chloe. Toi et moi fréquentons les mêmes cercles. Nous serons bien obligés de nous croiser à un moment ou à un autre.

— Nous ne nous étions jamais croisés avant que je me rende chez ton père. Je pense que je réussirai à garder mes distances.

— Pourquoi es-tu si déterminée à fermer la porte là-dessus ? La vie n'est pas toujours prévisible et bien ordonnée, Chloe. Tout n'est pas noir ou blanc. Tu dois parfois faire de la place pour les nuances grises.

— Et si je préfère que ma vie soit prévisible et ordonnée ?

— Tu veux dire que je ne pourrais pas t'appeler ?

Elle se mordilla la lèvre inférieure. Il ne comptait pas abandonner, et elle perdait toute maîtrise en sa présence.

— Disons que c'est moi qui t'appellerai.

- 7 -

Le retour de Parker à New York ne ressembla pas à ses retours de voyages d'affaires habituels. Il ressentait pour la première fois un surprenant sentiment de vide. Ce sentiment avait commencé dans l'avion, quand Chloe avait clairement signifié qu'elle prendrait l'initiative de l'appeler. La situation avec sa mère était trop compliquée pour y rajouter la menace de Petit Carnet Noir. Son aventure avec lui n'avait pas été assez pour lui donner l'envie de contourner ses règles bien érigées, ce qui était dommage, car le sexe entre eux avait été incroyable.

Le samedi matin, il se leva de bonne heure et courut un long moment sur son tapis de course. Il adorait sa salle de sport dont les grandes fenêtres lui donnaient l'impression de faire de longues enjambées au-dessus de la ville et du fleuve Hudson. Mais la vue ne l'emplit pas d'autant d'énergie que d'habitude. Il repensa à la maison d'hôtes de Miami, avec son soleil éblouissant, sa végétation tropicale et la belle et séduisante Chloe dans la piscine. Le simple fait de revisiter les souvenirs de leur nuit ensemble fit grimper sa tension et ramollit ses jambes, ce qui n'était pas l'idéal pour courir. Il ne pensait qu'à lui embrasser le cou, lui caresser les seins et sentir son souffle chaud dans son oreille. La vue imprenable sur la ville disparut, remplacée par la vision de Chloe et de ses cheveux roux balayant son torse alors qu'elle embrassait son ventre…

Tu te tortures inutilement.

Il arrêta le tapis de course et prit une serviette pour essuyer la sueur de son visage. Pourquoi est-ce qu'il rêvassait d'elle ainsi ? Ce n'était pas son genre d'avoir la tête dans les nuages. Mais il pouvait facilement remédier à la situation. Son téléphone était rempli de numéros de femmes. Tout ce qu'il avait à faire, c'était de passer un coup de fil ou deux, lancer une invitation tentante et de ne plus penser à la seule femme qu'il ne pouvait apparemment pas avoir.

Il prit donc son téléphone, mais juste quand il s'apprêtait à faire défiler ses contacts, il reçut un appel vidéo de son père. Il appuya sur le bouton vert, prit sa bouteille d'eau et se dirigea vers la cuisine.

— Salut papa. Quoi de neuf ?

— Je vois que tu es rentré de Miami.

Le visage redoutable de son père remplissait l'écran – des yeux bleu-gris sévères et une mâchoire carrée. Son père vieillissait bien et Parker espérait qu'il en serait de même pour lui, en particulier pour la chevelure.

— Effectivement.

— Et penses-tu avoir réussi à mettre fin à cette histoire de jeu de cartes ?

Parker hocha la tête en s'asseyant sur l'un des tabourets de bar de son îlot de cuisine.

— Sans aucun doute. Une fois ces articles publiés, le monde verra que Marcus ne se résume pas à cette unique erreur. C'est un jeune homme intelligent, talentueux et séduisant qui possède une magnifique demeure à Miami et qui s'entraîne dur au quotidien.

— Je voulais également savoir qui tu avais embauché pour faire la publicité de Marcus ? Les bons consultants en relations publiques sont difficiles à trouver.

Parker ne s'était pas attendu à cette question. Son père s'intéressait rarement aux détails. C'était un homme qui cherchait surtout à savoir si tout était réglé sans jamais aller au-delà.

— En fait, c'est une drôle de situation. Je pense que ça va t'amuser, commença-t-il, embarrassé, et espérant que son père le prenne bien. J'ai embauché Chloe Burnett.

Quelques secondes s'écoulèrent, pendant lesquelles son père se contenta de fixer la caméra de son téléphone. Puis, lentement, un sourire se dessina sur ses lèvres.

— Tu me fais marcher.

— Pas du tout. Je l'ai rencontrée le jour où elle est venue à Long Island pour récupérer les affaires de sa mère. On a discuté boulot quelques minutes et elle m'a expliqué ce qu'elle faisait. Quelques heures plus tard, l'histoire de Marcus nous est tombée dessus, et comme elle m'avait fait une bonne impression, je l'ai appelée et tu connais le reste.

Parker avait du mal à contenir son propre sourire alors que les flashbacks sur Miami lui revenaient.

— Et tu es satisfait de son travail ?

— À cent pour cent.

— Tant mieux.

— Ce n'est pas un problème pour toi, n'est-ce pas ? Je veux dire, par rapport au fait que tu viens de divorcer de sa mère ?

— En fait, ça pourrait m'aider. Si tu engages Chloe, Eliza me détestera peut-être un peu moins. Les choses n'étaient pas géniales vers la fin, expliqua son père avant de pousser un soupir et détourner le regard. Mais c'est souvent le cas quand un mariage s'effondre, n'est-ce pas ?

— Tout va bien pour toi ?

Son père rejeta la question par un claquement dédaigneux de la langue.

— Oui. C'est mieux ainsi. Crois-moi.

Parker avait rarement de vraies conversations avec son père, mais il se dit que c'était peut-être le moment d'essayer.

— Je sais que tu n'aimes pas parler de ça, mais ce serait peut-être une bonne idée de faire une pause avec les femmes pendant un moment.

— Tu me donnes, à moi, des conseils sur ma vie amoureuse ?

— Ne le prends pas comme un conseil mais plutôt comme une suggestion de la part de ton fils bien intentionné.

— Parker, tu as trente-quatre ans et je ne me souviens même pas de la dernière fois où tu m'as présenté une femme. De ce que je vois, tu passes de femme en femme sans jamais t'attacher et je ne suis pas sûr non plus que ton approche soit la bonne. Moi, au moins, je ne fuis pas l'engagement.

Parker ne partageait pas cet avis.

— Épouser toutes les femmes avec qui tu as couché plus de deux fois n'est pas particulièrement respectueux non plus. Tu leur promets monts et merveilles, et au final tu te lasses.

Il se retint de lui exprimer le fond de sa pensée : que son père avait également traité sa mère de cette façon, même quand elle était malade. Il se prépara à affronter l'explosion de colère, mais son père se contenta de hausser les épaules avec impuissance.

— C'est peut-être ce que je fais. La vie est remplie de complications, Parker. Je te l'ai dit des centaines de fois.

C'était exactement ce qu'il avait dit à Chloe en rentrant de Miami. Pas étonnant qu'elle n'ait pas été emballée. Oui, la vie était pleine de complications, mais certaines personnes étaient les agents du chaos dans leur propre vie et ne s'en rendaient même pas compte. C'était ainsi que Parker voyait son père, et à près de soixante ans, il ne voyait pas comment il pourrait changer.

— Je ne veux pas me disputer avec toi, papa. Fais ce que tu penses être le mieux. Mais reste peut-être loin de Las Vegas si possible ?

— Ne t'inquiète pas. Je prévois de me contenter de petits flirts pendant quelque temps.

— Est-ce que tu amèneras quelqu'un au gala de charité de l'hôpital, vendredi ?

— J'ai décidé de ne pas y aller.

— Mais nous y allons toujours ensemble. C'est la tradition.

— Tout ce qu'ils attendent de moi, c'est un chèque. Ils auront leur argent.

Parker avait du mal à y croire. Ils assistaient chaque année à ce gala pour la recherche contre le cancer depuis que Parker était adolescent, l'année qui avait suivi le décès de sa mère.

— Ta présence là-bas reste symboliquement importante.

— Il est temps que tu portes le flambeau. C'est ce que ta mère aurait voulu de toute façon.

Parker n'était pas du genre sentimental et il essayait

de ne pas trop penser à sa mère – la perdre avait été l'une des expériences les plus douloureuses de sa vie.

— Est-ce qu'il t'arrive de penser à elle ?

— Elle est dans mes pensées presque tous les jours.

Parker soupira.

— Oui. Moi aussi.

— Mais je n'aime pas non plus être trop accaparé par ça. J'aimais ta mère, mais notre mariage n'était pas parfait. Je ne veux pas la mettre sur un piédestal, sur lequel elle n'aurait d'ailleurs pas aimé être non plus.

— Tu penses que c'est ce que je fais ?

— Tu es son fils. C'est ton travail de la mettre sur un piédestal et de l'y maintenir. C'est pour ça que je pense qu'il est important que tu sois le représentant de la famille pendant ce gala.

— Oh ! mais je compte bien m'y rendre. Certains de mes clients y seront aussi.

— Raison de plus pour que tu y ailles. Mais ne consacre pas toute ta soirée au travail. Il n'y a pas que ça dans la vie.

Parker acquiesça en méditant sur les paroles de son père. Il ne s'était pas attendu à une discussion à cœur ouvert entre eux.

— Merci de tes conseils, papa.

— Merci d'avoir arrangé les choses avec Oscar Bratt.

— C'est normal.

— Je dois te laisser. J'ai une partie de golf dans quelques minutes.

— Amuse-toi bien.

Parker dit au revoir à son père et mit fin à l'appel. Le téléphone était toujours dans sa main et les paroles de son père résonnaient encore dans sa tête…

… Ne consacre pas toute ta soirée au travail.

Peut-être que s'il invitait Chloe au gala, elle verrait qu'il n'était pas vraiment celui qu'elle croyait.

Bien sûr, le fait qu'elle ait bien stipulé que ça serait elle qui l'appellerait compliquait un peu la situation.

Mais n'aimait-il pas les complications ?

Décidant finalement que s'il passait trop de temps à réfléchir, il finirait par trouver une douzaine de raisons de ne pas le faire, il chercha son numéro et pressa le bouton vert. À chaque sonnerie, sa confiance diminuait d'un cran. Était-elle en train de regarder son nom à l'écran en se demandant si elle voulait lui parler ? C'était une possibilité.

Finalement, la sonnerie s'arrêta et la messagerie se déclencha. Pendant un instant, il envisagea de raccrocher et de contacter une autre femme, mais Chloe était celle qui occupait ses pensées et qu'il n'arrivait pas à oublier. Il prit donc une profonde inspiration et se lança :

— Bonjour, Chloe. C'est Parker. J'espère que tu vas bien.

Il se leva et se dirigea vers la fenêtre tout en réfléchissant à la bonne façon de poser la question.

— Je sais que c'est toi qui es censée m'appeler, mais ça ne peut pas attendre. Je dois me rendre à un gala de charité organisé par l'hôpital pour la recherche contre le cancer, vendredi soir. J'y vais avec mon père habituellement, mais il a décidé cette année de ne plus y aller. J'espérais que tu m'accompagnerais. J'ai comme la sensation que les choses se sont arrêtées un peu trop vite entre nous et j'aimerais pouvoir passer un peu plus de temps avec toi… Si ça te dit.

Il inspira profondément, avec l'impression d'avoir creusé un profond trou.

— Donc voilà. Appelle-moi si tu es intéressée.

Chloe se rendait chez sa mère pour le brunch et était en retard. Elle regarda anxieusement par la vitre de la voiture alors que Liam prenait Madison Avenue et se dirigeait vers l'Upper East Side. Étant une maniaque de la ponctualité, elle n'était pratiquement jamais en retard. Mais depuis que Parker lui avait laissé ce message la veille, elle avait la tête ailleurs. Elle pensait avoir fermé la porte à toute liaison avec lui, mais il ne semblait pas disposé à accepter son refus. Ce qui la déstabilisait vraiment, c'était l'événement auquel il l'avait invitée. Un gala de charité pour l'hôpital ? Ce n'était ni un rendez-vous galant, ni une stratégie de séduction. Ou peut-être qu'il ne voulait tout simplement pas y aller seul ? En tout cas, elle ne comprenait pas ce qu'il cherchait.

Elle arriva chez sa mère un peu après 11 heures et se précipita à l'intérieur lorsque le portier lui ouvrit. Arrivée aux ascenseurs, elle se trouva nez à nez avec Alex et Taylor.

— Tu es en retard, dit Taylor en repoussant son carré blond derrière son oreille.

Elle était vêtue de noir de la tête aux pieds, ce qui chez n'importe qui aurait été considéré comme une tenue sombre pour un brunch du dimanche. Chez elle c'était courant.

— On a préféré attendre et monter avec toi, déclara Alexandra en souriant gentiment.

Vêtue d'une robe originale et féminine de couleur sarcelle qui faisait ressortir ses chaleureux yeux marron, elle était magnifique comme toujours. Ses cheveux noirs étaient attachés en une queue-de-cheval qui mettait en valeur ses pommettes parfaites.

Chloe étreignit ses deux amies et appuya sur le bouton de l'ascenseur.

— Merci d'être venues à la dernière minute. Ça fera plaisir à ma mère. Elle essaye de se remettre du divorce.

— Ça ne doit pas l'aider que tu aies accepté une mission pour le fils de son ex-mari, déclara Taylor.

Connaissant Taylor, Chloe aurait dû savoir qu'il ne fallait pas lui parler de ce petit détail.

— N'en parle pas à ma mère. Elle n'en sait rien et je tiens à ce que ça reste ainsi.

La porte de l'ascenseur s'ouvrit et les trois entrèrent à l'intérieur.

— Pourquoi est-ce que vous me racontez ce genre de choses sans avertissement ? demanda Alex. Vous savez bien que je ne suis pas douée pour garder les secrets.

— Écoutez, voici la situation : J'ai accepté un petit travail pour Parker Sullivan, mais c'était surtout pour lui prouver que je fais un travail inestimable.

Chloe s'éclaircit la gorge, sachant qu'elle paraissait sur la défensive.

— Ce n'était pas grand-chose Juste une nuit à Miami.

Les mots n'étaient pas plus tôt sortis de sa bouche, qu'elle les regretta aussitôt. La tonalité de sa voix mit aussitôt la puce à l'oreille de ses amies.

Alex et Taylor échangèrent des regards complices, et Taylor appuya sur le bouton d'arrêt de l'ascenseur.

— Attends une seconde. Il s'est passé quelque chose avec Parker à Miami ?

— Taylor, s'exclama Chloe, paniquée. Tu ne peux pas faire ça. Ils vont appeler la sécurité de l'immeuble.

Elle appuya à nouveau sur le bouton d'urgence et l'ascenseur vacilla avant de se remettre en route.

— Je veux tous les détails cochons et obscènes, déclara Taylor.

La porte s'ouvrit à l'étage demandé.

— Comment sais-tu qu'il y a des détails ? chuchota Chloe en entrant dans l'appartement.

— J'arrive à le sentir.

— Elle arrive à le sentir, confirma Alex en hochant la tête, comme si c'était parfaitement logique.

— Je n'en reviens pas que tu aies couché avec ton demi-frère, dit Taylor.

— Ancien ! Ancien demi-frère, protesta Chloe avant de secouer la tête. Vous êtes toutes les deux incroyables.

— Les filles ? C'est vous ?

La voix provenait de quelque part au fond de l'appartement. C'était drôle qu'elle les appelle encore les « filles », alors qu'elles avaient la trentaine.

— C'est nous, maman. On arrive tout de suite, répondit Chloe. Est-ce qu'on pourrait se contenter de prendre un brunch sans parler de ça ? ajouta-t-elle à l'intention d'Alex et Taylor.

Taylor lâcha un sourire diabolique.

— Tu finis toujours par tout nous dire de toute façon. Je saurais te faire cracher le morceau d'une manière ou d'une autre.

— S'il s'agit de sexe torride, je veux savoir aussi, ajouta Alex. Je dois vivre ma vie sexuelle par procuration, car c'est le vide total chez moi.

Le visage de Chloe était si brûlant qu'elle avait

l'impression d'avoir trempé la tête dans de la lave. Le pire, c'était qu'elle était sûre d'avoir les joues cramoisies.

— Donc, il y a bien eu du sexe entre vous.

Ce n'était pas une question de la part de Taylor, mais une affirmation. Chloe pointa le doigt sur chacune de ses amies.

— Chut toutes les deux.

— Tu nous raconteras dans l'ascenseur en partant, déclara Alex.

— Les filles ! Les mimosas vous attendent, annonça la mère de Chloe d'une voix chantonnante depuis l'autre pièce.

Les trois amies traversèrent le long couloir qui desservait la chambre d'amis et le bureau, avant de pénétrer dans l'espace de vie principal : une grande pièce avec d'un côté la cuisine sophistiquée que sa mère utilisait rarement, et de l'autre un salon à l'ambiance décontractée avec des sièges confortables. Décoré avec goût, l'appartement était essentiellement de couleur blanc et crème avec quelques touches de gris. Les autres propriétés d'Eliza – le manoir familial historique dans les Hamptons, la maison mitoyenne à Londres, le lodge à Aspen et le domaine en bord de mer à Hawaï – n'étaient pas aussi neutres. Mais l'appartement de Madison Avenue était le port d'attache et un endroit où sa mère pouvait se ressourcer lorsqu'elle était nouvellement célibataire. D'où les couleurs apaisantes.

— Je suis si heureuse que vous soyez là ! s'exclama celle-ci en se précipitant vers elles pour serrer rapidement mais chaleureusement Chloe dans ses bras.

Chloe remarqua que sa mère avait quelque peu maigri, mais c'était habituel chez elle après une rupture.

— Bonjour maman. Je suis heureuse de te revoir, dit-elle en inhalant les arômes alléchants qui provenaient de la cuisine.

— Nous n'aurions manqué cela pour rien au monde, déclara Alex tandis qu'Eliza la serrait à son tour contre elle.

— Merci de nous recevoir, ajouta Taylor.

— Ça faisait bien trop longtemps. Je suis sûre que nous avons beaucoup de choses à nous raconter.

La mère de Chloe commença à déballer un plateau de fruits joliment arrangés, probablement par son chef cuisinier. Eliza ne cuisinait pas, mais savait présenter les efforts culinaires des autres avec brio. Portant un jean foncé, un pull blanc et du rouge à lèvres rouge profond, elle était comme toujours très élégante. Ses cheveux roux – presque semblables à ceux de Chloe – lui retombaient sur les épaules.

— Je termine d'apporter les plats. Taylor, si tu pouvais verser les mimosas, ce serait gentil.

Taylor remplit quatre verres, puis tira un des tabourets de bar et prit une gorgée de sa boisson.

— Saviez-vous que Chloe était à Miami ?

Chloe foudroya son amie du regard.

— Maman le sait. Nous avons discuté le matin de mon départ.

— Je vois que tu n'as pas bronzé pendant ton séjour. Tu as toujours cette pâleur de début de printemps, déclara sa mère en enfilant une paire de gants de cuisine quand la minuterie du four retentit.

— Je ne suis pas restée longtemps.

— Oui, un petit passage vite-fait, renchérit Taylor.

Chloe se promit de menacer Taylor de la révoquer de

son privilège à participer à ces brunchs si elle continuait à se comporter ainsi.

— Raconte-moi tout, Taylor. Toi aussi, Alexandra, déclara sa mère en sortant une quiche du four.

Taylor se lança dans ce que Chloe savait déjà : à savoir qu'elle n'était pas satisfaite de son travail d'organisatrice d'événements et qu'elle faisait tout pour éviter les hommes. Concernant Alex, c'était le contraire – elle adorait son travail de designer floral haut de gamme et était impatiente de rencontrer un homme, même si c'était compliqué. En effet, depuis qu'elle avait annulé son mariage à un million de dollars et que son visage avait fait la une de tous les tabloïds, elle s'était rendu compte que les hommes avaient peur de sortir avec elle.

— J'ai rencontré un homme, annonça alors Eliza d'un ton ronronnant.

— Maman ! Je ne suis partie que deux jours ! Tu es sérieuse ? Tu ne penses pas que tu devrais faire une pause ?

Sa mère éclata de rire, signe certain qu'elle était déjà amoureuse.

— Rien ne commande l'amour, chérie.

La consternation de Chloe n'en fut que plus grande : sa mère avait utilisé le mot « amour ».

— Tu sors tout juste d'un terrible divorce.

— Tous les divorces le sont. Je pense qu'il est temps de passer à autre chose.

Chloe était abasourdie par l'humeur changeante de sa mère – une minute malheureuse et vindicative, et la suivante, radieuse et prête à tourner la page.

— Je pense que tu devrais passer un peu de temps à réfléchir à ce que tu veux.

Chloe essaya d'ignorer le fait qu'elle aussi avait besoin de réfléchir à ce qu'elle voulait. Son esprit ne faisait que revenir à Parker. C'était comme si leur histoire n'était pas encore terminée et qu'un autre sentiment bouillonnait en elle.

— Ce que je veux, c'est m'amuser, et tu devrais en faire autant. Ça t'aiderait à te détendre un peu. Tu prends tout tellement au sérieux, répondit sa mère en reprenant de son mimosa. Bon, on commence à manger ?

Les quatre femmes s'installèrent à table et Chloe tenta de passer un bon moment en compagnie de ses amies et sa mère. C'étaient les personnes les plus importantes de sa vie et elle voulait en profiter pleinement. Cependant elle s'inquiétait de ce que sa mère pourrait faire. Y avait-il un autre mariage en vue ? Chloe espérait que non.

Après un long moment passé à discuter de carrières et d'hommes, plusieurs mimosas et beaucoup de nourriture, la discussion se tarit. Alex et Taylor aidèrent à débarrasser, firent leurs adieux et laissèrent Chloe seule avec sa mère. Celle-ci en profita pour lui exprimer son inquiétude.

— Maman, dit-elle en prenant les deux mains de sa mère et plongeant dans ses doux yeux bruns. J'espère que tu sais que mon seul désir c'est ton bonheur.

Sa mère hocha la tête.

— Je le sais, ma chérie et je t'en remercie. Je sais que tu penses que je passe mon temps à tomber amoureuse, mais cette fois c'est différent. Je m'amuse avec lui, rien de plus. Au moins, il m'aide à oublier George. Toute ma colère après cette séparation s'estompe doucement …

— C'est une bonne chose dans ce cas.

— Et toi ? demanda-t-elle.

— Comment cela ?

— Ta vie amoureuse. Tu ne me dis jamais rien. Je crois que tu travailles trop. Ce serait bien si tu finissais par rencontrer quelqu'un et peut-être me donner des petits-enfants ? Ce serait merveilleux.

Chloe était à des années-lumière du mariage et de la maternité.

— Il y a bien un homme, mais je ne suis pas sûre qu'il te plaise. Et ce n'est qu'une aventure. Ou peut-être même moins qu'une aventure.

— J'aime tous ceux que tu aimes. Quant aux aventures, elles peuvent se transformer en plus. Elles peuvent aussi être simplement distrayantes, et il n'y a absolument aucun mal à cela. J'ai appris qu'en tant que femme nous devions apprendre à écouter nos désirs. Ne renonce pas à ce que tu veux et ne t'inquiète pas de ce que les autres diront.

Chloe réfléchit aux propos de sa mère.

— D'accord, maman. Je dois y aller, mais merci de nous avoir reçues aujourd'hui. C'était vraiment agréable de toutes nous retrouver.

— Tout le plaisir était pour moi.

Sa mère la serra contre elle une fois encore, puis la raccompagna jusqu'à la porte et fit un signe aux trois tandis que la porte de l'ascenseur se refermait.

— Crache le morceau, Chloe, dit immédiatement Taylor.

Chloe y avait réfléchi et avait décidé qu'il valait mieux ne rien dire. Elle porta donc ses doigts à ses lèvres, tourna une clé imaginaire et la jeta par-dessus son épaule.

— Désolée. Je ne passerai pas aux aveux.

— Téquila, dit Taylor. Il faut qu'on te fasse boire pour que tu nous dises tout.

La porte de l'ascenseur s'ouvrit.

— Chloe n'a pas à nous dire quoi que ce soit si elle n'en a pas envie, déclara Alex une fois qu'elles furent dans la rue.

— Tu es de quel côté ? demanda Taylor.

— Du côté de mes amies. Ce qui signifie que je respecte vos souhaits, quels qu'ils soient.

Un SUV noir s'arrêta devant elles.

— C'est pour moi. On se revoit bientôt, dit Taylor en embrassant Chloe et Alex sur la joue.

— Elle est complètement folle, déclara Alex en riant alors que la voiture s'éloignait. Mais c'est pour ça que je l'adore.

— Moi aussi, approuva Chloe. Alors qu'est-ce que tu as prévu cette semaine ?

— Je dois me rendre à un gala de charité à l'hôpital pour lequel je me suis occupée des fleurs. Je n'ai vraiment, vraiment pas envie d'y aller. Je n'ai pas de cavalier et je déteste aller à ce genre d'événements seule.

Soudain ce fut comme si une ampoule s'était allumée dans sa tête, et ses yeux s'agrandirent.

— Oh ! mais tu pourrais venir avec moi ?

Compte tenu de l'invitation de Parker, la situation prenait une tournure intéressante.

— Gala de charité pour l'hôpital ?

— Oui. Vendredi soir, au Waldorf. Ça sera un excellent prétexte pour porter une robe élégante, et c'est open bar, dit Alex en lui tirant sur la main. Allez. Tu sais que tu en as envie. Et puis nous ne passons jamais de temps seules ensemble. Ça va être amusant.

C'était peut-être la solution parfaite au dilemme de Chloe. Ainsi elle n'aurait pas à accepter l'invitation de

Parker, mais elle pourrait quand même le voir et vérifier si elle avait simplement été sous son charme à Miami.

— J'adorerais venir. Mais pour être franche, l'homme de Miami y sera aussi.

— Parker Sullivan ?

— Oui.

— Comment sais-tu qu'il y sera ?

— Parce qu'il m'a également invitée, mais je ne lui ai pas encore donné de réponse.

Alex l'observa, le regard plissé.

— Ça me plaît. Tu pourras le voir sans lui montrer que tu es intéressée. Très intelligent.

Chloe aimait que ses amies la connaissent si bien.

— Exactement.

Le chauffeur d'Alex s'approcha et Chloe vit que Liam était juste derrière.

— Alors, vendredi ? On y va ensemble ? conclut Alex.

— Oui. Je suis impatiente.

Elle monta dans la voiture et sortit son téléphone. Après l'avoir fixé quelques minutes, elle finit par appeler Parker.

— Salut, dit-il en décrochant.

Elle n'était pas préparée à la réaction que sa voix déclencha en elle. Ses entrailles se liquéfièrent et des souvenirs de Miami lui traversèrent l'esprit – corps nus, brise tropicale et baisers à lui faire oublier son propre nom.

— Bonjour.

— Je suppose que tu as reçu mon message ?

— Effectivement.

— Et ?

Chloe ne savait pas trop comment le formuler, puisqu'elle ne savait toujours pas si l'invitation était un rendez-vous galant.

— Il s'avère que mon amie Alexandra y va aussi. Elle et moi ne nous voyons pas très souvent, alors je pensais y aller avec elle et qu'on se verrait là-bas ?

Un long silence s'ensuivit et Chloe se demanda ce qu'il pensait. Était-il déçu ? Se sentait-il rejeté ? Ou peut-être était-il tout simplement distrait ?

— Bien sûr. C'est une bonne idée. J'espère que tu me laisseras t'offrir un verre.

— Alex a dit que c'était open bar.

Parker éclata de rire, ce qui fit battre son cœur encore plus vite.

— D'accord. C'était idiot de ma part de le dire. Alors, voilà ce que je te propose : je t'apporterai tout ce que tu voudras et je serai ton serviteur.

— On parle encore de boisson ?

— Peut-être. Ou peut-être d'autres choses. Je n'ai pas encore décidé.

Chloe ne put lutter contre le sourire qui lui montait des lèvres.

— Tout ce que je veux ?

— Absolument tout.

- 8 -

Parker était ennuyé que Chloe n'ait pas vraiment accepté son invitation. Elle avait dit oui, mais de façon très détournée. De plus, il se sentait mis au défi, car il allait devoir fournir de gros efforts pour qu'elle cesse d'être aussi méfiante envers lui. Elle n'avait pas l'air d'être le genre de femme à jouer au chat et à la souris. Avec elle c'était visiblement noir ou blanc.

Mais il y avait également un autre facteur : elle était peut-être encore nerveuse au sujet de Petit Carnet Noir. Si le sujet était abordé, Parker soulignerait que cela faisait une semaine, et que le compte n'avait toujours pas mis sa menace à exécution.

Assis à l'arrière de la limousine, il se rendait au gala quand il reçut un SMS de la part de Jessica, son enquêtrice.

J'ai trouvé l'origine du journal.

Parker composa immédiatement le numéro de Jessica.

— Quelle rapidité, répondit-elle.

— Je suis impatient et très curieux de savoir qui est derrière tout ça.

Parker perdait rarement son flegme, mais concernant Petit Carnet Noir c'était plus fort que lui. Dernièrement, le Carnet s'en était pris au père d'un de ses amis d'université. L'homme était directeur de banque et avait apparemment prêté de grosses sommes d'argent à un gourou de l'investissement impliqué dans un système pyramidal. Il aurait tenté de cacher ce prêt en transférant la dette aux sociétés écrans de la famille, mais la rumeur commençait à enfler. Ce n'était pas que Parker voulait que les gens malhonnêtes restent impunis, bien au contraire, mais il trouvait un peu trop facile que Petit Carnet Noir se cache derrière un masque et tire des flèches dans l'anonymat le plus total.

— Après une analyse de l'écriture manuscrite, je suis convaincue que le Carnet appartenait à Simone Astley, une mondaine du Connecticut, déclara Jessica. D'après ce que j'ai pu apprendre, elle avait une excellente ouïe et beaucoup de relations grâce à sa famille. Elle passait son temps à écouter aux portes et à tout écrire dans son carnet.

L'idée était intrigante, mais Parker n'était pas convaincu.

— Mais elle est morte, n'est-ce pas ?

— Oui.

— Mais à supposer que c'est bien son journal, personne ne sait qui le détient en ce moment ?

— Tous ceux avec qui j'ai parlé l'ignorent.

— Je ne comprends toujours pas. Ils dévoilent les scandales actuels et déterrent également de vieux secrets. À quoi est-ce que ça rime ?

— Difficile à dire. Je ne fais que te restituer ce que j'ai appris. Elle n'avait pas de frère et sœur et n'a jamais eu d'enfant, donc aucun héritier. Sa propriété a été léguée à la société historique locale, qui ne semble pas en avoir fait grand-chose. N'importe qui aurait pu mettre la main sur son journal.

— Peux-tu aller y faire un tour et inspecter sa maison ?

— Tu veux vraiment dépenser ton argent pour ça ? Marcus et sa famille ne semblent plus être des cibles.

Jessica marquait un point, mais Parker ne voulait pas abandonner. Petit Carnet Noir les avait espionnés, Chloe et lui, et il ne comptait pas laisser passer cela.

— Vas-y pour une seule journée, et si tu ne trouves rien, on laissera tomber.

— Ça sera la semaine prochaine alors, ou peut-être celle d'après si tout va bien. J'ai un emploi du temps de folie.

— Trop de clients exigeants qui insistent pour que tu répondes à tous leurs caprices ?

— Tu ne crois pas si bien dire, répondit-elle en riant. Je ferai de mon mieux, d'accord ?

— Merci, Jess.

— De rien.

Parker raccrocha juste au moment où son chauffeur, Benny arrivait devant l'hôtel Waldorf. Il y avait au moins six ou sept voitures devant eux.

— Vous pouvez me laisser ici.

— Vous êtes sûr, monsieur Sullivan ? Je ne fais pas vraiment mon travail si je ne vous dépose pas devant la porte.

— Vous serez coincé dans cette longue file de limousines, répliqua Parler en saisissant la poignée de la portière. Épargnez-vous cela.

— Comme vous voulez, monsieur. Envoyez-moi un message lorsque vous serez prêt à partir.

— Bien sûr.

Parker longea le trottoir à grands pas, puis remonta l'allée menant à l'hôtel. C'était étrange de se retrouver ici sans son père. Ils avaient assisté si souvent à ce gala ensemble, mais il était apparemment temps de tourner la page. Il pénétra dans l'immeuble, saluant quelques visages familiers sans s'arrêter, et continua son chemin à travers le luxueux hall jusqu'à l'escalator menant à la salle de bal du deuxième étage. Il ne pouvait s'empêcher de penser à Chloe et se demander à quoi ressembleraient leurs retrouvailles.

La femme qui tenait la liste des invités le reconnut immédiatement et lui remit son badge avant même qu'il ait le temps de se souvenir de son nom.

— Passez une bonne soirée, monsieur Sullivan.

— Merci.

Après un autre rapide regard circulaire à l'extérieur de la salle de bal, et ne voyant aucun signe de Chloe, Parker entra dans la pièce. Il repéra tout de suite une de ses clientes, la basketteuse professionnelle Danisha Porter, accompagnée de son mari et sa sœur. Après une courte conversation et une autre recherche rapide de Chloe, Parker retrouva son deuxième client, le grand joueur de hockey Andrei Eichen. Tout comme lui, ses deux clients avaient perdu des êtres chers à la suite d'un cancer et ressentaient le besoin de donner de leur temps à cette cause.

Malheureusement, il n'y avait toujours aucun signe de Chloe et la salle de bal continuait à se remplir. C'était formidable de voir un tel taux de participation, car ça signifiait d'importants dons, mais sa recherche de Chloe n'en était que plus compliquée. Et pour le moment, c'était tout ce qui l'intéressait.

Soudain, comme dans un rêve, elle entra dans sa vision vêtue d'une robe en satin bleu glacé qui dénudait ses épaules, et le visage encadré par ses cheveux roux.

Parker se demanda comment il avait réussi à survivre toute une semaine sans la revoir. Il lui suffisait de la regarder pour que son corps soit en feu. Si c'était un jeu du chat et de la souris, pas question de perdre. Gagner se traduirait par voir sa robe sur le sol de son appartement, ou peut-être jetée sur le siège arrière de sa limousine.

Il se fraya un chemin à travers la foule pour arriver jusqu'à elle. Quand il fut à peu près à mi-chemin, leurs yeux se croisèrent, et il savoura la sensation de décharge électrique qui le parcourut en voyant les coins de sa bouche pulpeuse former un sourire. À chaque pas qui le rapprochait, son sentiment d'anticipation augmentait. Il voulait la toucher, la sentir, l'embrasser. Son parfum enivrant lui emplissait encore les narines. Il voulait nicher son visage dans les courbes de son corps avant d'y poser la bouche et goûter sa peau.

— Tu es là, dit-il en lui prenant le coude et plantant un baiser sur sa joue.

Son regard fut attiré par les courbes somptueuses de son décolleté.

— J'avais dit que je viendrais, rétorqua-t-elle avec un sourire narquois. Tu n'étais pas vraiment inquiet, n'est-ce pas ?

— Jamais. Je m'inquiète rarement et je pense que tu le sais maintenant.

— Comme c'est vrai. Rappelle-moi de recevoir une leçon de patience de ta part, rétorqua-t-elle avec une lueur séductrice dans le regard.

— Ne pas s'inquiéter et être patient sont deux choses différentes. Je t'assure que, quand je veux quelque chose, je n'aime pas attendre.

Chloe se retourna alors qu'une jolie brune s'approchait d'eux.

— Parker, je te présente Alexandra. Alexandra, je te présente Parker, dit Chloe en les étudiant tour à tour tandis qu'ils se serraient la main.

Parker était intrigué. Alex était certes belle, mais elle était également très discrète, presque effacée. C'était donc cette femme que Chloe avait essayé d'imiter quand elle s'était fiancée ? Parker avait du mal à saisir.

— Enchanté, Alexandra. J'ai beaucoup entendu parler de toi.

— Appelle-moi Alex, répondit la jeune femme en rougissant. Et ne crois pas tout ce que tu as entendu.

— Je ne parlais pas des articles de presse, mais juste de ce que Chloe m'a raconté.

— Il faudrait vivre dans une grotte pour ignorer tout ce qui a été publié, déclara Alex.

Chloe saisit le bras de Parker, et il adora la sensation.

— J'ai dû lui rappeler l'histoire. Il ne s'en souvenait même pas.

— Vraiment ? demanda Alex, visiblement choquée.

— Vraiment, répondit Parker qui comprit à quel point la jeune femme était gênée d'avoir fait la une de la presse à scandale.

À cet instant une employée de l'hôpital lui tapota l'épaule.

— Monsieur Sullivan, est-ce que je peux vous voir rapidement ? En privé ?

— Un problème ?

— Juste un petit détail pour lequel j'aurais besoin de votre aide.

Il se tourna vers Chloe.

— Ne va nulle part, d'accord ? Je reviens dans quelques minutes.

— Ne t'inquiète pas, répondit la jeune femme en souriant. Je ne bouge pas.

— Bien. Je veux pouvoir te retrouver facilement.

Chloe ne voulait pas l'admettre mais elle détestait voir Parker s'éloigner d'elle. D'abord, il était extrêmement séduisant dans son smoking noir, et ensuite il partait en compagnie d'une très belle femme.

— Je me demande de quoi il s'agit, dit-elle à Alex.

— Je l'ignore. Est-ce que Parker participe à l'organisation de ce gala ?

— Je ne sais pas. Je pensais qu'il était là en tant que simple invité. Il ne m'en avait pas parlé avant.

— Tu veux me raconter ce qui s'est passé à Miami ? Tu n'es pas obligée si tu ne veux pas.

Chloe savait que ses joues avaient viré au cramoisi.

— Disons que les choses se sont déroulées de manière imprévue.

— Ne t'en fais pas. Je comprends ce que tu veux dire. Et je n'ai pas besoin d'avoir tous les détails comme Taylor.

— Merci. C'est gentil.

— Tu penses qu'il pourrait y avoir quelque chose entre vous ?

La première réaction de Chloe fut de rejeter l'idée. Cela lui paraissait toujours aussi absurde, même si elle aimait beaucoup Parker.

— Non. L'histoire entre son père et ma mère est une raison plus que suffisante pour ne pas aller plus loin. Et nous sommes tous deux farouchement opposés à l'engagement.

— Lui peut-être, mais toi ? Je veux dire, tu t'es pourtant fiancée à Kurt.

— C'était une erreur. Il m'a fait sa demande et une part de moi a cru que ce n'était pas une si mauvaise idée.

— Je déteste te le dire, mais je pense que cette part de toi est toujours là.

Chloe étouffa un soupir.

— Peut-être. Je ne sais pas. Pourtant Kurt était bien une erreur. Ce n'est pas à toi que je vais apprendre qu'on se trompe parfois avec les hommes.

— Tu répètes tout le temps la même chose, Chloe. Change un peu de disque. Tu n'es pas ta mère et j'espère que tu le sais. Ce n'est pas parce qu'elle a un parcours chaotique dans ce domaine que tu subiras le même sort.

— Je suis étonnée que tu puisses être si optimiste sur les relations de couple.

— Si je ne restais pas positive, je me noierais dans mes propres larmes.

Chloe n'était tout de même pas convaincue.

— Peu importe. Je ne suis pas du tout pressée de m'installer.

Elle se demanda si venir ici ce soir n'avait pas été une erreur. Elle n'aimait pas ce genre de grands événements. Si elle devait rencontrer des gens, elle préférait le faire dans le confort de son bureau, de préférence lorsque la personne qu'elle ne connaissait pas avait désespérément besoin de ses services. Ça créait une meilleure dynamique. Et puis il y avait la question de Parker. Que voulait-il d'elle ? Que voulait-elle de lui ?

— Oh ! mon Dieu ! s'exclama Alexandra en attrapant le bras de Chloe. Ryder Carson est là.

— Génial. Tu devrais aller lui dire bonjour.

Ryder était le meilleur ami du frère d'Alex et, de ce fait, elle le connaissait depuis toujours.

— Malheureusement, ce n'est pas aussi simple que ça.

— Pourquoi ?

— Je l'ai embrassé le soir du Nouvel an.

— Quoi ? La fête à laquelle nous étions toutes ? Tu n'as jamais rien dit. Comment ai-je pu rater ça ?

Chloe, en revanche, n'avait embrassé personne ce soir-là. Elle était rentrée chez elle avec un mal de tête dû à un excès de champagne combiné à une absence totale de mecs potables.

— Tu sais que j'ai toujours eu un faible pour lui… voire un grand grand faible, expliqua Alex en se mordillant la lèvre. Nous étions debout l'un près de l'autre quand c'est arrivé. Je ne sais pas, je suppose que j'ai perdu la tête pendant une minute. Alors je l'ai embrassé.

— Comment a-t-il réagi ?

— Il m'a embrassée aussi pendant environ deux secondes, et je pense qu'il a alors réalisé que mon frère était dans la même pièce. Il a dit qu'il allait boire un verre d'eau, et je ne l'ai jamais revu. Il est parti.

— Je ne suis pas surprise. Ton frère peut être assez intimidant. Et il est aussi très protecteur envers toi.

— Peut-être qu'il a eu l'impression de violer leur code de l'amitié. Tu sais, ce code où les hommes ne sortent pas avec les sœurs ou les ex de leurs amis.

— Et tu ne lui as pas parlé depuis… ?

Alex secoua la tête, mais elle avait ce regard mélancolique tandis qu'elle observait Ryder à l'autre bout de la salle.

— Tu veux lui parler ?

— Peut-être. Mais j'ai peur qu'il me dise de le laisser tranquille.

Chloe prit deux verres de champagne sur le plateau d'un serveur qui passait.

— Tiens. Prends ça pour te donner du courage, puis va lui dire bonjour et vois ce qui se passe. Dans le pire des cas, il se comportera bizarrement, mais à mon avis il fera comme la plupart des hommes en faisant comme s'il ne s'était rien passé.

— Peut-être, rétorqua Alex qui ne semblait pas convaincue.

Chloe remarqua alors Parker à un autre bout de la salle. Il discutait toujours avec la femme de tout à l'heure, mais c'était elle qu'il fixait. Plutôt que de lui faire signe, il haussa un sourcil, et Chloe sentit sa température corporelle grimper d'un cran.

— Va parler avec Ryder et moi avec Parker. On se verra plus tard, d'accord ?

— Entendu.

Chloe se fraya un chemin en direction de Parker. Elle était décidée à comprendre où ils en étaient et ce que Parker voulait d'elle. Comme il discutait toujours avec sa belle amie, Chloe essaya d'ignorer la jalousie qui montait en elle, mais c'était difficile. Ça ressemblait à une douleur sourde qui ne semblait pas près de disparaître. Si Parker était intéressé par cette femme, elle aurait besoin de temps pour s'en remettre.

— Chloe, viens par ici, dit Parker. J'aimerais te présenter Jillian.

Il se tourna alors vers la femme.

— Jillian, voici Chloe. Chloe est ma cavalière ce soir.

Sa cavalière, se dit Chloe en dressant les oreilles. Elle

n'allait cependant pas demander des éclaircissements devant Jillian. Elle tendit donc la main.

— Ravie de vous rencontrer. Comment vous connaissez-vous tous les deux ?

— M. Sullivan est notre bénévole star à l'hôpital. Nous travaillons tout le temps ensemble, déclara Jillian.

— Vraiment ? demanda Chloe en espérant de ne pas avoir l'air trop abasourdie, même si c'était le cas.

— Il ne vous en a pas parlé ?

— Non. Pas du tout, répondit Chloe en secouant la tête.

Jillian tapota l'épaule de Parker.

— Il est si modeste. C'est le meilleur. Non seulement il collecte chaque année des millions de dollars, mais il arrive à convaincre ses clients d'assister à nos galas. Il s'arrange également pour que ses athlètes vedettes rendent visite à nos patients. C'est une situation tellement difficile pour tout le monde, mais les visites donnent un peu de gaieté et remontent le moral.

Chloe sentit sa mâchoire en tomber, mais elle se ressaisit rapidement.

— C'est formidable.

Comment était-ce possible ? Ce n'était pas le Parker qu'elle pensait connaître – un monsieur Playboy qui n'était pas du genre à s'embêter pour les bonnes causes, et encore moins à ne pas s'en vanter. Visiblement elle s'était trompée.

— Je vais vous laisser. C'était un plaisir de vous rencontrer, Chloe.

Jillian lui fit un signe de la main, puis se tourna vers Parker.

— Merci pour tout. J'espère que vous passerez une

excellente soirée. Le buffet ne devrait pas être mauvais, et le groupe n'est pas mal non plus.

Sur ce, elle disparut dans la foule.

— Qu'est-ce que c'était que ça ? demanda Chloe en lui prenant la main.

Les yeux de Parker prirent une expression perplexe.

— Il va falloir être plus précise.

— Tu m'as invitée à ce gala de charité, mais tu ne m'as rien dit sur ton implication. C'était une sorte de rendez-vous sans en être un, et ensuite tu dis à Jillian que je suis ta cavalière.

Il sourit et la tira plus près jusqu'à ce qu'ils soient face à face.

— Tu es si belle dans cette robe que j'ai envie de te dévorer toute crue.

Elle tenta en vain de réprimer un sourire, mais ça ne changeait rien au fait qu'il avait ignoré sa question.

— Ce n'est pas vraiment une réponse.

Il l'entraîna alors vers les recoins les plus sombres de la salle et prit une mèche de ses cheveux entre ses doigts qu'il posa sur la peau pâle de son décolleté. Ses doigts qui effleurèrent sa peau sensible firent à Chloe l'effet d'une décharge électrique.

— Sois ma cavalière, Chloe.

Elle sentit ses genoux défaillir.

— Je pensais que nous avions décidé que ce serait une mauvaise idée. Toi. Moi. Nos parents.

Il secoua la tête sans la quitter du regard.

— Nous n'avons pas décidé : tu l'as fait. Et j'en ai marre de penser à nos parents… ou à n'importe qui d'autre, d'ailleurs. Ils peuvent tous aller se faire voir en ce qui me concerne.

— Alors, oublions les autres. Qu'est-ce que tout ça signifie ? Qu'est-ce que tu veux ?

Il baissa le menton en regardant Chloe de manière explicite et elle eut envie de lui mordre les lèvres.

— Je pense que tu connais déjà la réponse.

— Du sexe. Tu veux du sexe.

— Je te veux, toi.

Elle déglutit avec effort.

— Vraiment ?

— Ne trouves-tu pas que notre histoire a un goût d'inachevé ? On a à peine commencé.

Un frisson chauffé à blanc la parcourut. Elle n'était pas sûre de pouvoir en supporter davantage de sa part, mais elle voulait prendre le risque. Cela faisait si longtemps qu'elle n'avait pas désiré un homme de cette façon. Peut-être même jamais.

— Tu me demandes de venir chez toi ?

— Je ne suis pas sûr de pouvoir attendre aussi longtemps, dit-il en parcourant la pièce du regard.

— Je ne comprends pas.

— Laisse-moi te montrer.

— Ici ?

— Je ne suis quand même pas un idiot.

Chloe se mordit la lèvre inférieure. Se rendait-il compte qu'elle le désirait autant qu'il semblait la désirer ?

— Alors où ?

— Je connais un coin tranquille, dit-il en lui prenant la main.

Il la fit sortir par l'une des portes latérales, et ils se retrouvèrent dans une salle comportant un coin salon luxueux à l'éclairage tamisé. Sans perdre de temps, il la plaqua contre le mur.

La bouche de Chloe tremblait d'anticipation à l'idée d'être embrassée, mais il se pencha d'abord vers son cou, caressant sa peau délicate de ses lèvres chaudes. Elle faillit avoir un orgasme par ce simple contact. Fermant les yeux, elle rejeta la tête en arrière et laissa échapper un doux gémissement tout en attirant Parker plus près.

— C'est ça que je veux de toi, Chloe. Cette ardeur.

Il fit glisser sa bouche le long de son épaule puis descendit vers son décolleté avant de lever la tête et regarder en direction du couloir. Puis il tira sur l'avant de sa robe et dégagea sa poitrine.

L'air frais caressa la peau de Chloe, et elle se raidit aussitôt.

— Parker. On va nous voir.

— Détends-toi. Nous sommes seuls.

Il baissa la tête et prit un mamelon dans sa bouche en faisant tourner sa langue autour.

Toute la volonté de Chloe partit en fumée. S'il continuait cette délicieuse torture, ça lui serait égal que tous les invités les regardent.

— Parker. Partons d'ici.

Il gémit et lui prit la main pour la lever au-dessus de sa tête et la plaquer contre le mur.

— Je m'amuse trop. Tu es si belle, Chloe. J'ai hâte d'être au plus profond de toi.

Il termina sa déclaration par un baiser exigeant. Il n'y avait aucun doute sur ce qu'il voulait et Chloe ne demandait qu'à se plier à sa volonté toute la nuit. Il serra la main autour de son délicat poignet pour lui faire savoir qu'elle était à sa merci, puis glissa son autre main dans la fente de sa robe.

— Parker…, dit-elle entre leurs lèvres.

— Chut. Encore une minute, dit-il en passant ses doigts sur sa culotte.

Chloe dut à nouveau se concentrer sur ses genoux qui menaçaient de la lâcher. Tous les muscles de son corps tremblaient d'anticipation. Elle ferma les yeux et se délecta de la sensation de ses doigts contre son intimité alors qu'il la caressait d'un rapide mouvement circulaire. La tension montait à toute vitesse et sa respiration se faisait si courte qu'elle ne savait plus que faire. Elle ne pouvait tout de même pas avoir un orgasme dans le hall d'un hôtel cinq étoiles ? C'était une chose de s'abandonner dans le jardin de Miami, c'en était une autre de faire ça ici. Mais elle n'eut pas le temps de réfléchir plus longuement car elle sentit le plaisir monter à la vitesse de l'éclair. Elle embrassa Parker avec fougue, ne serait-ce que pour étouffer ses propres gémissements alors que tout son corps tremblait de plaisir.

Il passa à nouveau ses lèvres le long de son cou et retira discrètement sa main d'entre ses jambes, et l'autre de son poignet. Chloe remonta le corsage de sa robe tandis que Parker la cachait de son corps afin de la protéger des regards, si quelqu'un s'aventurait dans cet endroit.

— Je n'arrive pas à croire que tu aies fait ça, dit-elle.

— Je n'ai pas pu m'en empêcher.

Elle posa sa main sur son torse et lissa sa fine veste. Trop de pensées se bousculaient dans sa tête, mais celle qui résonnait le plus fort réclamait d'être seule avec lui. Complètement seule.

— Il faut qu'on reste encore un peu. Que tu puisses au moins récolter les fruits de tes efforts.

— C'est gentil de ta part, mais non. J'ai fait ma petite apparition et j'ai discuté avec les gens que je devais voir.

— Mais Jillian a dit beaucoup de bien du buffet et du groupe. Tu ne veux pas danser ? demanda-t-elle en faisant glisser son doigt sur le revers de sa veste.

— Je pense à de bien meilleures choses que toi et moi pourrions faire ensemble, Chloe.

— Dans ce cas, je dois d'abord trouver Alex et la prévenir.

Il inspira profondément, visiblement frustré.

— Tu ne peux pas lui envoyer un SMS ?

— Je vais l'appeler. Ça sera plus simple.

Elle sortit son téléphone de son petit sac de soirée, et vit qu'Alex lui avait déjà laissé un message. Chloe n'avait pas dû entendre la notification.

— Elle m'a devancée. Apparemment, elle part avec Ryder. Intéressant.

Tant mieux pour Alex.

— Alors partons, proposa Parker en sortant son portable de sa poche pour écrire un message. Mon chauffeur devrait être en bas dans quelques minutes.

— À quelle distance est ton appartement ?

— Je pense que la question la plus pressante est de savoir à quel point l'arrière de ma limousine est discret.

- 9 -

Parker tenait à peine quand ils montèrent à l'arrière de sa limousine. Il avait une telle érection qu'il n'arrivait plus à réfléchir. Traverser discrètement le hall de l'hôtel avait été un véritable exploit.

Dieu merci, ces fichues vestes de smoking pouvaient cacher énormément de péchés.

— Chez vous, monsieur Sullivan ? demanda Benny.

— Oui, répondit Parker en jetant un coup d'œil à Chloe.

Elle était assise juste à côté de lui, si belle et séduisante qu'elle en était époustouflante.

— Tout de suite, répondit Benny.

Sans qu'on le lui demande, il souleva la paroi entre les deux parties de la voiture.

Il n'en fallut pas plus à Chloe pour s'avancer. Elle glissa une main sur la nuque de Parker et l'attira plus près pour l'embrasser avec cette bouche qu'il trouvait si désarmante. Ce fut à son tour cette fois de prendre l'initiative. Elle rompit leur baiser et le surprit en s'agenouillant sur le plancher de la voiture, devant lui. Posant une main sur son entrejambe, elle le caressa légèrement jusqu'à le rendre fou. Puis elle leva les yeux vers lui, ses beaux yeux sombres dans la douce lumière de la limousine qui l'attiraient comme il ne l'avait encore jamais été.

— Il faut que je m'occupe de toi.

Parker, qui ne comptait pas en discuter, rapprocha

ses hanches d'elle et se pencha en arrière. C'était très excitant de voir ses doigts baisser la fermeture Éclair de son pantalon, mais ce le fut encore plus quand elle tira sur son boxer et prit son sexe dans sa main. Il gémit lorsqu'elle le caressa, lui donnant du plaisir tout en le rendant encore plus dur. Douleur et plaisir… quel délicieux mélange.

Il ferma les yeux quand elle le prit dans sa bouche chaude et pulpeuse, brûlante et humide. Chaque fois qu'elle montait et descendait sur son sexe, la tension s'enroulait un peu plus autour de lui jusqu'à en devenir insupportable. Il enfonça ses doigts dans ses cheveux et les pressa avec juste assez de force pour lui faire comprendre à quel point elle le rendait fou, mais également heureux. C'était encore plus torride qu'à Miami, ce qu'il trouvait presque impossible à croire. Mais peut-être était-ce parce qu'ils se connaissaient mieux à présent ?

Quand il ouvrit les yeux, il vit que le regard de Chloe était rivé sur le sien pendant que ses lèvres montaient et descendaient sur son sexe. C'était une vision des plus excitantes, et pourtant il y avait cette tendresse en elle qui lui coupait toujours le souffle. Elle était si douce, même lorsqu'elle essayait de se montrer dure.

— J'ai envie de toi, Chloe. Tout de suite. Dans cette voiture.

Un rapide coup d'œil par la vitre lui apprit qu'ils avaient dix bonnes minutes avant d'arriver chez lui. C'était suffisant compte tenu de leur degré d'excitation.

Elle traîna très lentement ses lèvres le long de son érection, puis le laissa glisser doucement hors de sa bouche.

— Tu es sûr ? Ici ?

— Je n'ai jamais été plus sûr de quoi que ce soit de toute ma vie.

— Je n'ai jamais fait l'amour dans une limousine, déclara-t-elle, le regard brillant de malice.

— Il faut bien une première fois à tout.

Elle remonta sur le siège et releva sa robe, révélant ses cuisses crémeuses. Il repensa à ce moment où il l'avait vue sortir de sa voiture chez son père, et où il avait réalisé pour la première fois qu'il la désirait. Sa respiration s'accéléra en voyant sa culotte en dentelle bleu glacier. Séductrice et douce, deux mots pour résumer Chloe. Elle la fit glisser le long de ses jambes et la posa sur le siège, puis prit sa robe dans ses mains et chevaucha les genoux de Parker. Il détestait qu'il y ait autant de tissu entre eux, mais il aimait également cela. Il y a quelques minutes à peine, elle était encore dans une salle de bal en présence du gratin de New York, aussi belle qu'une femme pouvait l'être. Il était le seul à connaître cette facette de Chloe, si ardente et dangereuse.

Il se positionna face à elle, et quand elle se laissa glisser sur lui, l'enveloppant de sa chaleur veloutée, il fut immédiatement plongé dans un monde où elle seule existait et où il avait l'impression d'exploser après seulement quelques secondes. La pression qui montait en lui ressemblait à une bouteille de champagne secouée. Il avait l'impression de ne plus pouvoir se maîtriser, si proche, si près.

Chloe baissa la tête et l'embrassa en remuant ses hanches d'avant en arrière. Ses respirations étaient courtes et saccadées et il devina l'orgasme qui montait en elle. Il enroula ses bras autour de sa taille et l'attira plus près. Même si cet interlude était terriblement excitant, il avait hâte d'être chez lui où il pourrait la déshabiller entièrement afin d'admirer son beau corps nu tandis qu'il la mènerait au plaisir, encore et encore. C'était le début du week-end, se rappela-t-il. Ils pourraient s'épuiser jusqu'à ce qu'ils n'aient plus rien à donner. Ensuite, ils pourraient dormir et recommencer.

Chloe enfouit son visage dans son cou et ondula ses hanches frénétiquement.

— Je suis si proche, gémit-elle contre sa peau.

— Jouis pour moi, Chloe. Jouis fort. Je veux le voir et l'entendre. Je veux le sentir.

Le corps de Chloe se figea après une dernière poussée. Elle renversa la tête en arrière et il sentit ses parois intimes se resserrer autour de lui. Il la suivit aussitôt dans le plaisir, à bout de souffle et ne pensant à rien d'autre qu'à elle. C'était si bon. Trop bon.

Chloe s'effondra contre lui.

— Tu es incroyable.

Est-ce qu'elle ressentait vraiment cela pour lui ? Parce qu'en ce qui le concernait, c'était le cas. Lui qui avait cru l'avoir cernée du premier regard : la fille de la haute société qui ne se mettait jamais en danger. Mais Chloe avait un vrai côté aventureux, même si elle l'ignorait, et il trouvait cela absolument excitant. Il saisit son visage et l'embrassa doucement.

— Tu n'as encore rien vu, dit-il avant de jeter un regard par la vitre. On arrive dans quelques minutes.

— Je ferais mieux de me rhabiller.

Elle descendit de ses genoux et lissa sa robe tandis que Parker faisait de même avec ses propres vêtements. Puis il s'empara de la culotte de Chloe avant elle.

— Tu n'en as pas besoin, dit-il.

— Bien sûr que si. Elle vaut une fortune.

— Je vais la garder, répondit-il en la glissant dans la poche de son smoking.

— Pourquoi ?

— Parce que ça sera très amusant de prendre l'ascenseur de mon immeuble de luxe en sachant que tu ne portes rien en dessous. Si j'ai de la chance, nous tomberons sur un de mes voisins.

Elle se pencha plus près et l'embrassa.

— Tu es très vilain.

— Uniquement si tu veux que je le sois.

Benny les déposa dans le parking, et Parker s'empressa de la conduire à l'ascenseur. L'une des choses qui l'avait séduit avec cet appartement, c'était qu'en sortant de l'ascenseur, on pénétrait directement dans son salon tentaculaire, où la vue sur la ville et le fleuve Hudson était la même que dans sa salle de sport et sa chambre.

— Waouh, Parker. C'est tout simplement… waouh.

Le ciel bleu de la nuit, les ondulations sombres de la rivière et le scintillement des lumières de la ville coupèrent le souffle de Chloe.

— Tu aimes ?

Il retira sa veste et la jeta sur l'un des canapés, puis déboutonna sa chemise. Il aurait préféré que ça soit Chloe qui le fasse, mais il était impatient de serrer son magnifique corps nu contre le sien.

— J'adore. C'est une vue à un million de dollars.

— À deux millions quatre cents pour être précis.

Il se plaça derrière elle et posa ses mains sur ses hanches. Puis il lui embrassa la nuque tout en tirant sur la fermeture Éclair de sa robe. Chaque contact de sa peau contre la sienne, c'était comme être au paradis.

Elle se retourna dans ses bras en serrant sa robe contre sa poitrine.

— Oh ! tu as retiré ta chemise !

Elle parut surprise, mais cette expression fut rapidement remplacée par un regard appréciateur tandis qu'elle passait ses doigts sur ses épaules. Il comprit qu'elle le désirait avec autant de force que lui. Alors qu'elle ouvrait lentement les bras et laissait sa robe tomber au sol, il but des yeux ses courbes exquises qui ne demandaient qu'à être caressées.

— Maintenant on est à égalité, dit-elle en souriant.

— Presque.

Il adorait la voir dans son appartement, nue et à sa merci, devant ses immenses fenêtres. Elle avait de nouveau baissé sa garde et c'était tellement excitant de savoir qu'elle lui faisait confiance, qu'elle se souciait plus d'être avec lui que de ce que les autres attendaient d'elle.

— Ta chambre ?

Il secoua la tête.

— Tout à l'heure. Pour l'instant j'ai envie de toi ici.

Il la souleva en lui empoignant les fesses et la plaqua contre le mur près de la fenêtre avant de se positionner et s'enfoncer d'une seule poussée forte et énergique. Chloe enroula ses jambes autour de sa taille et il s'émerveilla de voir à quel point elle était prête pour lui et à quel point elle l'enveloppait totalement dans sa chaleur indescriptible. Elle s'agrippa à son cou et pressa sa bouche contre la sienne, lui donnant un baiser torride et humide tout comme elle, qui ravit Parker et lui donna la certitude d'être l'homme le plus chanceux de la Terre.

Il pressa une main sur ses reins pour qu'elle se cambre et baissa la tête pour s'emparer d'un téton coquin, suçant fort et enroulant sa langue autour. Il sentit son corps mince se tendre alors qu'il la goûtait. Le plaisir monta rapidement en lui, mais il savait qu'il pouvait faire mieux.

Il l'attira contre lui et écarta son corps du mur, se retourna et fit quelques pas avant de la poser sur un bureau qui était plus décoratif qu'autre chose. Elle s'écarta et prit appui sur ses bras, ce qui lui offrit la plus époustouflante des vues : les seins de Chloe se balançant doucement alors qu'il la pénétrait encore et encore, lentement, longuement et durement. Le plaisir était si intense qu'il n'arrivait plus à penser à rien. Il contempla l'expression de son visage alors que ses yeux se fermaient et qu'elle balançait doucement la tête tandis que de doux gémissements s'échappaient de ses lèvres pulpeuses.

— Tu es proche, Chloe ? demanda-t-il, étonné de voir à quel point sa voix était rauque.

Elle hocha la tête, les yeux fermés.

— Très proche. Si incroyablement proche.

Il savait exactement comment l'y amener. Glissant son pouce contre son sexe, il la caressa en petits cercles tout en exerçant une délicate pression. Elle haleta et ses yeux s'ouvrirent, puis il la sentit se resserrer autour de lui.

— C'est tellement bon. Ne t'arrête pas.

Il sourit en la sentant si proche du plaisir. Soudain elle rejeta la tête en arrière et cria en enfonçant ses talons à l'arrière de ses cuisses, juste en dessous de ses fesses. Il se pencha et se pressa contre ses seins, l'embrassant profondément alors que les vagues de plaisir déferlaient sur lui et qu'il accélérait le rythme, mu par une force irrépressible et implacable. Le plaisir fut plus intense que tout ce qu'il aurait pu imaginer et il s'effondra contre elle, enfouissant sa tête dans son cou alors qu'elle continuait à onduler contre lui. Parker était doté d'un gros appétit sexuel, mais il allait lui falloir au moins une demi-heure avant de pouvoir recommencer.

L'estomac de Chloe gronda et elle gloussa contre son torse.

— Désolée.

— Tu as faim ?

— Je suis affamée.

Il sourit et déposa un doux baiser sur ses lèvres.

— Je peux m'en occuper.

— Je n'en doute pas. Tu sembles avoir beaucoup de talents cachés.

Chloe reprit lentement conscience, mais s'empêcha d'ouvrir les yeux. Pas encore. Elle avait besoin d'un moment pour analyser ce qu'elle ressentait. Cette fois ce n'était pas comme à Miami : elle savait qu'elle était dans le lit de Parker. Elle ne le sentait peut-être pas contre elle, mais elle sentait sa présence et respirait son incroyable odeur. Son corps résonnait encore de tout le plaisir de la veille. Parker avait été incroyable.

Elle ouvrit alors les yeux, et réalisant qu'elle était seule, elle prit un moment pour inspecter la chambre à la lumière du jour. Juste au pied du lit, une immense fenêtre remplaçait un mur, offrant une vue spectaculaire sur le fleuve Hudson. Détourner le regard était difficile, mais elle se força à étudier sa décoration. Dans un coin se trouvait un fauteuil confortable en cuir sur lequel était posé un plaid en laine grise, et à côté une table d'appoint en bois sombre. Chloe pouvait s'imaginer blottie là avec un bon livre un jour de pluie. Les murs étaient gris pâle, la parure du lit était d'un blanc immaculé et le sol en bois couleur ébène. Tout ici respirait le luxe et la sophistication. Chloe était impressionnée, ce qui en disait long, car elle était habituée depuis toujours aux magnifiques décorations. Mais entre les révélations de la collecte de fonds et tout ce qui s'est passé à la minute où ils avaient quitté la salle de bal, Parker ne cessait de la surprendre.

Il apparut juste à ce moment dans l'embrasure de la porte.

— Tu es réveillée.

— Oui, dit-elle en souriant.

Il s'approcha, torse nu avec un pantalon de pyjama à carreaux noirs et gris, et ressemblant à tout ce qu'une femme pouvait désirer.

— J'ai apporté le liquide de la vie, dit-il en lui tendant une tasse de café.

Elle se redressa et saisit la tasse avant d'en prendre une longue gorgée et la poser.

— Merci beaucoup.

— Comment vas-tu ? demanda-t-il en la parcourant du regard.

— Je me sens bien.

Elle se sentait même mieux que bien : elle était détendue, ce qui n'était pas son état normal.

— Tu es sûre ?

— Je ne comprends pas ta question.

Il posa un genou sur le lit et la regarda avec le plus grand sérieux.

— Tu es calme. Je m'attendais à ce que tu sois en panique, que tu sautes du lit et commences à rassembler tes vêtements à la hâte en m'expliquant que tu as un emploi du temps chargé.

Son premier réflexe fut de nier, avant de réaliser qu'il n'avait pas tort. Elle ne ressentait aucun besoin de se précipiter vers la porte. Se réveiller dans le lit de Parker à New York n'était pas comme à Miami. Quelle était donc la différence ? Une seule semaine s'était écoulée depuis, et les obstacles étaient toujours les mêmes.

C'est la nuit dernière qui a fait la différence.

— Je vais juste être honnête, d'accord ?

—Je t'en prie.

— Le gala d'hier soir m'a permis de te voir sous un jour très différent.

— Beaucoup de gens riches s'occupent d'œuvres de bienfaisance.

— Mais c'est plus que ça. Tu ne te contentes pas de signer des chèques : tu donnes de ton temps et de ton énergie.

Il lui adressa un petit sourire, tout en laissant échapper un rire sceptique.

— Je pense que tu m'accordes trop de crédit.

— Non, crois-moi. Dans mon travail, je vois beaucoup de gens en faire des tonnes avec leurs actions caritatives : séance photo, publicité au moindre don. Tu ne fais aucune de ces choses. Tu es même très humble.

— Tu y accordes trop d'importance.

— Je ne pense pas. Tout le monde te voit comme un homme beau, riche et arrogant. Mais je commence à penser que tout cela n'est qu'une façade.

— Le côté beau mec n'est pas une façade, jai ça dans le sang, dit-il sur le ton de la plaisanterie.

Chloe éclata de rire, et l'instant d'après Parker la renversa sur le lit, puis roula sur le dos de sorte qu'elle soit allongée sur lui.

— J'ai envie de toi, dit-il.

— J'ai une haleine de café.

— Ça m'est égal.

Il l'embrassa doucement, la main dans ses cheveux, et elle eut l'impression de défaillir alors qu'elle était allongée.

— La nuit dernière a été incroyable.

— Je suis d'accord.

— Je ne peux pas croire qu'on ait fait ça dans le hall, ajouta-t-elle en baissant la tête, toujours un peu gênée.

— Tu n'aimes pas vraiment les démonstrations d'affection en public ? demanda-t-il en lui caressant les cheveux.

— Ce n'était pas une démonstration d'affection en public. Je suis même sûre que c'était un délit.

— Mais c'était amusant. Très amusant même, dit-il en l'embrassant à nouveau. J'adore te voir jouir.

Elle détestait se sentir rougir. Elle n'avait jamais été avec un homme si ouvert au sujet du sexe et si à l'aise pour en parler, contrairement à elle qui était toujours tendue et effrayée à l'idée de se tromper ou souffrir. Parker dénouait lentement le carcan qui la protégeait. Il desserrait les liens qui l'emprisonnaient et rendait sa vie maîtrisable. Dans d'autres circonstances, elle aurait pu trouver cela terrifiant. Mais son côté décontracté et empli d'assurance atténuait ses peurs, et cela, ajouté à son propre désir, la rendait incapable de lui résister.

Soudain, elle entendit un drôle de bruit, semblable à un jappement.

— C'était quoi ? demanda-t-elle.

— Tu es jalouse, Blue ? demanda Parker en souriant.

— Blue ? répéta Chloe, encore plus confuse.

— C'est mon chien. Attends.

Il se pencha vers le sol, puis se redressa en tenant un adorable bouledogue gris foncé qu'il posa devant Chloe.

— Je te présente Blue.

Le chien s'assit et les regarda tour à tour en dressant les oreilles, visiblement curieux.

— N'aie pas peur, dit-il en grattant le chien derrière l'oreille, Chloe ne te mordra pas.

Blue s'approcha prudemment de Chloe tandis que Parker se rallongeait sur le côté en appuyant sa tête sur sa main.

— Il est adorable, dit Chloe en le caressant. Tu ne m'avais pas dit que tu avais un chien.

— C'est une chienne, en fait. Un bouledogue français. Elle demande très peu d'entretien. C'est comme un chat en forme de chien. Elle aboie rarement et est très affectueuse. Elle dormait dans sa caisse quand nous sommes rentrés hier soir. J'ai quelqu'un qui passe s'en occuper deux fois par jour. Parfois, je l'amène au bureau.

— Elle me paraît être l'animal de compagnie idéal. Mais ça doit représenter beaucoup de travail.

— Elle en vaut la peine. C'est une vie solitaire que d'être célibataire.

Chloe fut surprise par cette remarque.

— Je croyais que tu aimais être seul.

— Je ne dirais pas que j'aime vraiment ça, mais j'y suis habitué.

— Parce que tu es un éternel célibataire ? demanda Chloe, alors que Blue se frottait contre sa main.

— J'ai toujours fonctionné comme ça. J'étais enfant unique, mon père voyageait beaucoup pour son travail et ma mère était toujours malade.

Chloe s'était effectivement interrogée sur sa mère car il ne parlait jamais d'elle.

— Pendant toute ton enfance ?

— Elle est décédée quand j'avais quatorze ans. On lui a diagnostiqué un cancer quand j'étais petit, mais elle s'est battue comme un diable pendant dix ans.

Chloe en ressentit une telle compassion que ça lui fit l'effet d'une douleur à la poitrine.

— Je suis vraiment désolée. Mon père est mort quand j'étais très jeune, donc je ne me souviens pas vraiment de lui. Ça a dû être si dur de voir ta mère lutter contre la maladie. C'est pour ça que tu t'impliques autant à l'hôpital ?

Il hocha lentement la tête, l'air résigné.

— Oui. À sa mort, j'étais assez âgé pour comprendre que je devais faire quelque chose, et depuis je n'ai jamais arrêté.

— Comme je l'ai déjà dit, ta générosité m'épate.

— J'en retire également quelque chose. C'est extrêmement gratifiant.

— Tu as dit que ton père t'accompagnait habituellement. Pourquoi pas cette année ?

— Il prétend que l'hôpital n'attend qu'un chèque de sa part. Je ne pense pas que ce soit vrai, mais c'est ce qu'il a l'air de penser.

— Comment gère-t-il le divorce ?

— Bien, je suppose. Je lui ai dit que je t'avais engagée pour le cas de Marcus.

Chloe en fut surprise, et sa première réaction fut l'inquiétude. Elle craignait que la nouvelle parvienne aux oreilles de sa mère avant de réaliser que celle-ci ne parlerait probablement plus jamais à George.

— Quelle a été sa réaction ?

— Il était content. Il espère que ta mère le détestera un peu moins. Je pense qu'il n'est pas heureux de la façon dont leur mariage a pris fin.

— Si ça peut le rassurer, ma mère a déjà un nouvel amoureux. On dirait qu'elle pense moins à ton père, ce qui est une bonne chose.

— C'est drôle que tu parles de ça. Nous avons eu une discussion ensemble, et je lui ai suggéré de se poser un moment et de passer un peu de temps seul.

— Tu penses qu'il suivra ton conseil ?

— Difficile à dire. Ce qui me dérange chez lui, c'est que je ne le vois jamais venir. Du jour au lendemain, boum, j'entends les cloches du mariage.

— Moi je le vois toujours venir. C'est comme regarder un accident de voiture au ralenti.

— Tu penses qu'elle est prête à retomber amoureuse ?

— Je ne sais pas. L'idée même de se précipiter pour avoir le cœur brisé me paraît si stupide.

— Je ne vais pas te briser le cœur, Chloe. Sois en sûre.

Elle inspira profondément, et réfléchit à ses idées sur l'amour et l'engagement. La compagnie de Parker lui plaisait beaucoup, mais elle avait du mal à imaginer que ça puisse durer plus de quelques jours. Soit elle recommencerait à paniquer, soit il se laisserait distraire par une autre femme, ou peut-être qu'ils seraient tous les deux tellement absorbés par leur travail qu'ils perdraient tout intérêt l'un pour l'autre. Dans tous les cas, mieux valait profiter du temps passé avec lui sans trop réfléchir, s'amuser un peu et se quitter le moment venu.

— Voilà une bonne nouvelle. Mais sache que je ne t'aurais pas laissé faire non plus.

Blue descendit en sautant sur un banc rembourré au pied du lit qui lui servait de marche. Il ne resta plus que Parker et Chloe, son pantalon de pyjama et le fin drap soyeux qui la recouvrait. Ils avaient toute la matinée et l'après-midi devant eux s'ils le désiraient.

— Je ne doute pas que tu remettes ton armure en cas de besoin.

Elle glissa un doigt sous le drap et le repoussa pour lui révéler son corps nu. C'était le genre de geste audacieux qu'elle ne faisait jamais, mais ça paraissait si naturel avec Parker.

— Je ne porte pas d'armure en ce moment.

— Je vois ça.

Il passa une main sur sa hanche nue, puis il la glissa entre ses jambes et, en une fraction de seconde, elle fut à sa merci.

— Parker…, haleta-t-elle, étonnée de la rapidité avec laquelle il pouvait lui faire perdre la tête.

Il tourna le visage vers elle et l'embrassa férocement.

— Oui ?

— S'il te plaît, ne t'arrête pas.

— Tout ce que tu veux. Aussi longtemps que tu le voudras.

Elle roula sur le dos avec une seule pensée en tête : il était tout ce qu'elle voulait. Pour le moment.

- 10 -

Le week-end avec Parker se transforma en une semaine... qui se transforma en une autre semaine. Et une autre encore. Quand Chloe n'analysait pas trop la situation, tout lui semblait parfait, le bonheur absolu même. Son pouls s'accélérait chaque fois qu'elle le voyait, mais il avait également un effet apaisant sur elle. Avec lui elle était détendue. C'était quelqu'un d'intense et de concentré, et en même temps très décontracté. Il ne laissait jamais l'inquiétude le dévorer, contrairement à Chloe. Comme elle, il exerçait un métier exigeant, mais en rentrant le soir, il laissait ses soucis au bureau : un verre de vin, un peu de télé et des moments de tendresse avec Blue. C'était comme s'il n'y avait aucun stress dans sa vie. Il lui lançait ce regard empli de désir, et l'instant suivant le monde disparaissait. Comment faisait-il ? Chloe l'ignorait mais s'efforçait d'imiter son approche de la vie en espérant pouvoir un jour cesser de s'inquiéter pour tout.

Cependant, passer chaque minute de libre avec Parkersignifiait qu'elle devait négliger sa mère et ses amies, ce qui augmentait son stress. Taylor et Alex voulaient tout savoir, mais Chloe se sentait incapable de répondre, à part pour leur dire qu'ils étaient heureux. Quant à sa mère, le fait qu'elle ait un nouvel amoureux était un grand soulagement. Mais même si elle passait une grande partie de son temps avec lui, cela ne l'empêchait pas de remarquer que Chloe ne venait plus lui rendre visite.

— Encore un week-end sans te voir, déclara Eliza sur le haut-parleur alors que Chloe s'installait à son bureau un lundi matin. J'ai peur d'oublier ton visage.

— Maman, arrête, s'il te plaît. Ne me fais pas culpabiliser. Tu sais que je suis débordée comme toujours.

Forrest apparut sur le pas de la porte avec une pile de dossiers, et elle lui fit signe d'entrer.

— J'ai quand même le droit de m'interroger sur tes priorités, protesta sa mère.

— Je dirige une entreprise de relations publiques. Je t'assure que je consacre mon temps à des affaires extrêmement importantes.

— J'ai beaucoup de mal à croire que tu travailles non-stop tous les week-ends. Il se passe quelque chose. Il y a un homme, n'est-ce pas ? Et tu me le caches.

Les regards de Chloe et Forrest se croisèrent, et un mélange de choc et d'horreur apparut sur le visage de l'assistant.

— Je reviendrai plus tard, murmura-t-il.

— Désolée, articula-t-elle en silence.

Chloe retira sa mère du haut-parleur et porta le téléphone à son oreille.

— Faut-il vraiment qu'on ait cette conversation maintenant ? Il est 9 h 30 du matin, et j'ai des milliers d'e-mails et de réunions.

— Réponds simplement à ma question par oui ou par non : y a-t-il un homme dans cette histoire ?

— Et si c'était le cas ?

— Alors je dois le rencontrer, un point c'est tout. Je veux connaître son nom, savoir qui il est et ce qu'il fait.

Oh non. Quel cauchemar.

— Je ne connais pas le nom de ton petit ami. Tu vois que je ne suis pas la seule à cacher des choses.

— Donc, cet homme mystérieux est ton « petit ami » ?

Zut.

Chloe n'en revenait pas de s'être ainsi fait avoir. Une nouvelle vague de culpabilité l'envahit. Elle savait que cette discussion finirait par arriver, mais elle avait préféré retarder le moment. Étant donné qu'elle s'attendait constamment à ce que tout s'arrête avec Parker, elle avait jugé préférable de ne pas entrer inutilement en conflit avec sa mère. Mais le problème, c'était que tout se passait à merveille avec Parker.

— Oui. Il y a bien quelqu'un. Mais je ne suis pas prête à te le présenter.

— Est-ce l'aventure dont tu as parlé au brunch après ton voyage à Miami ?

Elle était déjà sur le point de nier, avant de se raviser.

— Oui.

— Tu es rentrée depuis plus d'un mois. Ce n'est plus une aventure.

— Alors choisissons un autre terme.

Chloe chercha le mot juste. Coup d'un soir ? Rendez-vous galant ? Sex friend ? Aucun ne convenait car ce qu'elle vivait avec Parker était bien plus.

— Pour moi, ça ressemble tout bonnement à une relation amoureuse. Ce qui me ramène à mon point initial : j'aimerais savoir qui c'est, et si tu es amoureuse.

Chloe eut l'impression que son cœur se figeait. Le mot « amoureuse » la mettait toujours mal à l'aise.

— Je te promets de te le dire si je tombe amoureuse.

— Je l'espère bien.

— Je dois vraiment y aller, maman. Peut-être qu'on pourrait se voir pour le petit déjeuner un jour dans la semaine ? Mes après-midi sont très chargés.

— Il faudra que ce soit aujourd'hui ou demain. Je pars quelques jours en voyage avec Gavin.

— Gavin ? Le nouveau petit ami ?

— Oui. Gavin Goldstein. Il est dans l'art et les antiquités.

— Je sais qui c'est. J'ai visité sa galerie et j'ai également vu la loge de sa famille au Metropolitan Opera.

Elle trouvait incroyable que sa mère arrive à attirer aussi facilement les hommes les plus riches et puissants.

— Demain alors ? 9 heures chez Muffy ?

— Ça sera parfait.

Chloe était heureuse de voir sa mère, mais elle redoutait la scène qu'elle lui ferait sans aucun doute subir.

— Merveilleux. À demain.

Quand elle raccrocha, Forrest réapparut quelques secondes plus tard.

— Je suis désolé d'avoir été là pendant que votre mère vous mettait sur la sellette.

— Au contraire. Votre présence me permet de réaliser que ce n'était pas le fruit de mon imagination.

Forrest rit doucement.

— Dans ce cas, je vous le confirme.

— Que puis-je faire pour vous ?

— Fran Lipman du magazine *American Entertainment* vous a envoyé un e-mail à propos d'un article qu'elle écrit, et elle a également appelé. Je pense qu'elle a hâte d'avoir une réponse. Il semblerait qu'elle ait eu un désistement.

Chloe se tourna immédiatement vers son ordinateur.

Fran était une vieille amie qui lui rendait souvent des services.

Il ne lui en fallut qu'une minute pour trouver l'e-mail et le lire.

— Elle fait une série sur les célébrités qui vivent dans les grandes villes américaines. Et vous avez raison : elle a eu un désistement, et elle est désespérée. Le seul hic, c'est qu'elle veut quelqu'un qui n'ait pas d'ennui avec la justice.

— Ce qui exclut Dakota, déclara Forrest.

En effet, la jeune femme s'était remise au vol à l'étalage.

Chloe parcourut mentalement sa liste de clients sans arriver à trouver la personne idéale.

— Le nom qui me vient à l'esprit est Marcus Grant. Miami est sur la liste des villes, et ses ennuis étaient sans importance.

— Mais nous ne le représentons plus, n'est-ce pas ?

— Effectivement. Mais je suis sûre que ça va plaire à Parker.

Forrest hocha lentement la tête.

— Ah oui. Son agent, Parker Sullivan, dit-il d'un ton qu'elle ne put ignorer.

— Forrest, dites ce que vous avez à dire.

— Je ne ferai jamais de commentaire sur votre vie privée.

— Et si je vous le demandais ?

— Je ne tomberai pas dans ce piège, mais je dirais simplement que je l'apprécie bien plus que je ne l'aurais imaginé.

Dans ce cas, nous sommes deux.

— Merci de votre réponse, dit-elle en tournant à

nouveau son regard vers l'ordinateur. Vous avez quelqu'un en tête qui conviendrait mieux ?

— Non.

— Dans ce cas, je la rappellerai dès que j'aurai contacté Parker.

— Je la préviendrai si elle rappelle, répondit Forrest avant de quitter le bureau.

Chloe appela immédiatement Parker.

— Bonjour ma beauté, dit-il en décrochant. Tout va bien ?

Elle sourit. L'entendre parler ainsi, c'était comme se prélasser au soleil par une belle journée d'été.

— Tout va bien. Je voulais te proposer quelque chose.

— Je t'écoute.

Elle le mit rapidement au courant de l'article de magazine.

— Je me disais que Marcus serait parfait. Un bel athlète américain vivant dans une superbe maison dans une grande ville, avec une carrière prometteuse. Ça sera dans les kiosques en début de saison des recrues.

— Ça me paraît super. Que faut-il faire ?

— D'après ce que je sais, ça sera une simple séance photo et des petites questions. Rien de trop éprouvant.

— C'est formidable. Lequel de tes autres clients vas-tu proposer ?

— Aucun. Elle ne veut qu'une personne, et je pense que Marcus sera parfait.

— Tu ne préfères pas réserver ça à un de tes clients ? Tu as passé la semaine à t'occuper de Dakota Ladd et de son problème de vol à l'étalage.

— Je ne pense pas que Dakota soit prête pour ça.

Elle avance à pas de bébé en ce moment. Tu penses que Marcus ne voudra pas le faire ?

— Bien sûr que si. Et s'il ne veut pas, je le forcerai. Je suis simplement surpris car Marcus n'est plus ton client. Je ne t'ai plus rien versé après les interviews de Miami.

La confusion assombrit aussitôt les pensées de Chloe, et elle eut soudain envie de savoir comment il voyait leur relation.

— Je n'ai pas besoin que tu me payes. J'avais simplement envie de le faire.

— Ah, d'accord. Je ne voudrais pas profiter du fait que tu sois…

Il hésita.

Quoi ? Que je sois quoi ?

— Je veux dire, je ne veux pas profiter de notre relation.

Ce n'était toujours pas très clair, mais c'était mieux que rien.

— C'est juste pour rendre service. Je ne veux surtout pas être envahissante.

— Impossible, tu ne seras jamais envahissante. C'est vraiment très gentil de ta part de faire ça. Merci.

Chloe avait l'impression d'avoir fait un tour sur des montagnes russes émotionnelles. Elle se sentait à nouveau rassurée, mais elle n'était pas sûre de pouvoir supporter cela trop souvent.

— De rien. Je t'enverrai les détails par e-mail.

— Parfait. On se retrouve ce soir ?

Il faillit ajouter « à la maison », mais son appartement n'était pas la maison de Chloe, même si c'était l'impression qu'il avait.

— Oui. Je rentrerai vers 19 heures. Que veux-tu faire pour dîner ?

— On pourrait prendre à emporter ? Peut-être de la cuisine italienne ?

— La dernière fois qu'on a commandé italien, on a dû manger des pâtes carbonara froides à minuit car on a été autrement occupés, dit-elle en souriant.

Ça avait été une nuit sensuelle et coquine. À peine leur dîner livré, Parker lui avait jeté un regard ardent qui avait fait passer la nourriture au second plan. Avant de comprendre ce qui se passait, ils étaient en train de s'embrasser en s'arrachant leurs vêtements.

— Si c'est pour avoir une rediffusion de cette nuit-là, alors je veux absolument commander italien.

Chloe éclata de rire. Elle remettait peut-être beaucoup de choses en question, mais jamais son désir d'être avec lui.

— J'ai hâte.

— J'ai hâte aussi.

Après avoir raccroché, elle réfléchit en regardant par la fenêtre de son bureau. Elle était amoureuse de Parker alors qu'elle s'était promis des centaines de fois de ne jamais prendre ce chemin. Elle ferma les yeux et inspira profondément.

Mets-toi au boulot. Tu t'occuperas de ça plus tard.

Parker dut prendre une minute après avoir raccroché. La voir comme sa « petite amie » était une chose, mais faire presque référence à son appartement comme leur « maison » en était une autre. Cependant, ce qui le troublait vraiment, c'était cette petite phrase qui lui avait traversé l'esprit juste avant de raccrocher : « Je t'aime ». D'où est-ce que ça sortait ?

On frappa à la porte de son bureau.

— Monsieur Sullivan ?

Luna, la responsable administrative, passa la tête à l'intérieur, les bras chargés d'un gros classeur.

— Excusez-moi de vous déranger.

Parker secoua la tête afin d'éclaircir ses pensées.

— Il n'y a pas de problème. C'est à quel sujet ?

— Vous avez demandé les rapports des recruteurs en basket-ball universitaire ?

Il fallait qu'il se concentre et se remette au travail.

— Oui, merci.

Il lui prit le dossier, mais alors qu'elle s'éloignait, il réalisa qu'il pouvait avoir son avis sur un autre sujet.

— Luna, je peux vous poser une question ?

— Bien sûr, dit-elle en se retournant. De quoi s'agit-il ?

— Si un homme décidait d'acheter un bijou à une femme pour lui signifier qu'il l'aime beaucoup mais qu'il ne recherche pas forcément plus, où irait-il ?

Luna le regarda en arquant les sourcils.

— Vous savez que toutes les femmes ne considèrent pas automatiquement les bijoux comme une promesse de mariage, n'est-ce pas ? Tant que ce n'est pas une alliance en diamant, vous n'avez pas à vous inquiéter.

Il se sentit bête, mais comme souvent, s'agissant de ces sujets.

— Merci beaucoup.

Il passa le reste de la journée avec le sentiment d'avoir de l'électricité dans le sang. C'était l'effet que Chloe avait sur lui. Elle craquait l'allumette et allumait le feu. Elle le faisait se sentir vivant avec un simple coup de fil.

Il était toujours étonné qu'elle ait laissé une opportunité pareille à Marcus. La Chloe d'il y a un mois n'aurait jamais fait cela. Il ne pouvait ignorer la place surprenante qu'elle occupait dans sa vie : avec elle il se sentait tout le temps bien. Mais le plus important, c'était qu'il ne pouvait imaginer son quotidien sans elle. Quand il repensait à sa vie d'avant Chloe, tout lui paraissait si vide. Il avait passé sa vie d'adulte entre le boulot et les femmes, par peur de reproduire les mêmes erreurs que son père. Chloe était la seule à avoir su le rassurer. Sa douceur lui faisait apprécier ces petites choses du quotidien, comme avoir quelqu'un avec qui passer ses soirées.

Il quitta le bureau de bonne heure, et se fit conduire par Benny au célèbre magasin Tiffany. Un vendeur – un homme à lunettes aux cheveux gris qui portait un costume avec un badge indiquant « M. Russell » – s'approcha de lui.

— Puis-je vous aider, monsieur ? demanda-t-il.

Son accent britannique, qui surprit Parker, lui donnait un air encore plus distingué.

— J'ai besoin d'un cadeau. Pour ma petite amie.

Il avait enfin réussi à le dire. Le soulagement l'envahit. Ils naviguaient tous deux en eaux troubles, en particulier Chloe qui craignait la réaction de sa mère. Mais il était temps de regarder la vérité en face : elle était sa petite amie.

— Je vois. Une occasion spéciale ?

L'anniversaire de Chloe était encore bien loin, et il n'y avait aucune occasion romantique en vue.

— Non, admit-il. Je veux juste qu'elle sache à quel point elle compte pour moi.

M. Russell sourit, ce qui força l'admiration de Parker. Il avait probablement déjà entendu cela des centaines de fois, mais il réussissait quand même à paraître ému.

— Savez-vous ce que vous recherchez ?

— Pas vraiment. Nous ne sommes ensemble que depuis un peu plus d'un mois.

Mais j'ai l'impression de la connaître depuis toujours.

— Elle est très belle, avec des cheveux roux et des joues roses.

Elle est parfaite.

— Et quand elle rit, c'est comme si le monde entier s'arrêtait.

Du moins pour moi.

— Et son nom ?

— Chloe.

— Chloe semble être une femme très spéciale, déclara le vendeur. Quel est votre budget ?

— Élevé, si ça ne tenait qu'à moi. Mais je ne pense pas qu'elle aimerait quelque chose de trop extravagant.

Ne surtout pas lui faire peur.

— J'ai quelques idées. Voyons si nous trouvons quelque chose à la hauteur de votre charmante amie.

M. Russell lui montra divers bracelets et boucles d'oreilles, mais ce fut un collier avec une délicate chaîne et un pendentif rond serti de diamants qui attira l'attention de Parker.

— Celui-là, dit-il en tapotant la vitrine.

— Excellent choix. Puis-je vous suggérer l'or rose ? Cela peut être assez frappant sur une femme aux cheveux roux.

M. Russell sortit le bijou de la vitrine et le présenta sur son support en velours gris pâle. Le collier brillait de mille feux sous la lumière.

— Oui. C'est celui-là.

— J'applaudis votre esprit de décision. Tous les hommes ne sont pas aussi déterminés quand ils doivent choisir.

Parker observa l'homme pendant qu'il emballait soigneusement le collier, et se rendit compte qu'il lui rappelait un peu son père. Ce n'était pas uniquement les cheveux argentés, mais le côté romantique, et curieusement, c'était ce qui lui plaisait chez M. Russell. Peut-être qu'il se montrait trop dur envers son père. Il n'y avait rien de mal à avoir le cœur tendre en amour.

M. Russell lui remit le sac après l'avoir encaissé.

— J'aimerais beaucoup vous aider lorsque vous l'amènerez choisir quelque chose pour son annulaire gauche.

Parker rit doucement. Cet homme était vraiment fleur bleu.

— Voyons voir déjà comment ça se passe avec ce collier.

Sur le chemin du retour, Parker ne tenait pas en place. Sa conversation avec Chloe ce matin avait été étrange. Tous deux s'étaient encore une fois sentis dans le noir, essayant de comprendre où ils en étaient l'un par rapport à l'autre. Chloe avait semblé perturbée et incertaine. Il s'était dit sur le coup que c'était le côté habituel de Chloe de trop réfléchir à tout, mais maintenant il se demandait si c'était de lui dont elle n'était pas sûre. Il prit une profonde inspiration et regarda la ville défiler sous ses yeux, pas vraiment inquiet. Il allait bientôt être fixé sur son sort.

Une fois dans l'ascenseur, le téléphone de Parker signala l'arrivée d'un SMS. Il le sortit de sa poche en même temps qu'il rentrait dans son appartement et se figea en voyant l'écran. C'était une photo du même genre que celle reçue par Chloe à Miami. Celle-ci les montrait dans le hall du gala de charité : la poitrine de Chloe était exposée et la main de Parker se trouvait entre ses jambes.

— Comment est-ce qu'il a fait pour prendre cette photo ? marmonna-t-il.

Il la regarda à nouveau. Son visage était enfoui dans le cou de Chloe dont les yeux étaient fermés et la bouche ouverte d'extase. Elle allait complètement paniquer en voyant ça.

— Parker ? l'appela-t-elle. Je viens d'ouvrir une bouteille de vin.

Qui est-ce ?

C'était toi depuis le début, n'est-ce pas ?

C'était bien Petit Carnet Noir. Il avait fini par comprendre que ce n'était pas Chloe qui essayait de le démasquer, mais lui.

— Tout va bien ? demanda Chloe en sortant la tête de la cuisine, un verre de vin à la main et un sourire chaleureux sur le visage.

Elle était tout ce qu'il ignorait jusque-là avoir désiré. Il n'allait pas gâcher leur soirée à cause de quelques SMS provocateurs. Il soupçonnait Petit Carnet Noir d'être plus fanfaron que mordant. Il avait essayé de menacer Chloe à Miami, mais ça n'était jamais allé plus loin. Peut-être qu'il pourrait mettre ça de côté jusqu'à demain ? D'ailleurs il valait peut-être même mieux l'ignorer complètement.

— Oui oui. Tout va bien. Juste un truc pour le travail.

Il éteignit son téléphone et le laissa sur la table à côté de sa sacoche d'ordinateur, puis se dirigea vers la cuisine avec le sac d'achat Tiffany caché dans le dos.

— Bonsoir, dit-il en l'embrassant. Tu sens très bon.

Il fit courir ses lèvres le long de sa mâchoire, et descendit sur son cou, conscient qu'il était fou d'elle.

— Bonsoir aussi, répondit-elle en l'embrassant sur le front avant de lui verser un verre de vin. Qu'est-ce que tu caches derrière ton dos ?

Il lui présenta alors le sac bleu emblématique.

— Je t'ai acheté un cadeau.

— Chez Tiffany ? Tu n'as pas fait ça ! En quel honneur ?

Elle souriait d'une oreille à l'autre en le lui prenant le sac avec empressement.

— Ouvre-le.

Elle sortit la boîte plate et carrée, entourée d'un ruban de satin blanc. Alors qu'elle tirait sur le lien, son regard croisa le sien, et il fut certain d'avoir pris la bonne décision en lui offrant ce cadeau. Quand elle souleva le couvercle, ses yeux s'agrandirent. Elle leva le collier et l'admira à la lumière.

— Oh ! mon Dieu ! C'est si beau. Il est absolument magnifique. J'adore l'or rose.

Il le lui prit des mains et se plaça derrière elle pour l'attacher autour de son cou. Ses doigts étaient malhabiles et son cœur battait deux fois plus vite que la normale, mais ce n'était pas la crainte que le bijou ne lui plaise pas, c'était de la nervosité à l'idée de ce que cela signifiait pour lui. Il n'était pas simplement en train de tomber amoureux : il était littéralement fou d'elle.

— Le vendeur a dit que ça irait bien avec tes cheveux. Je vois qu'il avait raison.

Il recula et prit une gorgée de vin en l'admirant alors qu'elle passait ses doigts sur le pendentif.

— J'ai peur que ça soit trop, dit-elle.

— C'est impossible.

— C'est parce que je t'ai rendu service avec Marcus ? Je t'ai dit que je n'attendais rien en retour. Je l'ai fait uniquement pour rendre service.

Et je t'aime pour ça.

Les mots étaient sur le bout de ses lèvres et résonnaient dans sa tête et son esprit.

Je pourrais t'acheter cinquante colliers que ça ne serait pas assez.

La voix dans sa tête ne cessait de lui dire de passer au niveau supérieur. Oui, le collier était un beau geste, mais ce qu'il voulait vraiment, c'était lui parler des émotions cachées derrière ce cadeau.

— Ce n'est pas à cause de Marcus. C'est à cause de toi et ce que tu me fais ressentir. C'est à cause du mois écoulé qui a été incroyable.

Chloe pencha la tête sur le côté et l'étudia attentivement.

— Ce n'est pas ton genre de faire de grandes déclarations, Parker. Tu es toujours tellement désinvolte. Tu te sens bien ? Il s'est passé quelque chose ?

Il lui prit la main.

— J'ai failli t'appeler « ma petite amie » au téléphone ce matin, et je me sens bête de ne pas l'avoir fait, parce que c'est comme ça que je te vois.

Il prit une profonde inspiration avant de poursuivre :

— Ça va te sembler fou, mais je suis amoureux de toi, Chloe. Quand je pense au futur, je te vois à mes côtés.

Durant un instant elle ne bougea plus, mis à part le clignement de ses yeux.

— Je… je ne sais pas quoi dire.

Il soupira et la serra contre lui.

— Ce n'est pas ce que nous avions prévu. Et je ne

veux pas que tu aies l'impression de me devoir quoi que ce soit, mais j'aimerais savoir ce que tu ressens. Tu n'as pas à le faire maintenant, mais un jour j'aimerais savoir.

Elle pencha la tête en arrière et le regarda droit dans les yeux, scrutant son visage comme pour y chercher une réponse.

— Ma mère veut savoir qui tu es.

— Quoi ?

— Nous avons parlé aujourd'hui. Elle sait que je sors avec un homme et elle veut le connaître. Elle veut te rencontrer.

— Je vois.

C'était ce qui les inquiétait depuis le début. Parker était certain de pouvoir obtenir l'approbation de son père, mais concernant la mère de Chloe, il n'avait aucune certitude. La jeune femme paraissait si pessimiste.

— Et tu penses toujours la même chose ? Qu'elle ne pourra jamais m'accepter ?

Chloe grimaça et son visage prit une expression inquiète. Il détestait la voir aussi stressée.

— Très probablement. Mais pour le savoir, le meilleur moyen est de le lui annoncer. Je prends le petit déjeuner avec elle demain matin.

— Tu lui diras alors ?

— Je crois qu'il est temps qu'elle sache que c'est toi l'homme avec qui je passe autant de temps.

— Tu ferais ça pour moi ? demanda-t-il, ému.

Elle acquiesça.

— Je dois au moins essayer de la convaincre. Grâce à son petit ami, elle l'acceptera peut-être plus facilement.

— Espérons-le.

— Je sais qu'elle veut me voir heureuse.

— Est-ce que je te rends heureuse, Chloe ?

Son expression inquiète disparut instantanément et fut remplacée par la joie.

— Tu me rends vraiment heureuse.

Blue commença à aboyer à leurs pieds. Parker se pencha et la prit dans ses bras.

— Chloe et moi essayons d'avoir une conversation sérieuse, et tu nous interromps, dit-il au chien.

— Peut-être qu'elle se sent exclue, commenta Chloe en lui gratouillant les oreilles. Elle a toujours besoin d'affection.

— Plus tard.

Parker serra doucement Blue contre lui, puis la posa au sol et prit Chloe dans ses bras.

— C'est toi l'objet de mon affection, Chloe Burnett. Et j'espère que tu me laisseras te le prouver.

— J'espère que tu me laisseras faire de même. Tu mérites des remerciements pour ce collier.

Elle l'embrassa doucement, puis passa un doigt sur l'avant de sa chemise et détacha un bouton. Puis un autre.

Le sexe entre eux était souvent fougueux et passionné – Miami, le hall de l'hôtel, la limousine, le salon. Mais pour Parker cette soirée était différente. Il lui prit la main et la guida hors de la cuisine.

— Viens par ici.

— La chambre ?

— Oui, chérie. Ce soir on fait l'amour.

- 11 -

Quand Chloe se réveilla, une odeur de café flottait dans l'air, et une grande nouvelle l'attendait sur son téléphone : elle avait un SMS de Forrest.

La femme de Liam a accouché. C'est une petite fille.

Elle s'assit et sourit.

C'est merveilleux. Pouvez-vous lui envoyer un panier-cadeau ?

Déjà fait. Le service voiturier n'a pas de chauffeur disponible aujourd'hui. Grande conférence au Marriott.

Ça ira. Je déjeune avec ma mère. Je prendrai un taxi pour venir au bureau. Serai là avant midi.

À tout à l'heure.

Elle repoussa les couvertures, et se dirigea vers la cuisine après un rapide passage à la salle de bains. En chemin, elle entendit la voix de Parker.

— Blue ? Qu'est-ce que tu as fait ? disait-il d'un tonpresque paniqué.

— Tout va bien ?

Parker était accroupi auprès du chien, et sur le sol se trouvait de minuscules morceaux du sac bleu de la boutique Tiffany.

— Elle a mangé le sac, la boîte et le ruban.

Blue regarda Parker, puis Chloe. Elle avait l'air en pleine forme.

— Tu crois que ça va aller ?

— Je ne sais pas trop. Elle a déjà fait pire, mais le vétérinaire s'inquiète à chaque fois. Elle est si petite. Ce n'est pas bon pour elle.

— Tu devrais l'appeler et lui demander son avis.

— Je vais le faire.

Parker sortit son téléphone, prit Blue et se dirigea vers le salon pendant que Chloe se versait une tasse de café. Il avait terminé son appel quelques minutes plus tard.

— Il aimerait la voir tout de suite pour ne pas prendre de risque, dit-il avant de soupirer. Et moi non plus.

Elle ne put ignorer son visage inquiet, lui qui d'habitude était si insouciant.

— Je suis sûre que ça va aller. Mais tu as raison de la faire examiner.

— J'espérais avoir une petite discussion avec toi ce matin.

— À propos de quoi ?

— Un tas de choses.

Chloe ne voyait pas vraiment de quoi il voulait parler, mais comme elle était déjà suffisamment stressée par le fait de devoir parler à sa mère, elle préféra ne pas rajouter d'autres sujets d'inquiétude.

— Ça pourra attendre. Emmène Blue pendant que j'irai déjeuner avec ma mère. J'espère que nous aurons tous les deux de bonnes nouvelles lorsqu'on discutera plus tard.

— Très bien.

Il l'embrassa sur la joue et se précipita vers la chambre

en emportant Blue. Chloe en profita pour balayer les restes du goûter Tiffany de Blue, puis alla se préparer.

— Préviens-moi dès que tu auras du nouveau, dit-elle.

— Pareil pour toi, dit-il en l'embrassant sur le front. Bonne chance avec ta mère.

— Merci.

Dès que la porte de l'ascenseur se referma, Chloe prit une douche, se coiffa, se maquilla et s'habilla. Quarante minutes plus tard, elle était dans le hall, où le portier avait appelé un taxi. Peu après, elle arriva chez Muffy à Tribeca, l'un des lieux favoris de sa mère, même si c'était à une bonne distance de son appartement.

En entrant, Chloe la repéra aussitôt. Préférant l'intimité, elle s'était installée au fond du restaurant, et aujourd'hui cela arrangeait particulièrement Chloe, car si le ton montait à cause de Parker, personne ne les entendrait. Sa mère se leva et la serra dans ses bras.

La jeune femme ne put s'empêcher de remarquer que sa mère n'avait pas l'air particulièrement en forme.

— Est-ce que ça va ? demanda-t-elle en prenant place sur la banquette face à elle.

— J'ai l'estomac légèrement dérangé ce matin, mais je crois que j'ai juste besoin de manger quelque chose. Tu sais que je mange rarement des pancakes, mais je devrais peut-être faire une exception aujourd'hui.

— Je suis désolée que tu ne te sentes pas bien.

Cela n'augurait rien de bon pour leur conversation.

Le serveur vint remplir la tasse de café de sa mère et en offrit une à Chloe, qui accepta avec empressement.

— Nous prendrons des pancakes et des fruits, déclara Eliza, qui prit la liberté de commander pour deux.

Une fois le serveur parti, elle regarda sa fille en haussant les sourcils.

— Alors ? Tu vas me dire ce qui se passe ?

Chloe prit une profonde inspiration tandis que le serveur lui apportait son café.

— Oui, dit-elle en lissant sa serviette sur ses genoux. J'ai un petit ami. C'est l'homme avec qui j'ai passé du temps à Miami. Je l'apprécie beaucoup… bien plus que j'aurais cru un jour pouvoir apprécier un homme.

— Tu tournes autour du pot, chérie.

Elle avait raison. L'heure de vérité avait sonné.

— La seule raison pour laquelle je ne t'ai rien dit, c'est pour te protéger. J'ai pensé que ça ne durerait pas et je ne voulais pas que tu sois attristée par ma relation avec lui.

— Me protéger ?

— Oui. Il s'agit de Parker Sullivan. C'est lui, l'homme que je fréquente.

— Le fils de George ?

— Oui.

Sa mère déglutit avec peine tandis que ses lèvres formaient une ligne dure et fine.

— Parker Sullivan est ton petit ami. Le fils de l'homme qui a piétiné mon cœur.

Chloe essaya de lui prendre la main, mais sa mère la retira aussitôt.

— C'est pour ça que je n'ai rien dit. Crois-moi, je n'avais rien prévu. C'est arrivé, c'est tout.

— Cette nouvelle n'améliore pas mes problèmes intestinaux, répondit Eliza en fermant les yeux et se massant la poitrine avec de petits mouvements circulaires. Tu réalises que c'est un play-boy, tout comme son père.

Il passe de femme en femme, comme si elles n'étaient que des mouchoirs.

— Ce n'est absolument pas vrai. Je sais que Parker a cette réputation, mais il n'est pas comme ça. Il est incroyablement gentil et attentionné. Il s'implique beaucoup dans le centre de cancérologie et fait énormément de bénévolat pour eux.

Chloe savait qu'elle paraissait désespérée.

— Et il me traite si bien. Il m'a offert ce collier hier soir.

Sa mère jeta un regard dans le restaurant, puis leva son menu pour se cacher le visage.

— Est-ce que les gens nous regardent ?

— Quoi ?

Chloe se retourna, et vit que plusieurs personnes regardaient dans leur direction. Elles détournèrent aussitôt maladroitement le regard. Juste à ce moment, quelque part du fond de son sac, son téléphone annonça l'arrivée d'un SMS, puis un autre.

— Attends. Je dois regarder ça. Ça pourrait être Parker. Il a dû emmener son chien chez le vétérinaire ce matin.

Elle fouilla dans son sac. Le téléphone bipa à nouveau.

— Elle est tellement adorable. Elle s'appelle Blue et c'est la chose la plus mignonne au monde.

Finalement, elle trouva le foutu appareil juste au moment où le serveur apportait leur petit déjeuner. Le premier SMS était de Taylor.

> Petit Carnet Noir t'a suivie. Ainsi que ton bad boy, ta mère et le bad papa de ton bad boy.

Le second était d'Alex.

> Oh mon Dieu. Est-ce que ça va ?

Le troisième venait de Forrest.

Nous avons un problème. Pas de panique mais rentrez directement au bureau après le petit déjeuner.

Chloe ouvrit l'application de médias sociaux et vit, affichée dans son fil d'actualité, une photo d'elle et de Parker à la collecte de fonds, dans le hall. Il y avait une barre noire sur sa poitrine, et la main de Parker était entre ses jambes. Elle vit qu'il y avait d'autres photos, et son horreur grandit au fur et à mesure qu'elle les découvrait. La seconde était celle de sa mère et George Sullivan qui s'embrassaient le jour de leur mariage. La troisième montrait George en train d'embrasser une femme, un peu comme Parker l'avait embrassée dans le hall, sauf qu'elle était datée au jour du mariage. Prise de vertige et nauséeuse, elle lit la légende :

Tel père tel fils. On dirait qu'ils ont un faible pour la mère et la fille. Des pervers ces Sullivan. De gros pervers.

— Maman. Nous avons un petit problème…

Quand Chloe leva les yeux et vit sa mère, le teint soudain livide, regarder fixement son téléphone, elle comprit aussitôt.

— Ce bâtard m'a trompée le jour de notre mariage ? C'est une blague ?

Soudain elle serra sa poitrine et s'effondra de son siège. Eliza faisait souvent dans le mélodrame, mais là c'était vraiment sérieux.

— Aidez-moi ! s'écria Chloe en s'élançant vers elle tout en faisant le 911. Maman. Maman. Est-ce que ça va ?

Elle détestait sa voix désespérée, mais le regard vitreux de sa mère était vraiment effrayant.

— 911, répondit l'opératrice. Quelle est votre urgence ?

Le serveur, l'hôtesse d'accueil et un aide serveur l'entourèrent.

— Que pouvons-nous faire ?

Chloe tendit son téléphone à l'hôtesse.

— C'est le 911. Expliquez-leur. Ma mère s'appelle Eliza Burnett. Elle a cinquante-neuf ans. Elle se plaignait d'une indigestion quand je suis arrivée.

Elle poussa la table et s'agenouilla par terre.

— Parle-moi, maman.

— Aspirine. Dans mon sac à main. Le docteur m'a dit d'en prendre.

— L'ambulance est en route. L'hôpital presbytérien n'est qu'à quelques pâtés de maisons. Ils devraient être là rapidement.

Appeler une ambulance à Manhattan pouvait rapidement virer au cauchemar. Chloe fut donc heureuse que ce soit un mardi matin, après l'heure de pointe. Elle ouvrit le sac à main de sa mère, trouva le flacon d'aspirine et lui releva la tête afin qu'elle puisse boire un peu d'eau en même temps. Eliza était consciente, mais complètement dans les vapes. Chloe lui prit son pouls et le trouva très faible. La jeune femme ferma les yeux et se pinça un instant l'arête du nez. Entre son annonce au sujet de Parker et ce qui venait de se passer avec Petit Carnet Noir, elle se sentait terriblement responsable.

Les secours arrivèrent quelques minutes plus tard, et demandèrent à Chloe de s'écarter. Ce fut ensuite un vrai brouhaha entre l'arrivée du brancard, les appels dans un talkie-walkie, et les murmures croissants des clients qui s'étaient levés et observaient la scène. Chloe regardait cela avec un sentiment d'horreur et d'impuissance. Elle ne s'était jamais sentie aussi mal ou responsable. Ou même comme une fille indigne.

— On l'emmène. Vous ne pouvez pas monter dans l'ambulance, mais vous pouvez nous retrouver aux urgences.

C'était bien sa chance que cela tombe le jour où elle n'avait pas Liam pour l'y conduire !

— D'accord. Je vais prendre un taxi.

Chloe laissa de l'argent sur la table tandis que les ambulanciers emportaient sa mère, puis se dirigea vers le trottoir pour héler un taxi. Elle se sentait tellement impuissante, comme si elle était anesthésiée.

Ressaisis-toi.

Une fois au bord du trottoir, elle leva la main. Heureusement, un taxi qui attendait au bout de la rue se dirigea vers elle.

Une fois assise à l'intérieur, elle réalisa qu'elle n'avait toujours pas de nouvelles de Parker. Elle l'appela et lui fit un récit décousu de tout ce qui venait de se passer, en tentant de ne rien omettre, y compris la partie Petit Carnet Noir.

— Je dépose Blue à la maison et je te rejoins à l'hôpital. Elle va bien.

Enfin une bonne nouvelle.

— Je ne sais pas si c'est une bonne idée, Parker. Elle a eu l'attaque après que je lui ai parlé de nous… et après ces horribles photos de Petit carnet Noir.

— Ça fait effectivement beaucoup à digérer, et je ne veux pas que tu sois seule, Chloe. J'arrive tout de suite. Je te promets de ne pas me montrer à ta mère. D'accord ?

Le taxi s'arrêta devant l'hôpital. Malgré son état de panique, elle était consciente de deux choses : il fallait absolument que sa mère aille bien, et que Parker la rejoigne le plus tôt possible.

La situation était terrible. Épouvantable même. Parker ressassa les événements durant tout le trajet vers l'hôpital. Petit Carnet Noir menait apparemment une vendetta contre lui, il était le seul responsable de cette situation, et il n'avait aucun moyen d'arranger les choses, à part faire le dos rond et attendre qu'il s'en prenne à quelqu'un d'autre.

Le pire, c'était qu'il avait blessé Chloe, sauf qu'elle l'ignorait encore, et qu'il était peut-être en partie responsable de la crise cardiaque de sa mère. La situation ne pouvait pas être pire.

Une part de lui avait toujours pensé que sa relation avec Chloe se terminerait de manière désastreuse, même s'il avait essayé de ne pas trop y réfléchir. Il ignorait s'il valait mieux être tout à fait conscient de ses faiblesses ou les ignorer royalement ? Pour sa part, il avait toujours oscillé entre les deux : reconnaître ses faiblesses – ne pas croire en l'amour et en faire un principe de vie – et les ignorer pour ne pas en souffrir.

Bon sang, il avait même dit à Chloe de ne pas s'affoler du fait que la vie était emplie de complications. C'était si facile de dire ce genre de choses quand on simplifiait sa vie en mettant l'amour au second plan. Mais à présent il allait devoir accepter les reproches et mettre son cœur en danger, tout en étant parfaitement conscient de ses torts. L'idée que Chloe le déteste pour toujours était insupportable et transformait toute perspective d'avenir en un nuage sombre.

Avant d'affronter les femmes Burnett, il décida d'appeler

son père et lui demander une explication pour la photo. Il composa son numéro et fut surpris d'entendre la voix de JoJo, la gouvernante de longue date de la famille.

— Bonjour, Parker.

— Bonjour. Est-ce que j'aurais appelé le fixe ? Je voulais appeler sur le portable de papa.

— Tu as dû le faire par accident. Mais je suis heureuse d'entendre ta voix.

Parker aurait bien aimé lui parler, mais le temps pressait.

— Moi aussi. J'adorerais discuter un peu, mais je dois vraiment lui parler.

— Il termine une séance d'entraînement dans la salle de sport. Ça devrait être bientôt fini.

— Parfait.

— Ça va, Parker ?

— Oui. Pourquoi cette question ?

— Tu as l'air bouleversé. Je ne t'avais plus entendu cette voix depuis que ta mère nous a quittés.

Le père de Parker n'était pas son seul lien avec sa mère : JoJo aussi l'avait bien connue.

— Tout est parti de travers et j'ai peur de perdre quelqu'un qui compte beaucoup pour moi.

— Cette personne est-elle malade ?

— Non, Dieu merci. Mais j'espère qu'elle restera dans ma vie.

— « Elle ». Ça me rend heureuse. J'aimerais te voir tomber amoureux, Parker. Tu as toujours eu si bon cœur.

Parker se figea. Généreux, lui ?

— Personne ne me décrit de cette façon. Et s'ils le font, c'est parce que je leur donne de l'argent.

Ce n'était pas tout à fait vrai, puisque Chloe aussi le lui avait dit en apprenant son implication à l'hôpital.

Elle avait vu quelque chose en lui, et il n'avait plus qu'à espérer qu'elle s'en souvienne.

— Tu as toujours eu un cœur en or. Je crois que c'est pour ça que tu veux tant que ton père soit fier de toi. C'est ce qui t'a toujours motivé dans la vie.

Parker fut remué par ses paroles. Pourquoi n'avait-il pas eu cette discussion plus tôt avec JoJo ? Par exemple, il y a vingt ans ?

— Peut-être que tu as raison. Et maintenant, je vais devoir aborder un sujet qui ne lui plaira pas.

— Je ferais mieux de fermer les écoutilles alors ?

— Ou peut-être l'éviter pendant un moment. Ça va exploser, répondit Parker en soupirant.

— Attends Je pense que je l'entends. Au revoir, Parker.

— Au revoir, JoJo. Et merci.

— Bonjour mon fils, dit son père en prenant le combiné.

Parker en vint directement au vif du sujet.

— Une photo a été publiée aujourd'hui sur un compte de réseaux sociaux appelé Petit Carnet Noir : on t'y voit en train d'embrasser une femme que je ne connais pas.

— Et ça intéresse qui ? Je suis célibataire. Je peux embrasser qui je veux.

— La photo est datée. Le jour de ton mariage avec Eliza Burnett.

Un long silence s'en suivit.

— Je vois. Est-ce la femme qui avait les cheveux noirs ?

— C'est donc vrai ? Tu as embrassé une autre femme le jour de ton mariage ?

— D'abord, c'était techniquement avant le mariage. Nous étions à l'hôtel, à Las Vegas. Je suis descendu au casino pour jouer au blackjack pendant qu'Eliza se préparait et je suis tombé sur une ex.

— Une ex ?

— Une serveuse avec qui j'avais entretenu une relation épisodique. Je lui ai annoncé que j'allais me marier, et elle a exprimé sa déception.

— Alors tu l'as embrassée ?

— Pas exactement. Nous nous sommes isolés pour discuter en privé, et elle s'est jetée sur moi. J'imagine que c'était en souvenir du bon vieux temps.

— Alors ce n'était pas une liaison ?

— Quoi que tu penses de moi et de ma vie amoureuse, je n'ai jamais été infidèle à mes épouses. Jamais.

Parker n'avait jamais été vraiment certain de ce point.

— Heureux de l'apprendre.

— Je ne comprends pas trop le but de ton appel. Je ne suis pas sur les réseaux sociaux, et Eliza et moi sommes divorcés, donc quelle importance ?

— Mais c'est important pour Eliza qui, elle, compte pour sa fille Chloe, qui est par ailleurs ma petite amie.

Son père éclata de rire.

— Tu plaisantes ?

— Pas du tout. Déjà qu'Eliza avait un a priori négatif sur moi, maintenant c'est cent fois pire. Et je ne veux vraiment pas perdre Chloe.

— Tu veux que j'appelle Eliza et que je lui explique tout ? Elle pourrait me raccrocher au nez, mais si ça peut t'aider.

Parker n'en revenait pas de cette offre. Son père ne faisait jamais rien pour aider les autres.

— N'importe quel autre jour, j'aurais dit oui. Mais malheureusement, Eliza a eu une crise cardiaque en voyant les photos et en apprenant que Chloe sortait avec moi.

— Oh non. Est-ce qu'elle va bien ?

— Je ne sais pas. Je me rends à l'hôpital pour être auprès de Chloe.

Son père poussa un gros soupir.

— On dirait que ta vie a basculé, mon fils. Je suis désolé de cette histoire. Transmets-lui tous mes vœux de rétablissement, et appelle-moi si tu as besoin de parler.

Parker n'était pas beaucoup plus avancé, mais il avait au moins quelques réponses. Il trouvait également un certain réconfort de voir qu'une discussion avec son père pouvait ne pas finir en disputes.

— Merci papa.

Après avoir raccroché, il se précipita à l'entrée des urgences dès que la voiture s'arrêta. À l'intérieur, c'était la pagaille, mais une infirmière le renseigna gentiment et le dirigea vers une salle d'attente au troisième étage. Il vit Chloe dès qu'il sortit de l'ascenseur et son cœur se serra quand elle leva les yeux vers lui. Ils se précipitèrent l'un vers l'autre, comme si c'était la chose la plus naturelle au monde.

— Quelles sont les nouvelles ?

— C'était bien une crise cardiaque. Ils sont en train de faire une batterie de tests en ce moment. Dans le meilleur des cas, on lui fera une angioplastie, et si tout est stable elle pourra rentrer demain. Dans le pire des cas, ça sera un pontage avec une importante rééducation.

— Je suis vraiment désolé, dit Parker en la serrant dans ses bras, le cœur lourd. Comment te sens-tu ?

— Horrible. Ça se passait mal, même avant la crise cardiaque. Elle pense que tu es comme ton père, ce qui n'est pas une référence.

— Je dois te dire quelque chose, Chloe. Quelque chose qui pourrait t'énerver.

— Quoi ?

Il se passa nerveusement la main dans les cheveux, et scruta ce visage qui comptait tant pour lui.

— Les photos de Petit Carnet Noir, c'est ma faute. C'est à cause de moi s'il les a postées, et c'est probablement à cause de moi aussi s'il nous espionnait.

— Comment est-ce que ça pourrait être ta faute ? Je ne comprends pas.

— Tiens. Regarde ça.

Il sortit son téléphone de sa poche et lui montra le SMS de la veille. Elle se contenta de secouer la tête avec lenteur, mais il sentait sa colère monter de seconde en seconde.

— Tu enquêtes depuis le début, c'est ça ?

— Juste un peu. Mon enquêtrice, Jessica, n'a pas pu apprendre grand-chose.

— Je ne peux pas y croire ! Je t'avais expressément demandé de ne pas le faire !

— Oui, d'accord. Je veux bien reconnaître mes torts concernant Miami. Mais après, quand il t'a menacée… Je ne pouvais pas laisser passer ça.

— Et pourquoi pas ? Une menace n'est qu'une menace. Et il n'avait rien posté la première fois.

— C'est bien pour ça que j'espérais que ça serait pareil cette fois aussi, c'est pourquoi je ne t'ai rien dit hier soir.

— Tu savais hier soir que ça allait arriver, mais tu ne m'as rien dit. Toutes tes paroles gentilles sont entachées avec ces photos à présent.

Elle s'écarta de lui et enfouit sa tête dans ses mains.

— Je pensais tout ce que j'ai dit, Chloe. Chacun de mes mots. Je ne suis pas en train de tomber amoureux de toi : je le suis déjà complètement. Je t'en supplie, prends du recul et pense à ce que nous vivons. On peut surmonter ça.

Elle se retourna, les yeux brillants.

— J'ai toujours su que tu finirais par me briser le cœur. Je ne m'étais pas trompée. Je ne sais pas quoi te dire pour l'instant. Ma mère te déteste, nous sommes publiquement humiliées et mes seins sont placardés sur Internet.

— Avec une barre noire dessus…

Elle leva un doigt et lui lança un regard dur qu'il n'avait encore jamais vu chez elle.

— Laisse-moi finir. Ma mère va peut-être devoir se faire opérer, tout ça parce que tu ne m'as pas écoutée et que ton père est incapable de rester dans son pantalon.

Parker n'arrivait pas à trouver les mots. Elle avait raison, et il se sentait tellement mal.

— Je n'ai jamais voulu te briser le cœur. Mais nous pouvons surmonter cela. Tous les deux, ensemble.

Chloe secoua la tête.

— Il n'y a pas de nous deux. Il n'y a que toi et moi, deux personnes distinctes, qui ont trop de raisons de ne pas être ensemble. Nous savions tous les deux au fond de notre cœur que cela n'allait pas fonctionner.

— Je ne pense pas que nous soyons ces mêmes personnes, Chloe. Je ne le pense vraiment pas.

Elle inspira profondément avant de répondre :

— Moi en tout cas, je me sens comme la même personne. Ma vie a tourné au cauchemar et tout ce que je craignais a fini par se produire.

Quand Parker voulut lui prendre la main, elle la retira sèchement.

— Ne baisse pas les bras. Je t'en supplie.

— Rentre chez toi, Parker. Je pense qu'il est clair que ça ne pourra pas marcher entre nous. Mieux vaut tout arrêter.

— Je n'irai nulle part.

Elle secoua la tête.

— Rester ici ne changera rien entre nous, Parker. Ça ne marchera pas. Plus vite nous l'admettrons, moins nous souffrirons.

- 12 -

La nuit fut longue. Chloe dormit dans un fauteuil, près de sa mère, mais ce fut horriblement inconfortable. Elle ne fit que se tourner et se retourner dans tous les sens, inquiète pour sa mère et malheureuse de la façon dont tout s'était terminé avec Parker. L'avenir lui paraissait sombre. Sa mère n'avait finalement pas eu besoin d'un pontage, mais sa santé était tout de même préoccupante, et elle allait avoir besoin d'assistance pendant un certain temps. Chloe réalisait que sa mère n'était pas éternelle, et cela la secouait terriblement.

Concernant Parker, c'était encore autre chose. Dans son cœur, elle ne voulait pas renoncer à leur histoire, mais ce n'était pas le moment de contrarier sa mère. Parler de George Sullivan et du fait qu'elle était tombée amoureuse de son séduisant fils risquait d'empirer la situation.

Vers 6 heures, Eliza fut réveillée par la visite de l'infirmière.

— Chloe, ma chérie. Tu es restée toute la nuit.

— Évidemment. Je ne pouvais quand même pas rentrer chez moi et te laisser seule.

Ce « chez moi » qui, il y a à peine vingt-quatre heures, était encore l'appartement de Parker. La pensée de ne pas le retrouver, et de ne pas être auprès de lui chaque nuit, la rendait si malheureuse.

— Qui a envoyé ces fleurs ? demanda Eliza en désignant le bouquet posé sur le rebord de la fenêtre.

— C'est Gavin. J'ai cherché ses coordonnées dans ton téléphone et je l'ai appelé. J'espère que j'ai bien fait. Il est très inquiet, mais je lui ai dit que tu allais mieux. Je pense qu'il passera te voir tout à l'heure, pendant les heures de visite.

— Il faut que je me maquille, s'exclama Eliza en se redressant. Je ne veux pas qu'il me voie comme ça.

— Tu es très belle, je t'assure. Et s'il tient vraiment à toi, il n'y fera pas attention.

Sa mère se rallongea en grimaçant.

— Si tu le dis.

— Tu m'as fait une sacrée frayeur hier.

— Pour ma défense, tu m'as fait une belle frayeur aussi.

— Le médecin devrait être là d'ici une heure, les informa l'infirmière qui avait terminé ses soins.

— Savez-vous si elle pourra rentrer chez elle aujourd'hui ?

— C'est le médecin qui en décidera. Mais son état me paraît satisfaisant. Si elle sort, ce sera aux alentours de midi.

Chloe remercia l'infirmière et attendit qu'elle s'en aille avant de se tourner vers sa mère.

— Je suis vraiment désolée pour Parker, maman. J'aurais dû te le dire dès le début. Ou peut-être pas du tout, ajouta-t-elle en soupirant.

— Tu vas devoir tout m'expliquer car je suis complètement perdue.

— Tu veux parler de Parker ?

— Oui. J'aimerais savoir à quel moment tu es sortie

avec le fils de l'homme qui m'a brisé le cœur, et qui l'a à nouveau brisé quand j'ai vu cette horrible photo, hier.

— Tout a commencé le jour où tu m'as envoyée chez George à Long Island récupérer tes affaires.

— Tu vas me dire que c'est ma faute ?

— Pas du tout. Je t'explique simplement que certaines choses arrivent par hasard, dit-elle en remontant ses genoux sur le lit.

— Donc vous êtes sortis ensemble à ce moment-là ?

— Bien sûr que non. En fait, il s'est plutôt comporté comme un mufle. Il m'a dit que mon travail ne servait à rien.

C'était drôle mais, malgré l'arrogance dont il avait fait preuve ce jour-là, Chloe pouvait encore sentir l'étincelle qu'il y avait eu entre eux. Il l'avait prise au dépourvu, et tous les jours depuis.

— Puis il a dû retirer ses paroles quelques jours plus tard quand son client a été la cible de Petit Carnet Noir, et qu'il a demandé mon aide.

— Petit Carnet Noir me paraît être une horrible personne malfaisante.

— Personne ne sait qui se cache derrière. Mais oui, elle semble vindicative.

— Il faut que quelqu'un l'arrête. Ces photos ont été un choc. Pourquoi ne pas m'avoir dit qu'il s'agissait du fils de George ?

Chloe ne sut que répondre. Elle faillit dire que c'était par peur, et pas seulement la peur de décevoir sa mère, quand quelque chose dans la question la frappa.

— Tu es en colère pour ce que j'ai fait, ou parce que je ne t'en ai pas parlé ?

— Parce que tu ne m'en as pas parlé. Tu es une femme

adulte. Je ne vais pas te dicter de qui tu dois tomber amoureuse, dit-elle en frottant ses yeux ensommeillés. Mais ça me dérange que tu me l'aies caché. Nous nous disons toujours tout.

Chloe hocha la tête.

— Je sais. Tu as absolument raison, et je suis désolée. Je ne te l'ai pas dit parce que…

Elle hésita un instant avant de poursuivre :

— Parce que je ne pensais pas que ça pourrait être plus qu'une aventure. Je ne pensais pas que l'un de nous serait capable de plus.

Eliza lui tapota la main.

— Je pense que tu te mens à toi-même.

— Comment ça ?

— Si c'était le cas, tu ne te serais jamais autorisée à aller aussi loin. Tu as toujours été très douée pour compartimenter tes sentiments et repousser tout ce que tu penses être mauvais pour toi.

— C'est vraiment ce que je fais ?

— Oui. C'est ta façon d'éviter de souffrir, ce qui est tout à fait compréhensible. Mais si tu t'en étais vraiment cru incapable, tu n'aurais jamais rien commencé avec Parker. Tu savais ce qui était en jeu : ton cœur et tes sentiments, et pourtant quelque chose t'a poussée à sauter le pas.

Pour Chloe, c'était un point de vue inédit qui la prenait totalement au dépourvu.

— Alors tu ne trouves pas que j'ai été horriblement égoïste ? Parce que c'est vraiment ce que je ressens certains jours.

— Chérie. Tu n'es pas la première femme à tomber amoureuse d'un bel homme, et il n'y a pas lieu de te punir pour ça. La question que tu dois te poser, c'est ce que tu comptes faire maintenant.

— Je suppose que la seule chose à faire est de demander pardon.

— À Parker ?

— Non. À toi.

— Je viens d'avoir une crise cardiaque, répondit sa mère en riant doucement. Crois-moi, ça fait relativiser… Je n'ai pas besoin de tes excuses, mais je ne veux plus jamais que tu me caches quoi que ce soit. C'est tout ce que je demande.

— Je ne te cacherai plus jamais rien.

Chloe croyait qu'après cet aveu elle se sentirait plus légère, mais elle réalisa que sa mère n'était qu'une petite partie du problème. Son véritable dilemme, c'était elle-même et sa propre réticence à vivre pleinement sa vie.

— C'est pour ça que je dois te dire que je l'aime, ajouta-t-elle. Je veux être avec lui, et il faudra que tu ne le voies plus uniquement comme le fils de George Sullivan. Parce qu'il est tellement plus que ça, maman.

Un grand sourire se posa sur les lèvres de sa mère.

— Sais-tu depuis combien de temps j'attends que tu m'annonces que tu es éperdument amoureuse ?

— Toute ta vie ?

— Exactement. Je me fiche de savoir qui il est, tant que tu es heureuse.

— Il est le meilleur. Le meilleur absolu.

— Alors dis-le-lui.

Si seulement c'était aussi simple.

— Je lui ai dit de rentrer chez lui hier soir. Il ne veut probablement plus rien avoir à faire avec moi. Il m'a donné ce magnifique collier et m'a dit toutes ces paroles incroyablement gentilles, et je lui ai dit de s'en aller.

— Parker était là ? À l'hôpital ?

— Il est venu dès que je lui ai dit ce qui s'est passé. Il s'inquiétait pour toi et pour moi.

— Même en pensant que je ne voudrais pas de lui ? Ça en dit long sur ce qu'il ressent pour toi.

— Ou ressentait. J'ai peur que ce ne soit plus le cas.

— Chloe, ma chérie, il n'y a qu'un moyen de le savoir. Et je me demande pourquoi tu attends.

Chloe se redressa, décidée soudain à se battre de toutes ses forces pour récupérer Parker. Elle se leva et saisit son sac.

— Je crois que je vais devoir me rendre chez lui. Je n'ai pas de chauffeur en ce moment, mais je devrais pouvoir prendre un taxi. Il ne doit pas être encore parti au travail.

— Tu me raconteras ?

— Bien sûr. Je reviendrai t'aider à rentrer chez toi, déclara Chloe en se penchant pour embrasser le front de sa mère. Je t'aime, maman.

— Je t'aime aussi. Plus que tout. Mais rends-moi un petit service avant de partir.

— Qu'est-ce que c'est ?

— Va me chercher ma trousse de maquillage dans mon sac à main. Et ouvre les rideaux. J'ai besoin d'un peu de lumière naturelle.

Parker était réveillé, mais ne voulait pas ouvrir les yeux. Il avait vécu un véritable enfer la veille, et avait peur de ce que cette journée pourrait lui réserver. Il comprenait enfin pourquoi Chloe avait peur de souffrir.

Il avait toujours essayé de donner l'image de quelqu'un capable d'encaisser les coups sans jamais rien prendre au sérieux, ce qui était en grande partie vrai. Mais l'homme qui arguait qu'il y avait toujours du bon dans toutes les mauvaises situations ne voyait pas le bon côté des choses en ce moment. Chloe lui avait dit de partir, et il n'y avait pas de pensée plus écrasante que cela.

Il se tourna sur le côté, les yeux toujours fermés. Perdre Chloe n'était pas envisageable. Il fallait qu'il trouve le moyen de la récupérer. Et cette fois ce ne serait pas avec des bijoux, un voyage en avion privé, ou une bouteille de vin hors de prix. Cela allait exiger beaucoup, beaucoup d'honnêteté. Il était même prêt à se ridiculiser si nécessaire.

Soudain, il crut entendre son nom dans un murmure à peine perceptible. S'il n'était pas si épuisé, il aurait juré que c'était la voix de Chloe. Le manque de sommeil devait le faire délirer.

Mais il l'entendit à nouveau.

— Parker ? répéta la voix.

Son esprit lui jouait des tours. Ça ressemblait vraiment à Chloe, mais il avait trop peur d'ouvrir les yeux et de découvrir qu'elle n'était qu'un produit de son imagination pleine d'espoir.

— Parker. Je vois ton visage remuer. Soit tu dors profondément, soit tu es éveillé.

Il ouvrit les yeux et vit, penché sur son visage, ce qu'il espérait le plus : Chloe. Son cœur s'emballa, et il se redressa en oubliant qu'il avait passé la nuit allongé sur un banc de la salle d'attente de l'hôpital. Son dos se vengea du traitement infligé par une vive douleur qui le fit tomber par terre.

— Oh ! mon Dieu ! Est-ce que ça va ? demanda Chloe en tendant la main.

Plusieurs infirmières se précipitèrent.

— Monsieur ? Est-ce que ça va ?

— Je vais bien. J'ai juste besoin d'une minute.

Le plus meurtri, c'était son égo. Il posa une main sur ses reins et s'étira d'un côté et de l'autre jusqu'à ce que les muscles se détendent, puis se releva lentement.

— Merci, mesdames, dit-il aux infirmières. Tout va bien.

Elles retournèrent à leur travail, le laissant seul avec Chloe.

— Comment va ta mère ?

— Assez bien. Ils n'ont pas eu à faire le pontage, juste l'angioplastie. Si tout se passe bien, elle pourra rentrer chez elle dans la journée.

— C'est une bonne nouvelle. Je suis vraiment heureux de l'entendre.

Ça le rongeait de se tenir si près d'elle et ne pas pouvoir la prendre dans ses bras.

— Je doute que ta mère veuille entendre ça, mais mon père pense bien à elle. Il s'est inquiété en apprenant ce qui s'était passé.

— Merci. Je lui ferai savoir.

Elle soupira, et il eut l'impression que son cœur se brisait un peu plus à chaque seconde qui passait. C'était insupportable.

— Je dois te dire quelque chose, Parker. Quelque chose d'important.

— Je t'écoute.

Quand Chloe fit un pas en avant et lui serra la main, il reprit espoir.

— Parker, ça va sembler complètement fou, mais je t'aime, et si tu penses qu'il y a la moindre chance qu'on puisse surmonter cette situation, je veux essayer, parce que quand je pense à l'avenir, je ne veux être qu'avec toi. C'est la seule chose qui compte.

Parker ne l'écoutait déjà plus. Il était si heureux et soulagé que son cerveau ne pensait plus qu'à, par exemple, dormir dans un vrai lit avec Chloe, partager des repas et peut-être partir en vacances avec elle, la présenter à son père…

— Attends une seconde. Est-ce que tu peux revenir à la partie où tu m'expliques à quel point tu m'aimes ?

Elle sourit en tirant sur sa main.

— Hé. Arrête un peu. Je t'ouvre mon cœur en ce moment. J'essaye de reconnaître mes torts et te demander pardon. Je veux être avec toi, Parker.

Il sourit et la prit dans ses bras.

— Il n'y a rien à pardonner, Chloe. Nous avons tous les deux fait des erreurs. Tu penses vraiment que j'aurais passé la nuit sur ce banc si je ne t'aimais pas ?

— Ça me paraît effectivement assez terrible, dit-elle en jetant un coup d'œil à son horrible lit de fortune.

— Tu n'imagines même pas. Ma prochaine collecte de fonds pour l'hôpital ira pour l'achat de bancs plus confortables dans les salles d'attente.

— Ne te sens pas obligé de dire que tu m'aimes juste parce que je l'ai fait. Je ne l'ai pas dit pour te mettre la pression. Je veux que tu prennes tout ton temps.

— Chut, dit-il. Détends-toi, ma chérie. La vérité, c'est que ça fait plus d'une semaine que je m'empêche de te le dire. Peut-être même plus.

— Tu aurais quand même pu te lancer.

— Je ne voulais pas te faire peur, dit-il avec sincérité. Je savais que mes doutes et mes hésitations étaient bien moindres comparés aux tiens, et je voulais te laisser le temps. Mais le matin où tu m'as appelé pour me parler de cette opportunité avec Marcus, j'ai vraiment dû fournir un gros effort pour ne pas tout t'avouer. Je m'étouffais littéralement avec mes mots.

— Alors, tu es allé chez Tiffany.

— Exactement. J'espérais qu'un bijou pourrait te faire comprendre ce que je n'arrivais pas à exprimer, et j'ai été vraiment soulagé que tu ne paniques pas.

— Et hier matin, tout s'est effondré.

— Oui. Et nous sommes là, dans une salle d'attente à l'hôpital. On aurait tous les deux besoin de dormir et de prendre une bonne douche.

Chloe éclata de rire.

— Tu peux rentrer te reposer si tu veux, déclara-t-elle avant de tourner la tête vers la chambre de sa mère. Je dois d'abord savoir si elle pourra sortir.

— Je ne veux pas te quitter, Chloe. Je me sentirais beaucoup mieux si nous pouvions partir ensemble.

— C'est vrai ?

— Tout à fait, affirma-t-il avant de s'éclaircir la voix. J'aimerais te demander quelque chose.

— Qu'est-ce que c'est ?

— J'aimerais rencontrer ta mère.

Le visage de Chloe s'illumina.

— Bien sûr. C'est une bonne idée. De toute façon, elle voudra savoir si nous nous sommes réconciliés. Heureusement pour toi, elle aura eu le temps de se maquiller, car son petit ami va bientôt venir lui rendre visite. Tu peux être sûr qu'elle aurait refusé dans le cas contraire.

— On dirait un coup du destin.

Chloe sourit d'une oreille à l'autre.

— Va pour le destin.

Elle lui prit la main et le conduisit vers la chambre de sa mère. Parker avait l'impression de nager dans le bonheur. Le manque de sommeil expliquait sûrement en grande partie son euphorie, mais il savait aussi qu'il était plus heureux qu'il ne l'avait jamais été de toute sa vie. Il repensa à sa mère et au fait qu'il aurait aimé lui présenter Chloe. Ce n'était évidemment pas possible, mais il se promit de l'emmener à Long Island, et la présenter à son père et à JoJo.

Chloe frappa à la porte et entra. Face à eux se trouvait Eliza Burnett qui était le portrait craché de sa fille. Parker sut immédiatement qu'ils allaient très bien s'entendre.

— Bonjour, dit sa mère en se redressant en position assise.

— Maman, j'aimerais te présenter Parker, déclara Chloe alors qu'ils s'approchaient du lit.

Elle se tourna vers Parker et plongea dans son regard avant d'ajouter :

— L'homme que je ne laisserai plus jamais partir.

- 13 -

— Je n'en reviens pas que ta mère m'ait invité à un brunch, déclara Parker en laissant Chloe monter en premier dans l'ascenseur.

La porte se ferma silencieusement, et Chloe composa le code de sécurité de l'appartement de sa mère.

— C'était inévitable qu'elle finisse par inviter un homme, étant donné qu'elle les adore.

— Suis-je présentable ?

Chloe passa une main sur son torse afin de lisser sa chemise bleue. L'étoffe était fraîche au toucher, mais elle décelait en dessous la chaleur qui émanait de lui.

— Assez pour être mangé.

— Ne commence rien dans l'ascenseur, Chloe, la prévint-il en souriant. Je risquerais de faire une terrible deuxième impression.

Elle se dressa sur la pointe des pieds et déposa un doux baiser sur ses lèvres.

— Plus tard, alors.

Chloe n'était pas du tout inquiète de l'accueil de sa mère. Après l'incident cauchemardesque avec Petit Carnet Noir, et sa réconciliation avec Parker, elle savait qu'il lui restait une dernière étape : rapprocher Parker et Eliza. Leur première rencontre à l'hôpital s'était remarquablement bien passée. Parker l'avait évidemment charmée ; c'était plus fort que lui.

Mais il n'avait pas non plus hésité à aborder des sujets difficiles. Il s'était excusé pour le comportement de son père et lui avait dit qu'il aurait aimé avoir pris le temps de la connaître quand ils étaient mariés. Chloe avait également changé sa façon de voir les choses et compris qu'elle n'aurait pas dû rejeter ainsi le mariage de sa mère avec George. Elle aimait sa mère, et devait de ce fait être plus présente quand celle-ci décidait de s'engager. Peut-être que George et Eliza s'étaient vraiment aimés, du moins pendant un court moment. Finalement, un peu de bonheur, même temporaire, valait mieux que rien du tout.

Quant à elle et Parker, ils nageaient dans la félicité. Chloe avait emménagé chez lui, car ils n'aimaient pas être séparés l'un de l'autre, et elle avait, en attendant, laissé son appartement à Taylor afin qu'elle le rénove. Taylor s'ennuyait tellement dans son travail d'organisatrice d'événements qu'elle était devenue architecte d'intérieur à temps partiel. Chloe lui avait suggéré de suivre son cœur plutôt que d'essayer de trouver le succès. Elle espérait que son amie suivrait son conseil.

La mère de Chloe avait mis le paquet pour le premier brunch de Parker : œufs Bénédicte, croissants frais, une salade verte avec une vinaigrette au champagne, une tarte aux fruits et, bien sûr des mimosas. La quantité de nourriture aurait permis d'inviter également Taylor et Alexandra, mais elles étaient toutes les deux occupées et n'avaient pas pu venir. Chloe adorait ses amies, mais elle était heureuse de ce moment intime qui permettait à Parker et à sa mère de mieux faire connaissance autour d'un fabuleux petit déjeuner.

— Parker, parle-moi de ton petit chien. Chloe dit qu'elle est adorable.

Parker s'essuya la bouche avec sa serviette et passa son bras autour de Chloe.

— C'est la plus mignonne. Elle s'appelle Blue. C'est aussi une petite fauteuse de troubles. Mais je l'aime.

— Nous pensons même à prendre un autre chien. Juste pour que Blue ne soit pas seule.

Sa mère pencha la tête d'un côté et fit une petite moue.

— J'adore vous entendre faire des plans. Ça me rend incroyablement heureuse.

Parker embrassa Chloe sur la tempe.

— Je ne pourrais être plus d'accord avec vous.

La jeune femme sentit le rose lui monter aux joues, mais c'était l'effet qu'avait Parker sur elle. Avec lui elle se sentait toujours vivante.

— Nous regardons simplement vers l'avenir. Ça ne sert à rien de ressasser le passé.

— C'est vrai, approuva Parker.

— C'est une attitude merveilleuse. Mais je pense que nous devrions parler d'une chose du passé, déclara sa mère.

— Quoi exactement ?

— Petit Carnet Noir. Je suis désolée, mais quelqu'un doit l'arrêter. Cette personne est une menace.

— Je suis d'accord ! approuva Parker. Je suis avec vous à cent pour cent, madame Burnett.

— Elle a presque détruit votre relation. Rien que ça devrait vous donner envie de vous venger.

— Il faudrait que quelqu'un dévoile qui se cache derrière ce pseudo, déclara Parker.

Chloe était frustrée de voir que Parker ne voulait

pas laisser tomber. C'était comme s'il était obsédé, et sa mère n'était pas mieux.

— Certaines preuves montrent que ce carnet est lié à Simone Astley. Mais je ne vois pas quel serait le lien entre elle et les personnes ciblées. Et j'ignore qui cherche à révéler tous les secrets qu'elle a découverts au fil des ans. Elle n'a jamais eu d'enfant et toute sa famille est morte.

Eliza prit une gorgée de café et regarda dans le vide.

— Il y a un lien avec toi et moi qui me vient à l'idée.

— Lequel ? demanda Chloe, choquée.

— Oui,ites-nous, renchérit Parker en posant sa fourchette et en se penchant en avant.

— Elle a fréquenté l'école Baldwell : la même que Chloe, Taylor et Alexandra.

— Maman. J'étais membre du conseil d'administration de l'association des anciens élèves de Baldwell, et je ne me souviens pas avoir vu son nom sur la liste des élèves.

— C'est parce qu'elle n'a jamais obtenu son diplôme. Elle a précipitamment quitté l'école. Ses parents l'ont retirée et personne ne sait exactement pourquoi.

— Comment sais-tu cela ?

— Je me souviens que ma mère en parlait. Elle les connaissait et cette histoire faisait l'objet de commérages à l'époque, car elle n'a pas été inscrite ailleurs. Elle a été gardée au domaine Astley, mais on la voyait rarement.

Ça commençait à être inquiétant. Pourtant, Chloe ne voyait toujours pas de lien.

— Ce n'est probablement rien.

— Ça vaut au moins la peine d'être examiné, déclara Parker en revenant à ses œufs.

Chloe se tourna vers lui.

— Absolument pas. Je ne sais pas ce que Petit Carnet Noir sait d'autre, mais s'il y a encore quoi que ce soit dans ce carnet en rapport avec quelqu'un assis à cette table, je veux que ça reste sous clé.

— Peut-être que tu as raison, déclara Parker.

— J'ai raison. J'en suis absolument convaincue.

— Quelqu'un devrait tout de même l'arrêter, dit sa mère en se versant une autre tasse de café.

— Quelqu'un autre que nous, la contra Chloe.

Heureusement, la conversation s'éloigna de Petit Carnet Noir, et ils discutèrent de la santé d'Eliza, des voyages qu'elle avait prévus avec Gavin, des espoirs de Parker pour signer avec quelques grandes stars du basket-ball, et de Chloe qui essayait toujours de convaincre Dakota Ladd de suivre le droit chemin et de cesser de voler. Chloe était émerveillée que Parker et sa mère s'entendent si bien. Au moment de partir, elle était emplie de pensées positives et de sentiments joyeux.

— Qu'est-ce que vous avez prévu pour le reste de la journée ? demanda Eliza au moment de dire au revoir.

Chloe regarda Parker et haussa les épaules. Ils n'avaient rien prévu du tout.

— C'est dimanche. Un petit jogging pour éliminer le brunch et du repos avant la semaine à venir.

— Et un peu de shopping, ajouta Parker en passant un bras autour des épaules de Chloe.

— Tu crois ? demanda-t-elle en le regardant.

— C'est un petit arrêt. Ça ne prendra pas trop de temps.

— Où allons-nous ?

Parker porta son doigt à ses lèvres.

— C'est une surprise.

— On dirait que quelqu'un a une idée en tête, déclara Eliza, joyeuse.

Chloe était curieuse, mais elle se dit qu'elle saurait bien assez tôt.

— Il aime être mystérieux parfois. Je vais me contenter de le suivre, dit-elle en étreignant sa mère. Au revoir, maman. On se voit bientôt ?

— Oui. Je dois parler à Gavin, mais peut-être que nous pourrions aller dîner tous les quatre ensemble.

— C'est noté, déclara Parker. Dites-nous où et quand, et nous serons là.

— Formidable, dit Eliza en l'étreignant. Je t'aime bien, Parker Sullivan. Et je suis heureuse que vous soyez restés soudés.

Parker recula d'un pas et saisit les coudes d'Eliza en la regardant droit dans les yeux.

— Je ne m'imagine pas ailleurs.

Chloe crut qu'elle allait s'évanouir de bonheur. L'ascenseur arriva juste à ce moment-là.

— C'est pour nous, dit-t-elle en serrant une dernière fois sa mère dans ses bras.

Une fois dans l'ascenseur, elle se tourna vers Parker.

—Tu veux bien me dire où nous allons ?

— Nous allons rendre visite à un homme nommé M. Russell.

— Je ne le connais pas.

— C'est une connaissance assez récente à moi, mais je pense que tu l'aimeras beaucoup. Il est britannique, très distingué, avec un côté assez romantique.

— Nous allons chez lui ?

Parker secoua la tête.

— Non. Nous allons sur son lieu de travail.

— Un dimanche ?

— Oui. Ils sont ouverts jusqu'à 19 heures. Je me suis assuré qu'il était là.

Chloe étrécit son regard sur son beau visage.

— Tu es si secret.

— Je veux que ça soit une surprise, Chloe. La vie est pleine de surprises, mais j'aime aussi en créer.

— Tu ne veux pas me donner un indice ?

— Humm. Laisse-moi réfléchir.

Quand la porte de l'ascenseur s'ouvrit, ils traversèrent le hall pour retrouver Benny, le chauffeur de Parker, qui les attendait.

— Oh ! je sais. Quoi que nous ramenions à la maison, nous devrons éloigner Blue de l'emballage.

— Tiffany ? dit Chloe en haletant.

— Peut-être…

Benny ouvrit la portière, et Chloe monta, suivie de Parker.

— J'aimerais vraiment que tu me dises ce qui se passe.

— Je veux juste voir si quelque chose attire ton attention, répondit-il en riant doucement.

— Un objet en particulier ?

Il se pencha plus près et caressa son cou de ses lèvres célestes, avant de chuchoter :

— J'aimerais choisir un cadeau qui dirait que nous serons ensemble pour toujours.

Vous avez aimé *Ce playboy interdit* ?
Retrouvez la suite de la série
« Scandaleuses révélations »
dès le mois prochain dans votre collection Passions !

CARRIE NICHOLS

Des jumeaux pour Ellie

Traduction française de
LAURENCE LENGLET

PASSIONS

HARLEQUIN

Titre original :
HIS UNEXPECTED TWINS

- 1 -

— Et que dirais-tu de ce type, là, tu sais… le nouveau.

— Non, répliqua vivement Ellie Harding, s'arrêtant de découper les parts de gâteau pour jeter un regard agacé à son amie qui avait décidément le chic pour s'improviser entremetteuse.

Meg McBride Cooper et elle participaient en qualité de bénévoles au déjeuner communautaire qui se tenait régulièrement au sous-sol de l'église de Loon Lake.

— Je n'ai pas besoin de ton aide pour trouver un cavalier, précisa Ellie.

Compte tenu des épreuves qu'elle avait traversées au cours de sa vie, aller seule à un mariage était bien le dernier de ses soucis.

Son amie la jugeait-elle donc incapable de trouver quelqu'un toute seule ? Les souvenirs de la façon dont elle avait parfois été traitée, après le diagnostic de son cancer, refirent surface. Bien des gens l'avaient traitée avec pitié, au cours de sa maladie et, depuis, elle ne supportait plus aucune forme d'apitoiement.

Elle chassa ces mauvais souvenirs et se remit à découper le gâteau au chocolat d'un geste vigoureux, ne pouvant toutefois pas s'empêcher de penser à ce mariage où elle se rendrait seule.

Elle trouverait bien un cavalier. Des tas de types l'appelaient. Tout le temps. Quand ils avaient besoin d'une partenaire de softball ou de bowling. Ou d'une nouvelle copine, songea-t-elle, dépitée, au souvenir de cet ambulancier qui l'avait appelée le mois précédent pour lui demander… le numéro de la nouvelle technicienne en radiologie.

Meg posa doucement les assiettes qu'elle tenait et la regarda, se mordillant la lèvre inférieure d'un air coupable.

— Crache le morceau, ordonna Ellie.

— Ne le prends pas mal, mais… Eh bien, j'ai demandé à Riley s'il connaissait quelqu'un au poste de police qui pourrait t'accompagner au mariage, et il se trouve que…

— Vraiment, Meg, tu pourrais chercher ailleurs que dans un poste de police, non ? intervint Mary, une autre bénévole, qui venait de les rejoindre. Je suis sûre que si je le lui demandais, Brody pourrait contacter un de ses anciens copains de l'armée. Il doit bien y en avoir quelques-uns qui n'ont jamais commis de délit.

Mary Carter était la future mariée en question. Récemment arrivée dans leur petite ville du Vermont, elle s'était intégrée à la vie et aux activités de la communauté avec enthousiasme.

— Oh ! pour l'amour du ciel, répliqua Meg, agacée. J'essaie juste de trouver un cavalier à Ellie.

— Au moins, moi je n'essaie pas de la caser avec un suspect.

— Ce n'était pas un suspect, décréta Meg, posant les mains sur ses hanches. Le type en question se trouvait au poste de police par hasard, et Riley a fait appel à lui pour une séance d'identification, c'est tout.

Ellie étouffa un rire en voyant ses amies se chamailler, sans savoir si elle leur était reconnaissante ou contrariée de leurs initiatives. Maintenant qu'elles avaient trouvé l'homme de leur vie, elles semblaient croire qu'il était de leur devoir de la caser, elle. Il est vrai qu'elle n'avait pas encore trouvé l'homme idéal. Infirmière aux urgences, elle enchaînait les gardes et venait d'entamer un cursus de spécialisation. Et, évidemment, elle n'avait le temps pour rien d'autre.

— S'il n'a pas été arrêté, pourquoi y a-t-il eu une séance d'identification ? demanda-t-elle en coupant un gâteau.

— Il n'avait rien à voir avec cette affaire, répondit Meg.

— Tu en es sûre ? Est-ce que le témoin l'a identifié ? intervint Mary.

— Mary…, marmonna Meg,n'insiste pas…

— Désolée, dit Mary avec un sourire entendu,j'arrête.

Une fois de plus, Ellie réprima un rire, soulagée de ne plus être sur la sellette, ne serait-ce que temporairement.

Elle appréciait la sollicitude de ses amies, mais elle ne voulait pas devenir une mission de sauvetage pour elles. Dans ces moments, Meg semblait oublier qu'elle n'était sortie avec personne pendant cinq ans, jusqu'à ce que Riley Cooper revienne en ville après avoir servi dans les Marines en Afghanistan. Consciente que ses amies voulaient bien faire, et peu désireuse d'attirer l'attention sur elle une fois de plus, elle décida de taire cette remarque.

Meg souffla bruyamment, chassant de son visage quelques mèches de cheveux roux bouclés qui s'étaient échappées de sa queue-de-cheval.

— C'était une erreur d'identité, reprit-elle.

— Mais bien sûr ! rétorqua Mary d'un ton moqueur. Tu avais demandé à Riley de lancer un coup de filet pour rassembler tous les célibataires du secteur, c'est ça ?

— Vous êtes insupportables, grommela Meg en déposant des parts de gâteau sur les assiettes.

— Pas faux. Mais c'est pour ça que tu nous aimes, non ? fit remarquer Ellie en souriant.

— Peut-être. Mais… Oh ! Ellie ! s'exclama Mary, soudain surexcitée. Que penses-tu de ce super beau gosse, là, celui qui descend l'escalier en ce moment même ? Si je n'étais pas désespérément amoureuse de Brody…

Le regard d'Ellie suivit celui de Mary et son cœur manqua un battement.

Liam McBride.

Que faisait-il là ? Elle avait un faible pour le frère de Meg depuis… eh bien, depuis toujours. De quatre ans son aîné, Liam l'avait toujours considérée comme une gamine agaçante. En grandissant, il avait fini par la remarquer, mais elle n'était alors que la copine de sa petite sœur. Et sans doute, n'avait-il toujours pas réalisé qu'elle était aujourd'hui une femme adulte.

— Un beau gosse ? Quel beau gosse ? demanda Meg en pivotant sur elle-même pour regarder dans la direction indiquée. Ah, Liam ?

— Liam ? dit Mary. Tu veux dire que c'est…

— Le cavalier d'Ellie pour ton mariage ! s'exclama Meg, ravie, en battant des mains. C'est parfait !

— Quoi ? Oh non, murmura Ellie, le couteau en suspens comme pour repousser une attaque de zombies.

Elle n'avait rien contre aller prendre un verre avec Liam. Mais le supplier de l'accompagner en qualité de cavalier ? Sûrement pas !

— C'est hors de question, décréta-t-elle.

— Mais pourquoi ? demanda Mary.

— Parce que, répondit Ellie en regardant le sémillant pompier s'approcher de leur groupe.

Avec ses cheveux bruns savamment décoiffés, ses larges épaules, ses hanches étroites, ses longues jambes et cette touche d'assurance, Liam McBride était un véritable émetteur de phéromones. Ellie aurait volontiers répondu à leur appel en se jetant à ses pieds mais, par chance, le bon sens l'emporta lorsqu'elle se rappela que, pour lui, elle n'était que l'amie de sa sœur. Celle qui lui faisait les yeux doux rougissait et bégayait chaque fois qu'il lui adressait la parole. Lorsque, adolescente, elle avait appris qu'elle était atteinte d'un cancer, sa première pensée était allée à Liam McBride, et au fait qu'elle ne pourrait jamais… l'embrasser.

— Je reviens, dit Meg en se dirigeant vers son frère.

— Ça alors… Jamais je n'aurais imaginé…, murmura Mary, à l'attention d'Ellie. Chaque fois qu'elle parlait de son frère, j'imaginais une version masculine de Meg. Grand, maigre avec une grosse touffe rousse et des taches de rousseur…

Ellie éclata de rire mais se calma aussitôt en voyant Liam regarder dans sa direction. Il plongea son regard dans le sien et esquissa un petit sourire irrésistible. L'air qu'elle avait inspiré resta bloqué dans sa poitrine. Pourquoi fallait-il qu'il soit si sexy ? Comme si la beauté lui avait été distribuée sans compter le jour de sa naissance.

— Liam tient de leur père, expliqua-t-elle.

Et pas seulement pour le physique. Elle savait que Liam et son père, tous deux pompiers, s'étaient jetés à corps perdu dans le travail lorsque Bridget McBride était tombée gravement malade. Lutter contre les incendies était une profession admirable, mais les relations humaines avaient aussi besoin d'être nourries d'amour, surtout lors des épreuves d'une maladie.

Ellie n'avait qu'à regarder ses propres parents pour comprendre ce qu'il en coûtait quand l'un des membres d'un couple prenait ses distances dans une situation difficile. Elle avait peut-être survécu au cancer qui l'avait frappée dans son adolescence, mais la relation de ses parents en avait pris un coup. Adulte, elle avait compris que la culpabilité qu'elle avait alors ressentie était irrationnelle. Pourtant, aujourd'hui encore, ce sentiment la rongeait chaque fois qu'elle voyait ses parents ensemble. Ce qui leur était arrivé ne faisait que démontrer qu'aucune relation n'était à l'abri des épreuves de la vie.

C'est pourquoi elle se contenterait d'admirer Liam McBride de loin, même si elle avait bien souvent formulé le vœu d'échanger avec lui beaucoup plus que des regards…

Liam ralentit en reconnaissant le rire d'Ellie Harding. Son rire, tout comme ses yeux brun doré, avait quelque chose d'étincelant qui l'attirait chaque fois qu'il croisait son chemin. Il admira ses longs cheveux bruns attachés en queue-de-cheval et secoua la tête, s'efforçant de repousser ses pensées en territoire plus sûr.

En tant qu'amie de sa sœur, Ellie était inaccessible. Par chance, ils vivaient loin l'un de l'autre, ce qui lui évitait d'être trop souvent exposé à la tentation. La dernière fois qu'il l'avait vue, c'était au baptême de son neveu, presque neuf mois plus tôt.

Le fait qu'elle ait souffert d'un cancer dans son adolescence n'avait rien à voir avec les efforts qu'il déployait pour résister à ses charmes, évidemment. Sa réserve était avant tout liée au fait que s'intéresser à l'amie de sa sœur pouvait avoir des conséquences désagréables. Comme le lui avait démontré la relation qui s'était nouée entre Meg et son meilleur ami, Riley Cooper.

Riley avait trahi leur amitié en mettant Meg enceinte avant d'être envoyé en Afghanistan et de disparaître de sa vie. Heureusement, tout cela appartenait au passé. Sa sœur était aujourd'hui folle amoureuse de Riley qui était revenu, avait assumé sa paternité et même convaincu Meg de l'épouser. Aujourd'hui, Riley rendait sa sœur heureuse et cela se voyait.

Il avait donc enterré la hache de guerre et passait même une partie de ses vacances à Loon Lake pour aider son beau-frère à rénover sa maison. Meg et Riley, qui avaient maintenant deux enfants, Fiona et James, avaient décidé d'agrandir leur petit bungalow.

Lorsqu'il croisa le regard d'Ellie, ses bonnes résolutions se dispersèrent comme des cendres dans le vent. Cela aurait été beaucoup plus facile de garder ses distances si elle n'avait pas été aussi jolie.

Comment cela se faisait-il qu'aucun homme ne l'ait remarquée ? Le fait qu'elle soit encore célibataire était un mystère pour lui, et il en venait presque à le regretter. Cela lui aurait facilité la vie qu'elle soit mariée, donc inaccessible.

Par chance, il avait d'autres priorités, aujourd'hui, et en particulier son travail, auquel il avait décidé de se consacrer corps et âme pour oublier la mort de sa mère des suites d'un cancer. Cela l'aiderait aussi à garder Ellie Harding à distance.

— Liam, qu'est-ce que tu fais là ? demanda Meg.

— Je suis là pour vos travaux, tu as oublié ?

— Je veux dire ici, à l'église.

— Comme tu n'étais pas à la maison, je me suis souvenu que tu faisais du bénévolat ici le jeudi. Alors, me voilà !

Elle sourit et le prit par le bras.

— Tu n'imagines pas à quel point tu tombes à pic, déclara-t-elle en l'entraînant vers ses amies.

— Vraiment ?

— Tu es la solution à notre problème, répondit-elle d'un ton un peu trop triomphant pour être honnête.

— C'est nouveau ? D'habitude, tu m'accuses d'être la cause de tous tes problèmes.

Meg lui lança un regard malicieux. Oh non… Il connaissait bien ce regard. Maintenant qu'elle était heureuse en ménage, elle s'imaginait que tout le monde devait l'être aussi. Par chance, ne vivant pas à Loon Lake, il avait échappé à ses allusions peu subtiles sur le fait qu'il était temps qu'il se marie. Il aimait sa sœur et se réjouissait de l'aider pour ses travaux, mais il n'était pas question qu'elle se mêle de sa vie sentimentale.

— Où est Riley ? s'enquit-il en regardant autour de lui. Pourquoi ton mari n'est-il pas là pour résoudre tes problèmes ? C'est son rôle, non ?

— Il ne peut pas régler celui-ci, alors tâche de te rendre utile, pour une fois, cher frère.

Meg s'arrêta devant une table où Ellie et une séduisante femme brune d'à peu près le même âge découpaient des parts de gâteau au chocolat.

— Meg me dit que tu as besoin de moi pour goûter ce gâteau, déclara-t-il en adressant un clin d'œil à Ellie, qui rougit jusqu'à la racine des cheveux.

Il sentit son souffle s'accélérer en voyant son trouble.

Amis... Rien que des amis... , se répéta-t-il comme un mantra alors même que son esprit se mettait à concevoir mille et une façons agréables d'entretenir cette jolie couleur rose sur ses joues...

Meg tira sur sa manche.

— D'abord, accepte notre proposition, ensuite tu pourras goûter ce gâteau, dit-elle.

Il remarqua qu'Ellie secouait frénétiquement la tête. De toute évidence, elle était concernée par le plan de Meg. Malgré sa méfiance, cela aiguisa sa curiosité.

Presque aussitôt, Meg se mit à hocher la tête aussi vigoureusement qu'Ellie secouait la sienne.

— Ellie a besoin d'un cavalier pour le mariage de Mary, expliqua Meg.

— Pas du tout ! Ne l'écoute pas. C'est juste l'idée farfelue que vient d'avoir ta sœur, répliqua Ellie en jetant un morceau de gâteau sur une assiette, où il atterrit à l'envers.

Lorsqu'elle poussa un juron, Liam fit de son mieux pour masquer son hilarité.

— Et comme tu loges chez nous pour quelque temps, mon frère, ça tombe à merveille, poursuivit Meg.

Il soupira. Meg était quelqu'un de particulièrement tenace. Raison de plus pour continuer de considérer Ellie comme une simple amie. Sinon, il aurait sa sœur sur le dos pour l'éternité !

— Bonjour, je suis Mary, la future mariée, intervint la femme aux cheveux noirs en mettant de côté l'assiette ratée. Et tu es le bienvenu à mon mariage. Seul... ou accompagné.

— Merci, mais je..., bafouilla-t-il.

— Oh ! mince, ils ont besoin d'aide à la caisse ! déclara soudain Meg avant de s'éloigner.

— Ravie d'avoir fait ta connaissance, Liam. J'adorerais rester pour discuter, mais j'ai promis d'aider à la cuisine, renchérit Mary avant de disparaître aussi rapidement que Meg.

— Bandes de dégonflées…, grommela Ellie en secouant la tête. Écoute, Liam, je ne vais pas te demander d'être mon cavalier pour le mariage. Ça me va, d'y aller seule.

Il hocha la tête. Ellie était intelligente et indépendante. Pour autant, elle n'avait pas forcément envie d'aller seule à un mariage où tous les autres invités seraient en couple. Mais ils pourraient y aller en amis. Et s'il lui arrivait de la serrer contre lui pendant qu'ils dansaient… Il secoua la tête pour chasser cette vision. Mais celle-ci persista. Apparemment, la ténacité ne valait pas seulement pour Meg. Sa sœur l'avait bien manipulé, une fois de plus…

— Tu veux dire que tu ne veux pas y aller avec moi ? demanda-t-il. Je me tiens très bien en public, tu sais.

Ellie haussa un sourcil, posant sur lui un regard malicieux.

— Ce n'est pas ce que j'ai entendu dire, dit-elle.

— Mensonges et exagérations.

— Oui, bien sûr ! s'exclama-t-elle en riant avant de reprendre le dressage des assiettes.

Ne pouvant se résoudre à s'en aller, il se mit à rapprocher les assiettes vides pour lui faciliter le dressage.

Les gens commençaient à faire la queue, mais personne n'avait encore atteint la table des desserts. Il en profita pour rejoindre Ellie de l'autre côté. Il pourrait l'aider à distribuer les parts de gâteau. N'était-il pas serviable par nature ? Car, bien sûr, cela n'avait rien à voir avec son envie de s'approcher assez près d'elle pour respirer son parfum fleuri…

— Pourquoi ne veux-tu pas aller à ce mariage avec moi ? s'enquit-il.

— Je n'aime pas la pitié.

Il soupira. Si elle avait connu le fond de ses pensées, elle n'aurait pas dit cela. Et ce ne serait pas une vraie sortie en couple puisqu'ils n'étaient que des amis.

— Alors comment puis-je implorer la tienne ? demanda-t-il.

— Quoi ? Non. Je voulais dire…, murmura-t-elle, rougissante, avant de poser la dernière part de gâteau dans une assiette.

Il n'aurait pas dû, mais il aimait la voir troublée, en particulier s'il en était la cause.

— Comment as-tu fait ça, Ellie ?

Elle le dévisagea, perplexe.

— Fait quoi ?

Il aurait pu se perdre dans ces yeux-là. *Concentre-toi, McBride.* Il s'éclaircit la gorge, désignant la part de gâteau qu'elle venait de poser sur l'assiette.

— Couper des carrés aussi réguliers.

Avec un grand sourire, elle jeta un coup d'œil autour d'elle avant de se pencher vers lui.

— C'est mon super pouvoir, répondit-elle.

— Mmm, intéressant…

Elle se redressa pour accueillir une vieille dame.

— Bonjour, madame Canterbury. Une part de gâteau ?

Lorsque la femme s'éloigna avec son assiette, Liam donna un petit coup de hanche à Ellie.

— Alors, qu'est-ce que tu en dis, Harding ? Ça pourrait être ta BA du mois de venir à ce mariage avec moi, non ?

— Vraiment ? Pour que je puisse faire des massages cardiaques aux femmes qui s'évanouiront à tes pieds ?

Il éclata de rire et remarqua que Meg les observait d'un air satisfait. Il se vengerait de sa sœur plus tard. Peut-être en offrant une flûte à Fiona et un tambour à James ? Cela dit, il avait de plus en plus envie d'aller à ce mariage avec Ellie.

— Je t'en prie, Ellie. Il paraît que c'est l'événement le plus prisé de la saison.

Pourquoi était-ce soudain devenu si important qu'elle accepte alors qu'il aurait dû la fuir à toutes jambes ? Ellie n'avait pas l'air d'être le genre de femme à rechercher les histoires sans lendemains, alors que c'était tout ce qu'il avait à proposer, que ce soit à Ellie ou à n'importe quelle autre femme, d'ailleurs. Les histoires légères rendaient les séparations moins douloureuses. Mais cette vision où Ellie et lui dansaient ensemble persistait.

— Combien de temps restes-tu à Loon Lake ? demanda-t-elle, l'arrachant à ses pensées.

— C'est quand, exactement, ce mariage ?

— Tu n'as pas compris. C'était juste une façon de détourner la conversation, dit-elle en saluant une dame âgée.

Liam sourit à la dame et lui tendit une part de gâteau. La femme secoua la tête, montrant son assiette copieusement garnie de viande, de pommes de terre et de haricots verts.

— Je dois d'abord manger ça, fiston.

Liam hocha la tête et, reposant le gâteau sur la table, se tourna vers Ellie.

— Je suis là pour un mois, dit-il.

— Bonté divine, ça ne prendra pas aussi longtemps, fiston, bougonna la dame avant de s'éloigner.

Ellie se mit à rire. Et en regardant ses yeux qui pétillaient d'amusement, il ne put détourner le regard.

Non. Il ne pouvait pas… C'était l'amie de Meg. Et elle avait eu un cancer. Bien sûr, elle était en rémission, mais cela ne voulait pas dire « guérison ». Avait-il oublié à quel point cela fait mal de perdre quelqu'un ? Dans le cas de sa mère, la rémission n'avait pas duré.

Il aurait dû fuir Ellie pour de nombreuses raisons. Mais curieusement, ce message d'alerte resta sans effet.

— Alors, tu viens avec moi à ce mariage ? reprit-il.

— Écoute, Liam, j'apprécie ta proposition, mais…

Il se pencha vers elle, s'imprégnant de son parfum, puis désigna sa sœur d'un hochement de tête et murmura :

— Tu sais, ça pourrait lui clouer le bec pendant un moment… de lui faire croire qu'elle a eu ce qu'elle voulait.

— Tu crois ça, toi ? répliqua-t-elle en se mordillant la lèvre inférieure. En fait, ça va juste l'encourager.

— Ça la calmera de voir que l'on passe du temps ensemble. On saura toi et moi que c'est purement amical, mais pas elle.

Avait-il perdu la tête de suggérer un plan aussi stupide ?

Ellie sourit, continuant à distribuer les parts de gâteau. Elle avait moins de taches de rousseur que lorsqu'elle était enfant, mais il en restait quelques-unes sur les pommettes et le nez. Jamais il ne lui était venu à l'esprit que des taches de rousseur puissent être sexy, mais celles d'Ellie étaient irrésistibles et il devait lutter contre l'envie de les compter du bout du doigt… Ou pire encore, de les embrasser.

— Mais nous ne sortirons pas vraiment ensemble ? demanda-t-elle lors d'une accalmie dans la file d'attente.

— Pourquoi ? Tu cherches quelqu'un ?

Qu'est-ce qui lui prenait de poser une question aussi directe ?

— Meg est pleine de bonnes intentions, ajouta-t-il vivement, mais ça ne lui ferait pas de mal de refréner ses instincts d'entremetteuse.

Elle prit l'assiette contenant la part de gâteau retournée.

— On partage ?

— Avec plaisir, répondit-il en prenant la fourchette qu'elle lui tendait.

Ses doigts effleurèrent les siens, leurs regards se croisèrent…

— Merci. Ça a l'air délicieux, ajouta-t-il.

Elle rougit, ce qui fit ressortir encore plus ses taches de rousseur. Comme si elles suppliaient quelqu'un – lui, en l'occurrence – de les embrasser. Il s'éclaircit la gorge et planta sa fourchette dans le gâteau.

— Alors, qu'en dis-tu, Harding, on a un accord ?

— OK, McBride, pourquoi pas ? répondit-elle avant de s'éloigner pour rejoindre une collègue qui venait de l'appeler. On en reparlera.

Il avala sa bouchée de gâteau tout en regardant Ellie disparaître dans la cuisine.

Il ne savait toujours pas si elle cherchait quelqu'un ou non, mais cela n'avait aucune importance car ils allaient passer du temps ensemble. Bien sûr, ce ne serait pas une véritable relation. Simplement une passade agréable et sans conséquence, comme il les aimait.

- 2 -

— Regarde-moi cette bombe…, murmura Stacy, une collègue infirmière, en donnant un coup de coude à Ellie.

Ellie leva les yeux du dossier qu'elle était en train de consulter pour jeter un coup d'œil dans la salle d'attente des urgences. Son cœur s'emballa lorsque Liam, vêtu d'un jean et d'un maillot de base-ball bleu foncé, se dirigea vers elles.

Elle ne l'avait pas revu depuis le déjeuner communautaire, deux jours plus tôt, mais il n'avait pas été bien loin de ses pensées. Si Stacy ne l'avait pas vu la première, elle aurait pu croire qu'il était le fruit de son imagination.

Ignorant la curiosité de sa collègue, elle sourit à Liam.

— Hé, qu'est-ce que tu fais ici ?

— Salut, dit-il avec ce sourire ravageur dont il avait le secret.

Elle serra son bloc-notes contre sa poitrine comme pour se protéger de l'afflux de phéromones qui émanait de lui.

— Tout va bien ? s'enquit-elle.

— J'ai appris que tu avais bientôt fini ton service. Je me suis dit que ça te ferait peut-être plaisir de dîner avec moi.

Derrière le comptoir, Stacy s'éclaircit la gorge, mais Ellie l'ignora. Lui proposait-il un rendez-vous ?

— Qui t'a dit à quelle heure je terminais ?

— J'ai demandé à Meg, avoua-il en fourrant les mains dans ses poches. Alors, ça te dit ?

Derrière eux, Stacy fit tomber son stylo. Apparemment, elle ne perdait pas une miette de leur conversation qu'elle se ferait sans doute une joie de relayer à leurs collègues.

Ellie hésita. Allait-elle accepter ? N'avait-il pas insisté, deux jours plus tôt, sur le fait qu'ils n'étaient que des amis ?

— Bien sûr, répondit-elle,si ça ne te dérange pas d'attendre que je me change.

Entendant Stacy fourrager bruyamment dans ses dossiers, elle se retourna.

— Stacy, tu connais le frère de mon amie Meg Cooper, Liam ?

Stacy s'avança, tout sourire.

— Ravie de faire ta connaissance, Liam.

— Je vais me changer. Je reviens tout de suite, dit Ellie tandis que Stacy et Liam échangeaient une poignée de main.

— Surtout, prends tout ton temps ! lança Stacy en riant.

Malgré ce commentaire, Ellie se précipita vers son casier.

Était-ce une initiative de Liam, ou Meg lui avait-elle soufflé l'idée de cette invitation ?

Après avoir enfilé son jean et son T-shirt, elle défit sa tresse et se brossa les cheveux. Même si ce n'était pas un vrai rendez-vous, elle avait envie d'être impeccable. De la main, elle donna du volume à ses cheveux, puis appliqua un peu de gloss à la cerise sur ses lèvres, avant de sortir du vestiaire.

Liam se tenait devant la télévision muette de la salle

d'attente lorsqu'elle le rejoignit. À son approche, il se retourna, posant sur elle un regard appréciateur.

— Mmm, très chic, Harding…

— Tu n'es pas mal non plus, McBride, répliqua-t-elle en saluant Stacy à travers la baie vitrée.

Celle-ci était avec un patient, mais elle jeta un coup d'œil à Liam et leva son pouce.

— On pourrait prendre mon pick-up, et je te ramènerai ensuite ici pour que tu récupères ta voiture, suggéra Liam tandis qu'ils franchissaient les portes automatiques.

Une légère brise soufflait. La soirée s'annonçait agréable.

— Parfait !

Décidément, cela ressemblait de plus en plus à une sortie en amoureux.

Déverrouillant la voiture, il l'accompagna côté passager et lui ouvrit la porte.

— Riley m'a conseillé cette brasserie qui vient d'ouvrir sur la place, dit-il. Selon lui, ils ont une très bonne carte.

— Je confirme. Ils font les meilleurs hamburgers du coin, répondit-elle, déçue, avant de grimper dans le pick-up.

Tout le monde à Loon Lake savait que la brasserie Hennen était l'endroit où l'on sortait entre amis, tandis qu'Angelo était le restaurant des amoureux. Ce n'était donc pas un rendez-vous. Au moins, elle avait éclairci ce point.

— C'est parti pour un super hamburger, alors, dit-il en s'installant au volant. Meg m'a dit qu'Angelo avait une nouvelle terrasse mais…

Lorsqu'il démarra, un hymne rock aux accents celtiques envahit l'habitacle. Il baissa aussitôt le volume.

— Oh. Désolé…

Ses mouvements avaient diffusé l'odeur de son eau de toilette. Un parfum marin, aux nuances de sauge et de bois flotté.

— Et donc, cette nouvelle terrasse ? demanda-t-elle.

Il jeta un œil aux rétroviseurs et à l'écran de la caméra de recul avant de quitter la place de parking.

— Meg m'a dit qu'il y avait une super vue sur le lac.

— Cool.

— Elle n'arrêtait pas de dire à quel point cette terrasse était romantique avec ses petites lumières féeriques. Je ne sais pas pourquoi, elle n'arrêtait pas de répéter ça.

Pas très subtile, Meg, songea-t-elle en retenant un sourire.

— En fait, ce sont des guirlandes lumineuses qu'ils ont accrochées à des arbustes pour décorer la terrasse, expliqua-t-elle.

L'atmosphère s'était subitement chargée... d'électricité. Ou peut-être de séduction. La ressentait-il, lui aussi ? Ou était-ce uniquement dans sa tête ?

— Tu as déjà testé la terrasse d'Angelo ? demanda-t-il.

Cherchait-il à lui soutirer des informations sur sa vie sociale ou son absence de vie sociale ?

— Non, mais Mary et Meg y sont allées, répondit-elle. Crois-moi, j'ai tout entendu au sujet de cette terrasse.

Il se rapprocha, posant la main sur la sienne.

— J'ai l'impression qu'on me lance un défi comme si c'était à moi de te faire découvrir cette terrasse, fit-il remarquer.

À cette déclaration, elle sentit son cœur se mettre à battre plus vite, mais elle se força à rire, espérant faire diversion.

Rendez-vous ou pas, il n'y avait aucune raison de

ne pas apprécier la compagnie de Liam. Quoi qu'il se passe avec lui, cela ne durerait pas. Non seulement ils vivaient à plusieurs centaines de kilomètres l'un de l'autre, mais il se dévouait corps et âme à son travail. Apparemment, selon Meg, parce qu'il avait du mal à se remettre du décès de leur mère des suites d'un cancer. Cela dit, rien ne l'empêchait de profiter de sa compagnie tant qu'il était ici.

Depuis son lymphome, elle avait compris qu'elle n'avait aucune envie de vivre avec des regrets. Après une chimio et une radiothérapie, elle était en rémission depuis presque neuf ans, et son oncologue était optimiste. Toutefois, l'expérience de la maladie avait changé sa vision de la vie.

— Alors, ces travaux chez Meg ? demanda-t-elle.

— Tiens, c'est toi qui changes de sujet, à présent ? fit-il remarquer.

— C'est pour donner un peu de piquant à la conversation.

Il se mit à rire avant de répondre :

— Cette maison va être géniale, une fois que nous aurons terminé la nouvelle pièce. Je pense que Meg a fait le bon choix en venant s'installer ici.

— Elle m'a dit que tu lui avais proposé d'emménager dans ta maison.

Meg lui avait dit qu'il possédait à Boston une grande maison qui comptait trois appartements distincts. Il l'avait achetée dans un piètre état et avait passé plusieurs années à la retaper. Elle savait que c'était sa fierté et sa joie.

— C'est vrai, mais elle a toujours aimé Loon Lake et son petit bungalow, malgré les nombreux travaux qu'il y avait à faire à l'intérieur. Ma sœur peut être têtue.

— Oh ça, j'avais remarqué ! s'exclama-t-elle en riant.

— Mais je dois dire qu'elle a fait le bon choix pour elle, précisa-t-il en s'arrêtant à un feu rouge.

— Et toi ?

Il lui jeta un regard étonné.

— Moi ? Je suis exactement là où je dois être.

C'était bien ce qu'elle pensait. Et comme Meg, il était parfaitement heureux là où il vivait.

— C'est vert, dit-elle en montrant le feu du doigt.

Pourrait-elle être heureuse, à Boston ? La philosophie du « vivre sans regrets » impliquait aussi de tenter de nouvelles expériences, non ? *Ellie, tu n'irais pas un peu vite en besogne ? Ce n'est même pas un vrai rendez-vous.*

Quelques instants plus tard, Liam se gara devant la brasserie Hennen.

— Je suppose que tu es déjà venue ici puisque tu as dit que tu aimais leurs burgers, dit-il.

— Oui, quelquefois, avec des collègues.

Il coupa le moteur et la rejoignit juste à temps pour l'aider à descendre du pick-up. À peine lui eut-il pris la main qu'une légère décharge électrique courut le long de son bras, remontant jusqu'au cœur. *Hé toi, écoute,* dit-elle à son cœur. *Liam et moi passons un moment ensemble, rien de plus. D'ailleurs, il ne m'emmène pas chez Angelo, mais dans un restaurant beaucoup moins romantique.*

Puisque ce n'était pas un rendez-vous amoureux, elle n'avait aucun droit d'être déçue. Sauf que, lorsqu'ils se dirigèrent vers l'entrée du restaurant, il posa doucement sa main au bas de son dos. Comment était-elle censée interpréter ce signal ambigu ? Mais peut-être se faisait-elle simplement des idées… Elle réprima un soupir.

— Qu'y a-t-il ? Tu n'aimes pas ce restaurant ? s'enquit-il.

Avait-il perçu sa déception ?

— Non. T'inquiète…

— Hé, je sais très bien ce que ça signifie quand quelqu'un me dit « t'inquiète » sur ce ton, dit-il en lui tenant la porte.

— Et donc ? demanda-t-elle en entrant dans le restaurant.

— Tu me fais savoir qu'il y a quelque chose qui t'inquiète, justement. Et que c'est à moi de le découvrir…

Perdue dans ses magnifiques yeux bleus, elle déglutit avant de demander :

— Et tu as trouvé ?

— Non, mais je sais comment arranger les choses, répondit-il, avançant vers elle, les yeux rivés sur ses lèvres.

— Oh. Tu peux régler le problème sans même savoir ce que c'est ?

Toutes ses interrogations s'envolèrent en voyant les lèvres sublimes de Liam s'approcher des siennes.

— Je me disais qu'un baiser pourrait peut-être te rendre le sourire…, murmura-t-il.

Elle prit une longue inspiration. Allaient-ils vraiment faire ça ? Ici ?

— Alors, qu'en dis-tu ? demanda-t-il d'une voix rauque en plongeant son regard dans le sien.

Elle se hissa sur la pointe des pieds et, prenant son visage entre ses mains, l'attira vers le sien.

— Ça te va, comme réponse ? murmura-t-elle.

Il baissa la tête jusqu'à ce que ses lèvres se posent sur les siennes.

Son baiser était doux mais ferme. Elle soupira en ouvrant les lèvres, et Liam glissa la langue dans sa bouche. Ce baiser qu'elle avait attendu toute sa vie était encore plus délicieux qu'elle ne l'avait imaginé… À la fois sexy et tendre.

Elle aurait voulu que cela ne s'arrête jamais, mais la porte de la salle de restaurant s'ouvrit. Quelqu'un s'éclaircit la gorge, et Liam recula si vite qu'elle chancela. Aussitôt, il la prit par la taille pour la stabiliser. Ses mains s'attardèrent un peu plus que nécessaire.

— Ellie ? fit une voix familière.

Liam s'écarta, et elle se retrouva nez à nez avec Brody Wilson. Elle retint un gémissement. Comme si être surprise en train d'embrasser un homme en public n'était pas assez embarrassant, il fallait que ce soit par quelqu'un qu'elle connaissait. Quelqu'un qui le dirait à sa fiancée, Mary, laquelle le dirait à son tour à Meg…

Elle fit de son mieux pour sourire, mais ses joues devaient être rouge pivoine.

— Oh ! Brody, quelle surprise ! Vous vous connaissez-tous les deux ? demanda-t-elle en se tournant vers Liam.

Brody coinça un grand sac en papier sous son bras pour échanger une poignée de main avec Liam.

— Nous nous sommes croisés au mariage de Meg et Riley, répondit-il.

— D'ailleurs, si j'ai bien compris, tu te maries toi aussi prochainement, dit Liam. J'ai rencontré Mary il y a quelques jours.

— Oui, elle me l'a dit, répondit Brody sans cesser de les regarder d'un air intéressé.

— Mary et Elliott ne sont pas avec toi ? demanda Ellie.

— Non. Ils sont à la maison. Je suis juste passé prendre des plats à emporter en rentrant de chez Kevin Thompson, expliqua-t-il en montrant son sac.

— Il est arrivé quelque chose à Kevin ? demanda-t-elle.

Kevin Thompson était un jeune de la région qui aurait pu mal tourner, sans l'aide et l'attention des habitants de Loon Lake. Ellie savait que Riley et Meg l'avaient poussé à poursuivre ses études, et que Brody et Mary lui avaient offert un poste d'animateur dans leur colonie de vacances.

Ce camp d'été avait toujours été le rêve de Mary. Lorsqu'elle s'était mise en couple avec Brody, ils avaient créé une association et fait de ce rêve une réalité. Leur ferme, située en bordure de la ville, se prêtait merveilleusement à ce projet.

— Oui, il s'est foulé le poignet hier, expliqua Brody.

— Oh non... Il ne devait pas t'aider à préparer le carnaval ?

Brody soupira.

— Eh oui, je voulais proposer à Riley de le remplacer, mais comme il fait des travaux chez lui, j'ai quelques scrupules. Hélas, le temps presse, et hormis Riley je ne sais pas à qui d'autre demander.

— C'est quoi cette histoire de carnaval ? demanda Liam en se tournant vers Ellie.

— Chaque année, nous organisons un carnaval pour les enfants atteints d'un cancer et leurs familles, répondit-elle. C'est un événement important car il leur montre qu'ils peuvent profiter de la vie, malgré les traitements épuisants qu'ils subissent.

— De quel genre d'aide as-tu besoin ? demanda Liam à Brody.

— Je cherche quelqu'un d'assez costaud pour monter des stands. Tu sais te servir d'un marteau ?

— Bien sûr. Je serais heureux de donner un coup de main.

— Liam, si tu veux, je t'appellerai plus tard, comme ça on pourra s'organiser, dit Brody.

— Parfait. Vas-y, sinon tes burgers vont refroidir et Mary va râler.

— Pas faux, répondit Brody en riant. À plus tard.

À peine Brody fut-il parti que Liam se lécha les lèvres, appréciant l'agréable goût de cerise qu'y avait laissé le baiser échangé avec Ellie. Qu'est-ce qui lui avait pris de l'embrasser comme ça en public ? À croire qu'il n'était pas tout à fait lui-même quand Ellie était à ses côtés.

Il aurait dû regretter de l'avoir embrassée, mais comment regretter quelque chose d'aussi délicieux ? Avec ce baiser, cette soirée ressemblait de plus en plus à un dîner en amoureux, même s'il avait tout fait au départ pour éviter cette situation.

Une hôtesse les accompagna jusqu'à un box.

— Merci d'avoir proposé ton aide pour le carnaval, dit Ellie en se glissant sur la banquette. Tu vas être bien occupé entre les travaux chez Riley et Meg et la préparation de cette journée.

Il s'assit en face d'elle.

— Et toi, tu y seras ?

— Bien sûr. Je participe toujours à cette fête, répondit-elle en prenant le menu.

D'habitude, il fuyait tout ce qui pouvait lui rappeler la maladie qui avait emporté sa mère. Le simple fait de penser au cancer le terrifiait, mais il était prêt à relever ce défi. Pour Ellie.

— Alors, j'en suis.

Elle lui adressa un grand sourire et ouvrit le menu.

Et ce sourire valait bien de sacrifier quelques heures pour aider des enfants malades. Sans compter qu'il serait avec Ellie. Il était conscient qu'il ne devait pas trop s'investir avec elle. Certes, elle était en rémission, mais rien ne garantissait que le cancer ne reviendrait pas. Cela dit, comment allait-il faire pour sortir avec elle sans tomber dans le piège de la relation de couple ?

— Ça te dit ? demanda Ellie.

— Quoi ?

Plongé dans ses réflexions, il n'avait pas entendu sa question.

— Je t'ai demandé si tu voulais prendre un apéritif, répondit-elle.

Il n'eut pas le temps de répondre car, à cet instant, quelqu'un interpella Ellie. Deux hommes en uniforme d'ambulancier s'approchèrent de leur box.

Liam fronça les sourcils en les voyant rouler des mécaniques. Le plus grand semblait avoir l'âge d'Ellie, mais le plus petit était plus âgé.

— Désolé, Ellie, nous ne voulions pas vous interrompre, dit le plus âgé.

— Oh ! ce n'est rien, nous sommes juste en…

— Tête à tête, conclut Liam. Mais ce n'est pas un problème.

Pourquoi diable avait-il dit cela ? Lui qui, habituellement, contrôlait si bien ses émotions… S'ils avaient croisé deux amies femmes d'Ellie, aurait-il eu la même réaction ? Probablement pas. À croire qu'il avait encore beaucoup de chemin à faire pour être un homme meilleur…

— Nous sommes juste passés prendre des hamburgers,

expliqua le plus jeune. En vous voyant, nous n'avons pas pu nous empêcher de venir vous saluer.

— Vous avez bien fait, dit Ellie. Je vous présente mon ami Liam. Liam, voici Mike et Colton. Comme tu peux le voir à leurs uniformes, ils sont ambulanciers. Liam est sapeur-pompier.

Liam serra la main des deux hommes, pressant un peu plus fort les doigts du plus jeune, Colton, qui ne quittait pas Ellie des yeux.

— Tu nous as manqué au match de softball, le week-end dernier, dit Colton à Ellie mais en regardant Liam comme s'il était responsable de l'absence d'Ellie à ce match.

— Désolée d'avoir manqué ça. Vous avez gagné ? s'enquit-elle.

— Non. On s'est fait démolir, répondit Colton, dépité. C'est pour ça qu'on a besoin de toi.

Mike donna une tape sur le bras de son partenaire.

— On dirait que notre commande est prête.

Colton hocha la tête mais ne quitta pas Ellie des yeux.

— Tu seras là au prochain match ? demanda-t-il.

— Bien sûr. Appelle-moi pour me donner la date.

Liam réprima son envie d'envoyer balader Colton. Si ce dernier était intéressé, pourquoi n'avait-il jamais invité Ellie chez Angelo ?

Tout comme il aurait dû le faire, lui aussi, songea-t-il.

Par chance, il lui restait un mois entier pour rectifier le tir.

- 3 -

Le vendredi suivant, Liam n'avait plus aucune envie d'aider Ellie à préparer le carnaval. Le week-end précédent avait marqué l'anniversaire de la mort de sa mère, atteinte d'un cancer du sein.

Les années avaient atténué la douleur, mais la perspective du carnaval avait aussi réveillé le souvenir de son ami et mentor, Sean McMahan. Durant l'année qu'il avait effectué comme pompier stagiaire, Sean l'avait pris sous son aile et ils étaient devenus très proches. Hélas, le cancer avait emporté son ami dix-huit mois après sa mère.

Et pourtant, il ne pouvait pas – ne voulait pas – laisser tomber Ellie. Alors ce soir, il avait proposé de l'accompagner à l'église où se déroulaient les préparatifs du carnaval. Il avait même insisté pour venir la chercher alors qu'elle avait proposé de le retrouver sur place.

Son empressement n'était toutefois pas dénué d'arrière-pensées. Il voulait en réalité s'assurer qu'elle n'avait pas donné rendez-vous à cet ambulancier, Colton, à la réunion ou après. Même si l'enthousiasme qu'elle avait manifesté lorsqu'il avait accepté d'aider pour la préparation de cette journée pour les enfants malades l'avait en partie rassuré.

Il résista à la tentation de prendre la main d'Ellie

lorsqu'ils descendirent l'escalier menant au sous-sol de l'église, où il régnait déjà une joyeuse ambiance de travail.

— J'ai promis de peindre des panneaux et d'aider Mary à encadrer les plus jeunes. Nous fournissons un service de garderie à nos bénévoles, expliqua Ellie en lui effleurant le bras. À tout à l'heure.

Il la regarda s'éloigner, regrettant de ne pas travailler en sa compagnie.

Brody vint le saluer, lui remit un croquis du stand à monter, et il se mit aussitôt à l'ouvrage. Après les travaux chez Meg et Riley, ce serait un jeu d'enfants.

Alors qu'il commençait à disposer les panneaux, un garçon d'une dizaine d'années s'approcha, le regardant travailler sans un mot.

— Bonjour. Je m'appelle Liam. Et toi ?

— Craig. C'est toi le pompier de Mlle Ellie ?

À ces mots, Liam faillit lâcher le crayon avec lequel il traçait des repères sur le bois. *Du calme, ce n'est qu'un enfant.*

— Je suis pompier, ça s'est sûr, répondit-il.

— J'avais envie de faire ça comme métier…

Le cœur de Liam se serra en voyant le regret qui s'était peint sur le visage du petit garçon. Avait-il un cancer ? Ou était-il guéri ?

— Tu as changé d'avis ? s'enquit-il.

— Non, mais ça fait peur à ma mère. Elle voudrait que je fasse autre chose, on dirait. Elle est toujours comme ça depuis que j'ai eu mon cancer.

— Tu sais, tu as encore beaucoup de temps devant toi pour décider ce que tu veux faire plus tard.

Que diable était-il censé dire à ce gamin ? Il jeta un regard autour de lui, mais tout le monde était occupé.

Craig haussa les épaules.

— Les médecins disent que je suis en rémission, mais ma mère s'inquiète quand même.

Liam comprenait très bien cette maman. Ne craignait-il pas, lui aussi, de perdre des proches du cancer ? Mais il ne pouvait pas dire cela au petit garçon.

— Ça te dirait de m'aider ? proposa-t-il. J'aurais besoin d'un coup de main pour fixer ces panneaux.

— Génial !

— Très bien, dit Liam en lui tendant un pot rempli de clous. Tu n'as qu'à me donner les clous quand je te le demanderai.

Face à l'air déçu du gamin, il s'empressa d'expliquer :

— Tu sais, ça ira beaucoup plus vite. Avec ton aide, je n'aurai pas à m'arrêter à chaque fois pour prendre un clou. De plus, tu pourras en profiter pour me poser des questions sur le métier de pompier.

Craig réfléchit quelques secondes et prit la boîte de clous.

— OK, dit-il. J'aimerais bien que ma mère n'ait pas l'air aussi effrayée quand je lui parle de ce métier.

— Eh bien, tu es encore un peu jeune. Peut-être que quand tu seras plus âgé, ta mère acceptera ton projet.

— J'espère. Et toi, ta mère, elle était inquiète ?

Sa mère s'était-elle inquiétée quand il avait rejoint les pompiers ? Si oui, elle n'en avait rien laissé paraître. Bien sûr, il avait choisi le même métier que son père, cela avait peut-être fait la différence.

— Sans doute, répondit-il. Elle ne me l'a jamais dit. Mais j'étais plus vieux que toi, quand j'ai choisi ce métier.

— Ma mère dit que c'est dangereux.

Liam tendit la main pour qu'il lui donne un clou.

— Je ne vais pas te dire que ça ne l'est pas. Mais sache que les pompiers suivent une formation justement pour apprendre à se protéger du danger. De plus, ils font un stage d'un an après leurs études.

— Il faut faire des études pour être pompier ? demanda Craig, visiblement surpris.

— Bien sûr. Il y a énormément de choses à savoir sur les types d'incendies et les mesures de sécurité. Sans compter les soins à apporter aux blessés. Tous les pompiers suivent cette formation. Si tu veux, je pourrais demander aux pompiers de Loon Lake s'ils veulent bien que tu visites la caserne. Comme ça, tu verras l'effet que ça fait de s'asseoir dans le camion.

— C'est vrai ? Ce serait cool ! s'exclama Craig, tout souriant, en lui tendant un autre clou.

— Alors, je vais contacter la caserne.

— Mlle Ellie dit que vous vivez à Boston. C'est là que vous habitez ?

— Oui. Mon père et mon grand-père étaient pompiers à Boston. Ce sont eux qui m'ont donné envie de m'engager.

— Mon père est avocat. Ton père est toujours pompier ?

— Non, il est à la retraite.

À la retraite depuis plusieurs années, même, mais cela lui faisait toujours aussi bizarre de le dire. Il avait toujours pensé que son père resterait au poste jusqu'à ce qu'on le mette à la porte. S'était-il laissé convaincre par Doris de prendre sa retraite ? Liam aimait bien la nouvelle femme de son père. C'était un peu gênant, au début, de voir son père avec quelqu'un d'autre que sa mère, mais à présent il se réjouissait qu'ils aient trouvé le bonheur ensemble.

— Et ta mère ? Tu pourrais lui demander ? Peut-être

qu'elle pourrait parler avec la mienne et lui dire que c'est un bon métier, suggéra Craig.

— Hélas, ça ne va pas être possible, mon grand. Ma mère est morte.

— D'un cancer ?

— Oui.

Le petit garçon hocha la tête et parut soudain beaucoup plus âgé qu'il ne l'était en réalité.

— Ça craint, marmonna-t-il.

— Tu l'as dit.

— Mais Mlle Ellie dit toujours qu'on ne doit pas avoir peur de vivre parce qu'on a un cancer. Car sinon, on n'aurait pas de vie.

Les mots de Craig résonnaient toujours dans l'esprit de Liam lorsqu'il se mit à ranger après le départ du petit garçon. Ellie avait bien sûr raison. Elle savait cela d'expérience, elle qui avait dû lutter contre la tendance de ses parents à la surprotéger, y compris après cinq années de rémission.

— Hé Liam ! lança soudain une voix masculine derrière lui. Merci pour ton aide !

— Pas de souci, Brody, ça m'a fait plaisir.

— Sans compter qu'Ellie te sera sûrement très reconnaissante, ce qui n'est pas négligeable, précisa Brody en riant.

Liam ne tenta même pas de le nier. C'était précisément le but recherché.

— On dirait que vous ne vous ennuyez pas, Mary et toi, avec votre fils, fit-il remarquer en désignant un bambin aux cheveux bouclés qui en poursuivait un autre sous l'œil attentif de sa mère.

— Oui, Elliott n'est pas de tout repos ! Quand il

ne dort pas, il est à fond. Il n'y a pas de juste milieu, expliqua Brody en regardant le petit garçon avec autant d'amour que de fierté.

Liam savait par Ellie que Brody avait adopté le jeune fils de Mary, issu de sa précédente relation avec le demi-frère de Brody, Roger, qui n'avait jamais rien voulu savoir de l'enfant.

— Par chance, il a beaucoup d'espace pour dépenser son énergie, dans votre ferme, reprit Liam. Meg m'a expliqué que vous hébergiez des jeunes en famille d'accueil pendant les vacances d'été.

Brody se mit à rire.

— Et dire qu'au départ j'avais choisi ce coin pour son calme et son isolement !

Liam ne savait pas grand-chose de Brody, hormis ce que Meg et Ellie lui en avaient dit. À savoir qu'il avait traversé des moments difficiles lorsqu'il était dans l'armée, ce qui expliquait le besoin qu'il avait eu, à son retour à la vie civile, de s'isoler pour retrouver sa paix intérieure.

— Oui, la vie est pleine de surprises, parfois, fit-il remarquer. Que s'est-il passé ?

— Eh bien, Mary et Elliott sont arrivés, répondit Brody avec tendresse. Je sais que ça peut paraître banal, mais ils m'ont donné envie de me dépasser pour rendre ce monde meilleur.

Brody avait le même regard que Riley lorsque ce dernier parlait de Meg. Peut-être y avait-il, dans l'eau du lac qui avait donné son nom à la ville, quelque chose de magique qui changeait les gens ?

— Et donc vous avez créé ce camp d'été, reprit-il.

— C'était l'idée de Mary, au départ, mais on peut dire que je m'en suis emparé. J'ai même pris contact avec des anciens combattants désireux de nous aider à encadrer les enfants ou tout simplement de renouer avec la nature. Tu n'imagines pas à quel point regarder le ciel ou des alpagas en train de grignoter des carottes peut être apaisant !

Liam repensa soudain à la remarque que Craig lui avait faite durant leur conversation.

— Renouer avec la nature pourrait aussi faire beaucoup de bien aux gamins malades, fit-il remarquer. Ellie m'a dit que cela pouvait être difficile pour eux, ne serait-ce que de redevenir des enfants, même lorsqu'ils sont en rémission.

Brody hocha la tête, visiblement intéressé.

— C'est une chouette idée, dit-il. Les plus âgés pourraient même encadrer les plus jeunes et leur réapprendre à vivre après un cancer. J'en parlerai à Mary.

À cet instant, Elliott s'approcha de Liam en trottinant.

— Allez hop ! dit-il en levant les bras.

— Allez hop ? répéta Liam en regardant Brody d'un air perplexe.

Brody ébouriffa les cheveux d'Elliott.

— Désolé, mon grand, je crois que Liam ne comprend pas ton langage.

Le petit garçon se mit à sautiller sur place.

— Allez hop ! Allez hop ! répéta-t-il en riant.

— Ça veut dire « dans les bras », expliqua Brody en riant lui aussi.

— D'accord, répondit Liam en soulevant le bambin, ravi, et en le calant sur sa hanche. Ça ne ferait pas de mal à ce petit d'avoir un frère ou une sœur, non ?

— Mary et moi y pensons. Mais jusqu'à maintenant nous avons été trop occupés avec le camp.

— Aller papa ! gazouilla Elliott en s'agitant dans les bras de Liam.

— Oui, oui, c'est ton père.

Liam resserra son étreinte, et une sensation de chaleur se répandit dans sa poitrine en sentant ce petit corps contre lui. Il réalisa à quel point cela devait être agréable d'avoir sa propre famille…

— Ah, tu veux aller dans les bras de ton papa, maintenant ? demanda Liam.

Elliott lui adressa un grand sourire en désignant son père.

— Aller papa !

Liam le donna à Brody, et le bambin s'accrocha aussitôt au cou de son père.

— Papa…, murmura Elliott en frottant son visage contre la poitrine de Brody.

— Oui, je suis ton père, ça s'est sûr, répondit Brody en lui tapotant le dos avant de se tourner vers Liam. Il commence à parler mais il ne sait pas encore prononcer son prénom.

Liam se mit à rire.

— J'essaie d'apprendre à James à dire le mien. Ça a bien marché avec Fiona mais lui, il m'appelle… « Miim » !

— C'est mignon, fit remarquer Brody en riant. Au fait, je trouve ta sœur rayonnante depuis quelque temps.

— Je suppose que Riley lui fait beaucoup de bien.

— Je comprends. Pour ma part, Mary et Elliott sont la meilleure chose qui me soit jamais arrivée, avoua Brody, l'air émerveillé. Et cela vaut aussi pour notre camp d'été. D'ailleurs, si tu veux passer, n'hésite pas. Mais attention, nous te mettrons peut-être à contribution !

— Pourquoi pas ? Ce sera avec plaisir.

Aurait-il un jour la chance de trouver le même bonheur que Brody ? Une vision d'Ellie apparut soudain dans son esprit que même le spectre de son cancer ne parvint pas à chasser.

— Merci encore pour ton aide, Liam, dit Brody en s'éloignant. J'espère que tu viendras au carnaval.

— Bien sûr.

Si cette perspective ne l'avait pas enthousiasmé au début, le temps qu'il venait de passer à aider à préparer ce carnaval l'avait fait changer d'avis.

— Hé, on dirait que tu t'intègres à merveille, dis donc ! dit Ellie, qui venait de le rejoindre.

— M'intégrer ?

— Je t'ai vu discuter avec Craig. Il voulait te rencontrer depuis que je lui ai dit que je connaissais un vrai pompier, expliqua Ellie en le prenant par le bras. Bien sûr, je faisais référence à ton père, mais je suppose que tu feras l'affaire.

— Quoi ? Comment ça, « faire l'affaire » ? s'exclama Liam, faussement vexé.

— Il t'a posé des questions sur le métier ?

— Oui. Apparemment, son envie de devenir pompier fait peur à sa mère. Même s'il est un peu jeune pour qu'elle s'inquiète à ce point.

— Les parents changent quand un enfant développe un cancer, et sa mère est restée bloquée sur le diagnostic alors que Craig va mieux. Et puis, le métier de pompier est souvent considéré comme dangereux.

Peut-être. Craig n'avait pas choisi d'avoir un cancer mais il pouvait au moins choisir son métier.

— C'est pourquoi je lui ai parlé des formations et des équipements de sécurité, expliqua-t-il. Je vais essayer de contacter mes collègues afin de l'emmener visiter la caserne.

— C'est vraiment gentil de ta part. Merci, Liam. De quoi parliez-vous, avec Brody ?

— Du camp d'été qu'ils ont créé dans leur ferme. Je lui ai parlé de Craig. Je pense que ce camp pourrait faire un bien fou aux enfants qui traversent ou ont traversé l'épreuve de la maladie.

— Tu as dit ça ? murmura Ellie, ravie.

— Oui, pourquoi ?

— Parce que c'est une excellente idée, répondit-elle avec un sourire amusé.

— Pourquoi ce sourire ? Tu lui en avais déjà parlé ?

— Oui, mais ça ne veut pas dire que ce n'est pas une bonne idée. En tout cas, j'apprécie que tu t'intéresses à nos activités.

— Je ne suis pas un égoïste, tu sais, Ellie.

Elle parut sincèrement blessée, et il regretta aussitôt ses propos.

— Je sais, répondit-elle avant même qu'il puisse s'excuser. Mary et Brody m'ont proposé de me ramener chez moi. Ça t'évitera de faire un détour.

— C'est moi qui t'ai amenée ici. C'est moi qui te ramènerai chez toi, décréta-t-il.

— Vendu ! dit-elle en consultant sa montre. Il est encore tôt. Et si je t'invitais ? On pourrait faire du pop-corn et regarder un film ? Enfin, si… si tu en as envie.

Il la prit par les épaules.

— Avec grand plaisir.

Alors que Liam la raccompagnait chez elle, Ellie fit de son mieux pour contenir son excitation. Liam ne la verrait jamais comme une adulte si elle continuait à se comporter comme une groupie amoureuse. Déjà, elle l'avait attendu assise sur les marches du perron lorsqu'il était passé la chercher. Ridicule ! Cela dit, il avait accepté son invitation. D'où le sourire complètement niais qu'elle devait arborer en ce moment même.

Il tourna dans son allée et ils passèrent devant une impressionnante maison en bois. Elle n'y était entrée qu'une fois et savait qu'elle possédait d'immenses baies vitrées offrant une vue imprenable sur le lac.

Des spots s'allumèrent automatiquement lorsque le pick-up s'approcha du vaste garage au-dessus duquel se trouvait son appartement. Elle habitait là depuis six mois, pourtant elle n'avait pas encore jamais vu son propriétaire et payait son loyer à une agence immobilière.

Liam s'arrêta à côté de sa voiture.

— Ça va si je me gare ici ? s'enquit-il.

— Très bien. Le propriétaire de la grande maison d'à côté n'est jamais là.

— Qui est-ce ?

— Ça, c'est le grand mystère de Loon Lake, répondit-elle en montant l'escalier menant à son appartement. On dit qu'elle appartient à Thayer Jones, cet ancien joueur de hockey originaire de Loon Lake. Mais personne n'en est vraiment sûr. Même Tavie Whatley !

— Alors, c'est vraiment un mystère, répondit Liam en riant.

— J'avoue que si Tavie n'est pas au courant, alors personne ne peut l'être.

Âgée d'environ soixante-dix ans, Tavie Whatley tenait la grande épicerie de Loon Lake et rien de ce qui se passait dans la ville ne lui échappait. Tavie et son mari, Ogle, n'étaient pas seulement des figures incontournables de la communauté, ils étaient aussi d'indéfectibles soutiens de sa vie associative. Brody qualifiait affectueusement Tavie de « dictatrice bienveillante » de Loon Lake.

Elle déverrouilla la porte et ils entrèrent dans la cuisine, qui était petite mais bien agencée. Elle aimait ses placards gris clair, son évier de style rustique et ses étagères ouvertes fixées au-dessus du plan de travail en bois. Un bar séparait la cuisine du salon, et un petit couloir menait à la chambre et à la salle de bains.

— Je te ferais bien visiter, mais il n'y a vraiment pas grand-chose d'autre à voir… hormis ma chambre, dit-elle.

Elle s'éclaircit la gorge. Pourquoi la simple idée de montrer sa chambre à Liam l'embarrassait-elle à ce point ? Son lit était fait et il n'y avait pas d'ours en peluche en vue. Bref, c'était une vraie chambre d'adulte. Craignait-elle qu'il y voie une invitation ?

— Ça te dirait un peu de pop-corn ? proposa-t-elle vivement.

— Super. Tu as besoin d'aide ?

— Non merci. Je m'en occupe, dit-elle en lui tendant la télécommande. Choisis-nous un film, pendant ce temps-là.

Tout en sortant ustensiles et ingrédients des placards, elle l'observa du coin de l'œil tandis qu'il se laissait tomber sur le canapé. Il ne fallait pas qu'elle se fasse des idées. Liam et elle allaient juste regarder un film assis côte à côte. En amis.

Elle régla la minuterie du micro-ondes et regarda de nouveau Liam. Depuis quand son canapé était-il devenu si petit ?

— Qu'as-tu envie de regarder ? demanda-t-il en

parcourant le menu de la plate-forme de streaming à laquelle elle était abonnée.

— Que dirais-tu de ce nouveau film d'action avec Machin-Truc ?

Il esquissa un sourire.

— Tu es médium ? C'est justement celui que je voulais voir.

— Encore un exemple de mes superpouvoirs ! répliqua-t-elle en riant.

Lorsque la sonnerie du micro-ondes retentit, elle sortit le plat et sala les pop-corn. Elle tendit le bol à Liam et s'assit à son côté.

— Prête pour la séance ciné ? demanda-t-il.

Elle lui jeta un pop-corn qu'il attrapa habilement dans sa bouche. Satisfait de sa prouesse, il posa le bol sur la table basse, lança le film et se tourna vers elle en souriant.

Lequel des deux prit l'initiative ? Elle n'en avait aucune idée. Toujours est-il que leurs lèvres se rencontrèrent dans un baiser plus que prometteur. Au point qu'elle en oublia complètement le film.

Alors qu'il inclinait son visage vers le sien, la musique du générique envahit le salon. Elle s'écarta brusquement.

— Désolée, murmura-t-elle.

— Eh bien, pas moi, répondit-il en attrapant une longue mèche qui barrait son visage et en la coinçant derrière son oreille.

Il se cala au fond du canapé et l'attira contre lui.

Elle se blottit contre son épaule et fit de son mieux pour se concentrer sur le film. Ce qui n'était pas facile étant donné la chaleur de son corps et son parfum…

Alors que le générique défilait sur l'écran, il prit un livre posé sur la table.

— On dirait un manuel scolaire, dit-il.

— Oui, c'est pour mon diplôme de spécialisation.

— Tu penses quitter Loon Lake un jour ?

— Quoi ? Non, pas du tout !

Il n'était pas question pour elle d'abandonner les gens qui avaient été présents pour elle et ses parents quand ils en avaient eu besoin.

— J'aime vivre à Loon Lake, ajouta-t-elle.

— Et tu pourrais exercer cette spécialisation à l'hôpital ?

— Sans doute, mais un centre de soins spécialisés devrait bientôt voir le jour et j'espère y travailler comme infirmière praticienne. Si je m'y prends bien, j'aurai mon diplôme de gérontologie quand la construction sera terminée.

— Un centre de soins spécialisés ?

— Une maison de retraite, précisa-t-elle avec un sourire.

— C'est du langage infirmier ? demanda-t-il en haussant un sourcil d'un air suggestif.

— Pourquoi ? Ça t'excite ?

— Uniquement si c'est toi qui l'emploies, répondit-il en reposant le livre. Tu sais ce que tu veux, apparemment.

— J'ai envie d'aider les gens auprès de qui j'ai grandi. Rendre à cette communauté ce qu'elle m'a donné. Jamais je n'oublierai la façon dont tout le monde s'est mobilisé quand j'étais malade.

Mince… Elle n'aurait peut-être pas dû évoquer le passé, comme ça, de manière aussi sentimentale.

Liam ne fit aucun commentaire, se contentant de passer un bras autour de son épaule. Elle se détendit contre lui.

— Et toi ? J'ai entendu dire que tu étais déterminé

à faire une aussi belle carrière que ton père au sein des pompiers.

— C'est l'idée. Il y a des chances que je passe capitaine. Mon père a été l'un des plus jeunes de sa brigade. J'espère suivre son exemple.

— Mais d'ici là, peut-être que tu te laisseras convaincre que Loon Lake est un endroit où il fait bon vivre, dit-elle d'un ton léger, alors qu'elle savait très bien qu'elle s'exposait à une déconvenue.

Seulement elle avait peut-être besoin de s'entendre dire les choses pour éviter de se faire trop d'illusions.

— Je ne crois pas, répondit-il. La caserne de Loon Lake fonctionne en grande partie grâce à des pompiers bénévoles.

— Et qu'est-ce qui te gêne, là-dedans ?

— Cela ne me gêne pas. C'est le seul moyen d'avoir une protection à plein temps dans une petite ville comme celle-ci. Mais en ce qui me concerne, cela ne m'intéresse pas.

Évidemment. C'était bien ce qu'elle craignait. Riley Cooper et Brody Wilson avaient peut-être adopté le mode de vie paisible de Loon Lake, mais Liam n'était clairement pas prêt à cela.

- 4 -

Liam coupa le contact et prit la boîte de pizza posée sur le siège passager avant de sortir de son pick-up. Cela faisait trois jours, depuis la préparation du carnaval, qu'il n'avait pas vu Ellie. Levant les yeux vers sa fenêtre, il vit qu'elle était ouverte et sourit. Elle était là.

Lorsqu'elle l'avait remercié par texto d'avoir emmené Craig visiter la caserne, il avait suggéré qu'ils se voient pour dîner. Elle avait proposé de cuisiner, mais sachant qu'elle serait fatiguée après sa journée aux urgences, il avait insisté pour apporter une pizza.

Il avait gravi la moitié des marches lorsqu'elle apparut dans l'embrasure de la porte. Comme si elle l'attendait et était, elle aussi, impatiente de le voir…

Du calme. Ne tire pas de conclusions hâtives.

Ils étaient des amis qui aimaient passer du temps ensemble. Rien de plus.

— Salut, toi, dit-elle en lui souriant.

Sa tenue, un T-shirt et un short qui mettaient en valeur ses longues jambes fuselées, lui donna des ailes.

Lorsqu'il fut près d'elle, il resta bouche bée en voyant qu'elle était pieds nus. Qui aurait cru que de simples pieds nus pouvaient être aussi sexy ? Jusque-là, il avait toujours considéré ces extrémités comme purement utilitaires. Il contempla ses ongles peints en violet jusqu'au moment où elle lui demanda si tout allait bien.

— Euh… oui. Salut, parvint-il à articuler.

Lorsqu'elle voulut lui prendre la boîte, il la tira vers lui au lieu de la lâcher, et Ellie suivit le mouvement. Se penchant en avant, il lui effleura doucement les lèvres. Après avoir pensé à elle toute la journée, il était incapable de résister et, puisqu'une boîte les séparait, ce baiser ne risquait pas de dégénérer. Oui. Il contrôlait totalement la situation.

Elle inspira longuement lorsqu'ils se séparèrent.

— C'était quoi, ça ? murmura-t-elle.

— Un petit bonjour amical, pourquoi ?

Une lueur indéchiffrable passa dans le regard d'Ellie.

— Eh bien, entre, dit-elle en prenant la pizza.

Elle posa la boîte sur le plan de travail de la cuisine, où se trouvait une bouteille de vin. Lorsqu'elle se hissa sur la pointe des pieds pour attraper des assiettes, son T-shirt remonta, découvrant le bas de son dos. Il saisit la bouteille de vin pour résister à la tentation de vérifier si sa peau était aussi douce qu'elle en avait l'air.

— J'ai de la bière au frais, si tu préfères, dit-elle.

— Non merci, répondit-il, se forçant à détourner le regard. Du vin, ça ira.

Elle posa les assiettes sur le comptoir avant de remettre en place son T-shirt.

— Monsieur a des goûts de luxe.

— Moi, des goûts de luxe ? Ellie, ce n'est qu'une bouteille à deux dollars.

— Oui, mais c'est une très bonne année, fit-elle remarquer en posant des serviettes sur les assiettes.

— J'ai vu.

— Tu es connaisseur ?

— Disons que je connais par cœur le rayon vins du supermarché.

Lorsqu'elle leva les yeux au ciel, il en profita pour l'embrasser sur le nez.

— Et celui-là, c'était quoi ? demanda-t-elle.

— Pour te châtier de ton impertinence. Maintenant que cette question est réglée, si on mangeait ? Je meurs de faim.

— Tu veux manger au bar ou sur la table du salon ?

— Je peux choisir entre la salle ou la terrasse ? Comme chez Angelo ?

— Exactement comme chez Angelo, oui… mais sans les petites lumières féeriques, le service à l'assiette ou les cannoli. Alors, salon ou cuisine ?

— Salon. C'est ce que je fais chez moi, répondit-il en prenant la pizza tandis qu'elle lui emboîtait le pas avec les assiettes. Alors, comme ça, pas de cannoli ?

Elle posa le tout sur la table basse puis claqua des doigts.

— En fait, j'en ai ! Au congélateur. Il suffit de les laisser décongeler pendant que l'on mange la pizza.

— Quoi ? Des cannoli *surgelés* ?

— Monsieur est aussi un spécialiste des cannoli ?

Il leva les mains en l'air comme s'il rendait les armes.

— Bon, j'accepte, mais uniquement parce que tu n'as jamais goûté ceux de Mike, dit-il.

— Ceux de Mike ? fit-elle en allant sortir la boîte du congélateur.

— C'est une pâtisserie du quartier nord de Boston, qui vaut vraiment la peine de braver les embouteillages, expliqua-t-il. Je t'apporterai des cannoli dignes de ce nom, la prochaine fois que je reviendrai.

— Merci, mais en attendant, nous nous contenterons de ceux du supermarché, dit-elle en s'asseyant sur le canapé.

Il s'assit à son tour, prenant soin de ne pas la coller. Au cas où il en viendrait à faire quelque chose qu'il risquait de regretter ensuite. *N'empêche qu'elle a apprécié le baiser de tout à l'heure*, lui rappela une petite voix intérieure tandis qu'elle garnissait les assiettes de parts de pizza.

— Tiens, il y a un service à l'assiette, finalement, remarqua-t-il, pliant sa part en deux avant d'en croquer une bouchée.

— Au fait, je n'ai pas eu l'occasion de revoir Craig mais il paraît qu'il était sur un petit nuage après avoir visité la caserne. Merci encore d'avoir organisé ça.

— Cela m'a fait plaisir.

D'autant que cela lui avait donné un prétexte pour la revoir.

— Ah. J'allais oublier, ajouta-t-il, en posant son assiette. Craig m'a fait promettre de te montrer ça.

Sortant son téléphone, il parcourut rapidement les photos avant de s'arrêter sur celle de Craig en tenue de pompier.

— Incroyable, un pompier miniature ! s'exclama Ellie. Comment se fait-il que la tenue soit parfaitement à sa taille ?

Il haussa les épaules, heureux d'avoir réussi à faire briller ses yeux.

— Les pompiers de Loon Lake m'ont dit qu'ils avaient des collègues qui avaient fait faire une tenue taille enfant pour *Make A Wish*, tu sais, cette émission qui réalise les vœux d'enfants malades. J'ai contacté les collègues en question et ils m'ont prêté la tenue.

— Merci, murmura-t-elle en l'embrassant sur la joue.

— Tout le plaisir a été pour moi. Craig est un garçon adorable, répondit-il, réalisant qu'il avait une envie folle de tourner la tête pour lui voler un baiser.

Elle prit une autre part de pizza mais la laissa dans son assiette sans y toucher.

— Tiens, où est passée la télécommande ? demanda-t-elle. Normalement, elle est toujours posée là, sur la table basse.

— C'est de ça que tu parles ? dit-il en lui fourrant la télécommande sous le nez, s'efforçant de ne pas rire en voyant son expression.

Elle essaya de la lui prendre des mains, mais il la garda hors de sa portée. Son T-shirt s'était relevé lorsqu'elle avait levé les bras. Une fois de plus, son corps réagit au quart de tour… et il fit de son mieux pour se contrôler.

— Je voudrais voir les films que tu as mis en favoris, dit-il en riant, pointant la télécommande vers l'écran. Tiens, tiens, mais que vois-je ? Ne serait-ce pas une comédie romantique ?

À cet instant, elle plongea sur la télécommande mais, ratant sa cible, atterrit à plat ventre sur ses genoux. Tandis qu'elle tentait de se redresser, il la prit dans ses bras. Elle plongea son regard dans le sien lorsqu'il inclina son visage vers elle. Il la sentit se contracter mais très vite elle se détendit, s'abandonnant contre lui lorsqu'il l'embrassa. Il s'attarda sur ses lèvres au goût de cerise, puis lui mordilla le lobe de l'oreille avant d'enfouir la tête dans son cou.

Soudain, la chanson *Bohemian Rhapsody* retentit à plein tube dans la cuisine.

— Qu'est-ce que c'est ?

— Mon téléphone, répondit-elle

Il la lâcha, mi-soulagé, mi-agacé. Que lui prenait-il de flirter avec Ellie ? C'était l'amie de Meg et… son amie. Voulait-il vraiment gâcher tout ça ?

Soudain, il se sentit suffoquer comme si l'air avait soudain disparu de la pièce. La musique inimitable du groupe Queen n'avait pas cessé.

— Tu connais tes classiques, dis donc, fit-il remarquer lorsqu'il parvint à reprendre sa respiration.

Ce n'était pas du tout ce qu'il voulait dire, mais mieux valait dire une platitude que ce qu'il avait en tête.

— C'est la meilleure chanson que je connaisse, répondit-elle, prenant appui sur les coudes et les mains pour s'extraire de son étreinte.

Par miracle, elle ne toucha pas ses parties intimes. Il se cala sur le canapé, réajustant discrètement son jean. Ouf ! Il l'avait échappé belle…

Ellie se dirigea vers la cuisine, se demandant si elle devait se réjouir de cette interruption. Elle serait bien allée plus loin, avec Liam, mais elle n'avait pas envie d'être une aventure d'un soir. De plus, la vitesse à laquelle il s'était écarté d'elle trahissait peut-être sa peur. Dans ce cas, c'était peut-être mieux ainsi.

Elle jeta un œil à l'écran de son téléphone. C'était la mère de Craig. Elle écouta poliment son interlocutrice mais resta concentrée sur Liam, qui semblait absorbé par la télévision. S'était-il, comme elle, laissé emporter par le plaisir de l'instant ?

Après avoir promis à sa correspondante de remercier Liam de sa part, elle raccrocha. Tirant sur le bas de son T-shirt, elle regagna le salon.

— C'était la mère de Craig. Elle te remercie d'avoir organisé cette visite pour son fils. Elle a adoré la photo. On devrait finir la pizza avant qu'elle refroidisse.

Il s'éclaircit la gorge.

— Je vois que tu as *Seinfeld* dans tes favoris. Tu veux en regarder quelques épisodes ?

— Bonne idée. Tu connais la série ?

— Non, mais j'en ai beaucoup entendu parler. Elle est aussi géniale qu'on le dit ?

— Encore plus !

Allaient-ils faire comme si rien ne s'était passé ?

— Liam, on pourrait peut-être… euh… parler de…

— Tu as besoin d'en parler ?

Elle haussa les épaules. Valait-il mieux en parler ou ne rien dire ?

Il lui effleura l'épaule.

— Je ne te vois pas comme un coup d'un soir, si c'est ça qui t'inquiète, dit-il.

— Oh ! mais je ne m'inquiétais pas, répondit-elle en riant.

— Approche, murmura-t-il en l'attirant contre lui. Voyons voir ce que donne cette série.

Elle sourit, apaisée. Ce n'était peut-être qu'une soirée télé et pizza, mais elle chérirait longtemps ce moment passé avec Liam. Ce n'était pas ce qu'ils faisaient, mais le fait d'être ensemble qui comptait.

Lorsque l'épisode fut terminé, il se tourna vers elle.

— Y a-t-il un chemin qui mène au lac ? s'enquit-il.

— Oui. Non seulement ce chemin est charmant mais il y a un pavillon de jardin avec une balançoire. J'y vais parfois pour me détendre. J'adore être en contact avec la nature.

Il se frotta le menton, l'air sceptique.

— J'avoue que c'est une soirée idéale pour être en contact… euh… avec la nature, fit-il remarquer.

Elle lui donna une tape sur l'épaule.

— Arrête tes bêtises, tu veux ? Bon ! Je vais chercher mes chaussures et un pull.

— Un pull ? Ellie, on est en août…

— Pour ton information, je n'ai pas la même masse corporelle que toi et parfois, il fait frais au bord de l'eau. Même l'été.

— Tu veux dire que je suis protégé par ma graisse ?

— Pas du tout ! répliqua-t-elle en riant.

— Très bien. Va t'emmitoufler, alors. Pendant ce temps je vais ranger, dit-il en désignant la table basse.

— OK. Et merci pour le rangement.

Dans la chambre, elle enfila ses baskets, sortit un cardigan de son placard et rejoignit Liam.

— Tu ne fermes pas à clé ? demanda-il, voyant qu'elle se contentait de claquer la porte de l'appartement.

— Pour une simple balade au lac ?

— Mais c'est…

— Loon Lake. Pas Boston.

— J'espère que tu ne fais pas ça quand tu es seule.

— Je me balade rarement tard le soir. Comme ma chambre donne sur le lac, j'ouvre la fenêtre pour écouter les cris des huards. J'adore ces oiseaux.

Des torches d'extérieur balisaient le chemin couvert d'un revêtement de coquillages écrasés. Dans les buissons, les cigales leur chantaient la sérénade.

— Meg aussi adore écouter le cri des huards la nuit, quand ils appellent leurs compagnons, reprit Ellie alors qu'ils approchaient du lac.

— Comme notre mère. Elle nous emmenait souvent au bord du lac.

Ellie lui prit la main.

— Je sais qu'elle vous manque à tous les deux.

Alors qu'elle allait ôter sa main, il la serra plus fort.

— Quand j'étais enfant, je trouvais ces promenades atrocement ennuyeuses, avoua-t-il. Je ne voyais pas l'intérêt de rester planté là à écouter les bruits de la nuit. Ma mère me disait toujours que cela me ferait des souvenirs pour plus tard. Je donnerais n'importe quoi aujourd'hui pour la remercier. Comme j'aurais dû le faire à l'époque…

— Je ne pense pas que ta mère s'attendait à ce que tu la remercies, tu sais. Mais elle t'a transmis cette expérience pour t'offrir une enfance heureuse et pour te sécuriser. Tout comme tu le feras un jour pour tes enfants.

— Je sais que je l'ai déçue en choisissant de suivre la formation de pompiers au lieu d'aller à l'université.

— Je suis sûre qu'elle voulait que tu sois heureux dans ton métier. Elle était fière de toi.

Elle lui jeta un regard inquiet. Comment pouvait-il douter de lui à ce point ? Elle s'arrêta en voyant le scepticisme qui s'était peint sur ses traits.

— C'est vrai, tu sais, reprit-elle. Elle a dit à ma mère qu'elle était fière de toi pour l'avoir aidée à s'occuper de Meg et Fiona.

Il haussa les épaules.

— C'était normal.

— Mais tu as mis ta vie entre parenthèses le temps que Meg finisse ses études, lui fit-elle remarquer, espérant qu'il cesse de se dévaloriser ainsi.

— Mettre ma vie entre parenthèses ? Tout ce que j'ai

fait, c'est quitter un studio minuscule meublé de bric et de broc pour revenir à la maison. Tu parles d'un sacrifice !

— Tu l'as fait pour aider ta mère et ta sœur. Ce n'est pas rien.

— Quand Meg a eu son bébé, ma mère s'en est occupée le temps que Meg finisse ses études. Mais elle est tombée malade et Meg a voulu abandonner. Je ne pouvais pas la laisser faire ça. J'avais déjà déçu ma mère en rejoignant les pompiers avant de passer mon diplôme.

— Mais pourquoi ne veux-tu pas croire qu'elle était fière que tu aies aidé ta sœur ? demanda-t-elle en serrant sa main plus fort.

— Ce que je regrette, surtout, c'est de ne pas en avoir fait beaucoup plus pour elle.

— Je sais ce que c'est d'avoir un cancer, et je peux te dire que ça l'a forcément soulagée que tu l'épaules de cette façon.

— Vraiment ?

— Vraiment.

Arrivés au petit pavillon de jardin, ils s'assirent côte à côte sur la balançoire suspendue aux poutres du toit. La main toujours dans la sienne, Liam mit la balançoire en mouvement du bout du pied.

— Il est super, ton appartement. Comment l'as-tu trouvé ? demanda-t-il.

— Par le biais d'un agent immobilier dont je m'étais occupée aux urgences. Hormis le fait que l'appartement est un peu excentré et isolé, il est parfait.

— C'est vraiment calme, en tout cas. Et tu penses rester longtemps, dans cet appartement ?

— Pour l'instant, oui. Quand j'étais petite, nous vivions à côté de chez mes cousines. C'était une joie pour moi d'avoir des camarades de jeu, d'autant que j'étais fille unique. Mes cousines et moi sommes toujours aussi proches, aujourd'hui. Si je me marie un jour, j'adorerais vivre auprès d'elles pour que nos enfants grandissent ensemble.

Elle n'ajouta pas qu'elle se serait bien vue vivre avec lui et leurs deux enfants à côté de chez Meg…

— Pourquoi *si* ? demanda-t-il. Tu as l'intention de consacrer toute ta vie à ta carrière ?

— Non. J'adorerais me marier, mais il faut d'abord que quelqu'un me le demande. De plus, je ne suis même pas sûre de pouvoir tomber enceinte.

C'était, hélas, un fait. Que se passerait-il si elle rencontrait un homme qui voulait des enfants et qu'elle se révélait incapable de les lui donner ?

— À cause du cancer ? demanda-t-il.

— Oui. Enfin, à cause des traitements. Les médecins disent que c'est possible, mais entre « possible » et « probable », il y a une marge.

— Alors j'espère que cela se produira si c'est ce que tu veux.

— J'ai appris à ne pas me mettre la pression sur ce que je ne peux pas contrôler, dit-elle en haussant les épaules. De plus, il y a d'autres moyens. Depuis que je suis amie avec Mary, j'ai beaucoup réfléchi à l'idée d'être famille d'accueil ou de m'impliquer dans le camp d'été de Mary et Brody une fois qu'ils auront mis en place le tutorat entre pairs.

— Une super idée, c'est vrai. Celui qui l'a eue doit être un génie.

— Sans aucun doute !

- 5 -

Le lendemain de son dîner avec Liam, Ellie s'apprêtait à quitter l'hôpital lorsqu'on l'interpella.

— Hé, Ellie ! Tu fais quelque chose ce soir ?

Elle se retourna. C'était Colton. Mike et lui avaient déposé un homme en détresse cardiaque juste à la fin de son service. Par chance, sa collègue de nuit était arrivée et avait pu prendre le relais.

Elle haussa un sourcil.

— Pourquoi ? Tu as perdu le numéro de téléphone de la technicienne en radiologie ?

— Tu ne vas pas me reprocher ça, si ? marmonna-t-il, penaud.

— Non. Tu ne travailles pas ?

Colton était beau garçon. La plupart des femmes auraient été heureuses de sortir avec lui. Mais il avait un gros défaut : il n'était pas Liam.

— Je termine mon service dans une heure, répondit-il. On pourrait peut-être…

Bohemian Rhapsody le coupa en pleine phrase. Pour une fois, elle se réjouit de l'interruption, d'autant que c'était Liam.

— Désolée, dit-elle. Je dois prendre cet appel.

Elle se sentit un peu coupable mais elle se rappela que Colton n'avait pas hésité à l'appeler pour lui demander le numéro d'une autre femme.

— Salut, dit Liam. Tu as déjà quitté l'hôpital ?

— Non. Il y a un problème ?

— Pas du tout. J'espérais juste t'attraper au vol avant que tu n'arrives chez toi. Mon père et Doris sont arrivés cet après-midi, et on organise un petit barbecue en famille. Ça te dirait de venir ?

— Mais si c'est en famille…

— Tu *es* de la famille. Allez, dis oui. Tu sais que tu en as envie…

Elle serra le téléphone plus fort. Bien sûr qu'elle en avait envie. Mais elle craignait aussi de s'exposer à de nouvelles déceptions si elle s'impliquait trop avec Liam. Elle jeta un œil à son chemisier. Il était propre mais c'était un chemisier… plus tout neuf.

— Je ne suis pas habillée pour, dit-elle.

— Ellie, c'est un barbecue. Pas un cocktail mondain.

— OK. Qu'est-ce que je peux apporter ?

— Juste ta mignonne petite personne.

À cet instant, le talkie-walkie de Colton grésilla.

— Je dois y aller, dit-il. À plus tard, Ellie.

Elle le salua d'un signe de la main.

— Qui est avec toi ? demanda Liam.

— Colton.

— L'ambulancier ?

— Oui. Ils ont amené un patient à la fin de mon service. Il vient d'être appelé pour une urgence. Mais ce sera sans moi. Mon service est terminé.

— Donc, à tout de suite ?

— J'arrive.

Liam rangea son téléphone dans sa poche et traversa le jardin pour regagner la maison de sa sœur. Il jeta un coup d'œil à sa montre. Dans combien de temps Ellie serait-elle là ? Qu'est-ce que Colton lui voulait ? Il trébucha sur une racine.

— Ellie vient ? lui demanda Meg en déposant condiments, ustensiles et assiettes sur la table de la terrasse.

— Oui. Elle quitte l'hôpital à l'instant.

C'était Meg qui avait eu l'idée d'inviter Ellie – elle affichait d'ailleurs un sourire satisfait. Sauf qu'elle était à côté de la plaque puisque Ellie et lui s'étaient mis d'accord pour aller dans son sens pour qu'elle leur fiche la paix.

— Tu as des bières, sœurette ?

— Au réfrigérateur. Tiens, prends-en une pour moi et ne la secoue pas.

Il leva les yeux au ciel.

— Je n'ai plus douze ans, marmonna-t-il.

— Non, mais c'est tout comme.

— Continue comme ça et tu pourras aller chercher ta bière toi-même.

— Et tu pourras aller chercher la tienne à l'épicerie, répliqua-t-elle, posant les mains sur ses hanches.

Il y eut un claquement de porte. Leur père apparut sur la terrasse et les regarda, les bras croisés sur sa poitrine.

— Quel âge avez-vous, tous les deux ?

— C'est elle qui a commencé !

— Non, c'est lui !

Sortant de la maison, Doris les rejoignit. Leur père l'intercepta, glissant un bras autour de sa taille. Les regards qu'ils échangèrent semblaient proclamer qu'il y avait bel et bien de l'espoir pour tous les cœurs brisés dans cette vie. Sauf que l'on pouvait aussi s'arranger pour ne jamais avoir le cœur brisé. Ce qui était quand même nettement mieux.

La femme de son père – il avait du mal à considérer Doris comme une belle-mère – avait perdu son mari et son unique enfant dans un accident de voiture causé par un chauffard ivre. Et pourtant, elle avait retrouvé le bonheur avec son père et chérissait Fiona et James comme si elle était leur vraie grand-mère. C'est pourquoi Liam ne pouvait que se réjouir de ce mariage. Depuis que son père avait pris sa retraite, Doris et lui s'étaient offert un camping-car et passaient une bonne partie de l'année à voyager.

Doris tendit le baby phone à Meg.

— James dort à poings fermés, dit-elle.

— Merci pour ton aide, Doris, murmura Meg en l'étreignant.

— Tout le plaisir est pour moi. Bon, je dois finir ma salade de pâtes. Mac, tu viens m'aider ?

— Avec joie, ma chérie, répondit ce dernier en prenant Doris par la main.

Lorsqu'ils se furent enfermés dans leur camping-car, Meg posa le baby phone et s'assit à la table.

— À ton avis, ils vont faire une salade… ou autre chose ?

— Meg ! s'exclama Liam, choqué par l'horrible insinuation de sa sœur.

— Pour moi, c'est clair comme de l'eau de roche, affirma Meg, tout sourire. Au fait, tu ne voulais pas une bière ?

Il se dirigeait vers la cuisine lorsqu'une Subaru s'arrêta dans l'allée.

— Ellie est là ! annonça Meg.

Au lieu d'entrer dans la maison, il bifurqua aussitôt vers la rue.

Meg éclata de rire et il ralentit le pas. Il allait accueillir une *amie*, comme il l'aurait fait pour son collègue Nick Morretti ou n'importe qui d'autre. Sauf qu'il n'avait jamais embrassé Nick…

— Salut Ellie, content de te voir, dit-il en ouvrant la porte de la Subaru.

— Merci.

Alors qu'il prenait la main d'Ellie pour l'aider à sortir, il surprit le sourire entendu de Meg. Il lui lança un regard féroce, ce à quoi elle répondit en lui tirant la langue.

— C'est à ton père ? demanda Ellie en montrant le camping-car

— Oui, c'est Matilda.

— Il lui a donné un nom ? J'adore ! s'exclama-t-elle en riant.

Il aurait pu écouter ce rire toute sa vie…

Il tressaillit, surpris par l'emballement de ses pensées. Que lui prenait-il, bon sang ? Ils passaient un peu de temps ensemble, c'est vrai, mais ils étaient amis. Et c'était tout.

— Ellie, merci d'être venue ! lança Meg en les rejoignant. On allait prendre une bière. Tu en veux une ?

— On a aussi du vin à deux dollars, renchérit Liam avec un clin d'œil à Ellie.

— Liam ! Qu'est-ce que c'est que ces manières ? rétorqua Meg.

— T'inquiète. C'est une blague entre nous, expliqua Ellie en riant.

Une blague entre eux ? Comme dans un couple ?

Non. Les amis aussi pouvaient avoir des blagues entre eux.

Ellie se retourna en entendant des pneus crisser sur le gravier. C'était la voiture de service de Riley, estampillée du logo de la police. Elle le salua de la main.

— Tu ne m'avais pas dit que les flics étaient à tes trousses, lui fit remarquer Liam en la prenant par l'épaule.

— Peut-être que Riley a d'autres criminels à me présenter pour le mariage, répliqua-t-elle en se tournant vers Meg.

— Tu vas me rappeler ça toute ma vie ? marmonna son amie.

— Pourquoi dis-tu ça ? demanda Liam, perplexe. Meg, qu'est-ce que tu as fait ?

— Rien, bougonna cette dernière. C'est une blague entre Ellie et moi.

— En fait, le jour où tu es passé au déjeuner communautaire, ta sœur essayait de m'arranger le coup avec un type que Riley avait arrêté, expliqua Ellie. Apparemment, elle trouvait cool qu'il m'accompagne au mariage de Mary.

— Quoi ? Mais… c'est…, murmura Liam, effaré.

— T'inquiète, dit Ellie. Simple malentendu.

— Hé, vous allez me lâcher les baskets, vous deux ? leur lança Meg en sautant au cou de son mari qui venait de les rejoindre.

Ellie sourit. Liam réalisait-il à quel point il avait de la chance d'avoir une famille si unie ? L'ambiance n'était pas du tout la même dans sa propre famille, où son cancer semblait avoir détruit toute spontanéité.

Alors qu'ils se dirigeaient tous les quatre vers la table, Riley regarda autour de lui.

— Où est tout le monde ? s'enquit-il en prenant une poignée de chips. Je croyais que c'était une grande réunion de famille.

— James fait la sieste après une grosse crise de larmes, et ta fille est consignée dans sa chambre pour encore... cinq minutes, expliqua Meg après avoir consulté sa montre.

— Oh ! oh ! J'ai comme l'impression que ces deux événements sont liés, fit remarquer Riley.

— Impression justifiée, répondit Meg en lui piquant une chips. Fiona a hurlé sur James parce qu'il a jeté sa Barbie toute neuve dans les toilettes. Et James s'est roulé par terre en pleurant, sans doute parce qu'il ne pouvait pas supporter que sa sœur adorée lui hurle dessus.

— Rassure-moi, il n'a pas tiré la chasse d'eau, au moins ? demanda Riley en prenant une nouvelle poignée de chips.

— Non, heureusement. Du coup, on a envoyé G.I. Joe à la rescousse, expliqua Meg en riant avant de se tourner vers Liam et Ellie. Vous voyez à quoi vous échappez ?

Liam s'assit à la table.

— Je suis sûr que si Ellie et moi étions parents, nous contrôlerions beaucoup mieux la situation, ma sœur.

Meg leva les yeux au ciel.

— Tu es tellement ignorant, mon cher frère... Pas vrai, Ellie ?

Ellie acquiesça en souriant et s'assit sur le banc à côté de Liam, se rappelant soudain que sa relation avec lui n'était qu'une mascarade destinée à empêcher Meg de jouer les entremetteuses.

— Au secours, Riley ! J'ai les deux harpies sur le dos ! s'écria Liam en pressant Ellie par l'épaule.

— Je ne peux rien faire pour toi, désolé, répondit Riley en embrassant sa femme. Au fait, où sont Mac et Doris ?

— Dans leur camping-car. En train de préparer une salade de pâtes. Enfin, soi-disant…, ajouta Meg en pouffant.

Liam gémit, enfouissant sa tête entre ses mains. Riley éclata de rire.

— Qu'est-ce qu'il y a de si drôle ? demanda Ellie.

— Un beau matin, Liam a surpris son père qui rentrait à la maison, bizarrement débraillé, expliqua Riley. Depuis, il ne supporte pas l'idée de ce que Doris et lui peuvent faire en privé.

Liam foudroya Meg du regard.

— Tu lui as raconté…

— Bien sûr. C'est mon mari, répliqua Meg en glissant le bras sous celui de Riley.

Ellie retint un sourire. Être là aujourd'hui lui rappelait ce qu'était vraiment une famille. Des gens qui se chamaillaient, riaient, se réconciliaient. Des gens qui s'aimaient sans craindre de montrer leurs sentiments.

— Allons, mon vieux, ce n'est pas grave, dit Riley en tapotant l'épaule de Liam. Tout ça montre que ton père est toujours vert, malgré son âge. Et c'est très bien comme ça.

Liam ferma les yeux, secouant la tête.

— Pourquoi voudrais-je penser à une chose pareille ?

— Parce qu'un jour nous aussi nous aurons son âge. Bon, ras-le-bol de cet uniforme, je vais me changer.

À cet instant, Mac et Doris sortirent du camping-car. Lorsqu'ils les eurent rejoints, Doris déposa un grand Tupperware sur la table.

— Ellie, quelle joie que tu aies pu te joindre à nous ! dit-elle en l'étreignant gentiment.

— Merci de m'avoir invitée.

— C'est tout naturel, ma chérie. Tu es de la famille, non ?

Si seulement c'était vrai, songea-t-elle.

Allons ! Elle ne devait pas penser à ça car, à force de rêver, elle risquait fort d'être déçue et d'y laisser des plumes.

- 6 -

Ellie consulta sa montre. Liam n'allait pas tarder à arriver pour l'emmener au mariage de Brody et Mary. Ils avaient échangé quelques coups de fil dans la semaine qui avait suivi le barbecue. Mais tous deux avaient été trop occupés pour se voir. C'était du moins l'excuse qu'il avait avancée. Elle avait fait semblant de le croire.

Une porte de voiture claqua et elle se contorsionna pour tenter de remonter la fermeture Éclair de sa robe. Pas moyen. En soupirant, elle traversa la cuisine et ouvrit la porte.

Lorsqu'il la vit, Liam s'immobilisa au milieu de l'escalier, bouche bée.

Il portait un complet anthracite, une chemise blanche et une cravate bleu roi. Il était si sexy qu'elle se demanda quelle version de lui elle préférait : Liam en costume-cravate, Liam en jean et T-shirt ? *Ou celui en tenue d'Adam ?* ajouta une petite voix qu'elle fit taire aussitôt.

— Liam, tu es…

— Et toi, tu es… Waouh ! répondit-il en gravissant les dernières marches.

Elle avait craqué sur une robe moulante couleur crème brodée de fleurs bleu vif, et des escarpins assortis.

— Tu es sûre que nous devons aller à ce mariage ?

— Pourquoi ai-je acheté cette robe et ces chaussures, à ton avis ?

— Pour m'impressionner ?

— Ça te ferait trop plaisir ! répliqua-t-elle. Entre.

— Il y a beaucoup d'autres choses qui m'impressionnent chez toi, Ellie. Je te fais la liste ?

— J'adorerais mais je n'ai aucune envie d'être en retard au mariage de Mary, répondit-elle avec le plus de légèreté possible. Cela dit, j'ai une faveur à te demander.

— Je suis tout ouïe.

Une fois dans la cuisine, elle ramena ses cheveux sur son épaule et pivota sur elle-même pour lui présenter son dos.

— Tu pourrais remonter ma fermeture Éclair ?

Il émit un étrange gémissement, comme s'il était au bord du malaise.

— Ça va ? s'enquit-elle en regardant par-dessus son épaule

— Oui… Simplement, je n'ai pas l'habitude que mes souhaits soient exaucés si rapidement…

— Pourquoi ? Remonter ma fermeture Éclair était sur ta liste ? demanda-t-elle, sentant son sang s'échauffer dans ses veines.

— Pas la remonter, non…

Elle frémit de la tête aux pieds à cet aveu.

— Qui vivra verra, répondit-elle.

— Alors, espérons, murmura-t-il en lui caressant le dos du bout du pouce.

Elle prit une profonde inspiration et se retourna vers lui. Allait-elle se jeter à l'eau ?

— Cela dit, j'aurais peut-être besoin de toi pour baisser cette fermeture après le mariage, dit-elle d'une traite.

Une lueur de désir passa dans le regard bleu clair de Liam.

— Si tu as besoin d'aide, je suis ton homme.

— C'est noté, répondit-elle avant de s'éclaircir la gorge. Mais pour l'instant, remonte-la.

Il s'exécuta. Tandis qu'il replaçait ses cheveux, il posa le doigt sur son épaule.

— Tu as une tache de rousseur. Juste là. C'est mignon.

— Ah oui ?

Elle n'avait jamais aimé ses taches de rousseur, mais Liam ne semblait pas du même avis. Elle tourna la tête vers lui au moment où il se penchait vers son épaule. Il en profita pour lui prendre le menton et l'embrasser. Le baiser était doux et plein de promesses. Elle refoula des larmes de bonheur.

Ni l'un ni l'autre ne mentionna le baiser durant le trajet jusqu'à l'église, mais elle ne put s'empêcher de se remémorer plusieurs fois la scène.

Après la cérémonie, ils se rendirent à la réception qui se déroulait sur l'autre rive du lac.

— Quel endroit magnifique, murmura Ellie alors qu'ils traversaient le parking en direction d'une vaste tonnelle en bois surplombant le lac.

Sous les lustres scintillants, les tables, drapées de nappes blanches, étaient ornées de compositions florales et de bougies.

— C'est ce que l'on appelle une atmosphère romantique, non ? fit remarquer Liam.

Elle se mit à rire, cherchant son regard.

— Absolument, répondit-elle. Brody m'a dit qu'il voulait que Mary se sente comme une princesse le jour de son mariage.

Liam laissa échapper un sifflement admiratif.

— Tu veux dire que c'est Brody qui a imaginé ce décor ?

— Ça t'étonne ? Il y a des hommes très romantiques, tu sais… D'ailleurs, ce sont toujours ceux-là que les femmes préfèrent.

— Ah bon ?

— Allons, je plaisante. Brody est venu nous trouver, Meg et moi, et nous l'avons mis en contact avec une organisatrice de mariage.

— Comme ça, tu es une blagueuse ? dit-il avec un petit sourire.

— C'est à cause des chaussures, répondit-elle en désignant ses escarpins.

— Elles ont des superpouvoirs ? demanda-t-il, admirant au passage le galbe de ses jambes.

— Sûrement, vu la façon dont elles suscitent ton intérêt…

— Tu as toujours suscité mon intérêt, Ellie.

Elle aurait tant voulu le croire… Mais c'était sans doute une plaisanterie, et si elle se mettait à croire tout ce qu'il disait, elle risquait de le payer cher.

— Salut, vous deux ! lança Meg qui venait d'arriver en compagnie de Riley.

Les deux couples se dirigèrent vers la tonnelle, s'arrêtant pour discuter avec d'autres invités.

Ellie ne regretta pas d'avoir accepté Liam comme cavalier car, pendant le repas, il fut aux petits soins pour elle… et elle s'efforça d'ignorer le sourire satisfait de Meg chaque fois qu'elle tournait la tête dans leur direction.

Lorsque la musique commença, Liam l'invita aussitôt à danser.

Se retrouver dans ses bras était encore plus agréable

qu'elle ne l'avait imaginé… Et elle avait imaginé bien des choses au sujet de Liam au fil du temps ! Aujourd'hui, ses fantasmes étaient toutefois beaucoup plus adultes.

— Ce que tu as dit chez toi, Ellie, quand tu m'as demandé de t'aider à te déshabiller après le mariage…

— Depuis quand aider une femme à baisser le Zip de sa robe revient-il à la déshabiller ?

Il haussa les sourcils, déstabilisé.

— Sans doute ai-je fait inconsciemment le lien entre les deux…

— Inconsciemment, vraiment ? répliqua-t-elle, moqueuse, en se nichant plus étroitement contre lui.

— Ellie, lui murmura-t-il à l'oreille. Il faut que tu saches que je ne vais pas tarder à rentrer à Boston. Les travaux chez Meg et Riley seront finis d'ici une semaine, peut-être moins.

— J'ai toujours su que tu ne resterais pas à Loon Lake.

C'était douloureux, mais c'était la vérité, et elle l'avait acceptée.

— Je préfère être franc à ce sujet, ajouta-t-il.

— Je suis une grande fille. Ce n'est pas parce que je rencontre quelqu'un que ça doit se terminer par un mariage. Parfois, c'est juste pour m'amuser.

Elle vécut le reste de la soirée comme un prélude à ce qui allait suivre.

Tout le monde applaudit lorsque les jeunes mariés quittèrent la réception pour partir en lune de miel. Liam et elle restèrent encore un peu pour profiter de la soirée, puis regagnèrent leur voiture la main dans la main.

Ils ne dirent pas grand-chose sur le trajet du retour, mais la tension sexuelle était palpable, du moins pour elle. Elle lui jeta quelques regards furtifs mais il semblait concentré sur la route. Et s'il n'en avait pas envie ? Elle n'allait quand même pas se jeter sur lui…

— Ellie ? dit-il soudain, posant la main sur la sienne.

Seigneur… Allait-il lui dire qu'il avait changé d'avis ? Cherchait-il une excuse pour se défiler ?

— Je t'entends d'ici, Ellie.

— Je n'ai rien dit !

— Mais tu le pensais tellement fort…

— J'avoue.

Il lui lança un regard en coin.

— Tu as des doutes ? demanda-t-il.

— Et toi ?

— Pas du tout. Mais je respecterai ta décision.

— Alors j'aimerais que tu roules plus vite. Comme si tu avais un incendie à éteindre.

— Je dirais plutôt un embrasement, répondit-il en accélérant un peu.

Le reste du trajet parut durer une éternité.

— Toujours partante ? demanda-t-il en se garant devant chez elle.

— Plus que jamais.

Ils gravirent l'escalier main dans la main et, une fois dans l'appartement, il la prit tendrement dans ses bras.

— Douce Ellie…, murmura-t-il en écartant doucement des mèches folles de son visage. J'ai prié toute la soirée pour que tu en aies envie autant que moi.

— Moi aussi…

Il picora son visage d'une pluie de baisers et descendit dans son cou.

— J'ai pensé à tes taches de rousseur toute la journée, murmura-t-il avant de les embrasser puis de les lécher.

Elle frémit de tout son être.

Avec un grognement sourd, Liam la souleva de terre. Dès qu'ils furent dans la chambre, il lui enleva sa robe en un tournemain et la contempla un instant, ses yeux brillant de désir. Puis il l'étendit délicatement sur la couette blanche.

Se glissant à ses côtés, il lui caressa la hanche.

— Oh ! mais que vois-je ?

— Une cicatrice, répondit-elle.

— Non, d'autres taches de rousseur. Et dire qu'elles étaient cachées là pendant tout ce temps…, grogna-t-il en s'inclinant pour les embrasser.

Elle sentit ses mamelons durcir lorsque sa main s'approcha de ses seins. Frémissante, elle inspira profondément lorsqu'il se mit à frotter la paume sur son téton qui pointait à travers la dentelle du soutien-gorge.

Elle se cambra, rêvant de sa bouche sur ses seins.

D'un geste doux, il la libéra enfin de son soutien-gorge.

— Enfin…, gémit-elle.

— C'est ça que tu voulais ?

— J'ai failli l'enlever moi-même.

— Je ne savais pas que tu étais si impatiente.

— Seulement avec toi.

— Alors peut-être que tu aimeras… ça, reprit-il en se mettant à titiller un mamelon à petits coups de langue.

Lorsqu'elle retint son souffle, il se mit à sucer doucement son téton. La chaleur humide de sa bouche la fit frémir de désir.

Relevant la tête, il souffla sur le mamelon dressé. N'y tenant plus, elle se mit à déboutonner fébrilement sa chemise.

Lorsqu'il la regarda, elle vit passer dans ses yeux une lueur de désir, quelque chose d'avide et de bestial qu'elle n'aurait jamais imaginé de sa part. Elle vibra de tout son être en imaginant la suite. Apparemment, il avait hâte, lui aussi, car il ôta soudain sa chemise sans lui laisser le temps de finir. Debout, il se débarrassa de son pantalon et de son boxer puis revint à ses côtés.

Elle pressa les lèvres contre son torse, se délectant de son goût salé-sucré et de la douceur de sa peau. Mais il prit bientôt possession de sa bouche dans un baiser léger qui la laissa sur sa faim. Il dut sentir sa frustration car il glissa une main derrière son cou, attirant son visage vers le sien.

Elle ferma les yeux, goûtant le glissement humide de ses lèvres sur les siennes. Son sang circulait de plus en plus vite dans toutes les parties de son corps. Chaque battement de cœur semblait amplifier son désir. Gagnée par la fièvre, elle ouvrit les lèvres, s'offrant à l'exploration de Liam. Aussitôt il s'empara de sa bouche, et leurs langues s'entremêlèrent, attisant follement leur désir mutuel.

Sans cesser de l'embrasser, il lui caressa les seins, pinça un mamelon, puis l'autre, et une onde de plaisir la traversa de part en part. Une fois de plus, sa bouche s'empara de son sein, suçant et mordillant le téton. Mais l'autre sein réclamait la même attention, et elle se tortilla contre lui pour le lui faire comprendre.

Quand sa bouche aspira l'autre téton, elle crut qu'elle allait défaillir. Patiemment, il lui offrit les mêmes caresses, alternant toutes les gâteries possibles. Lorsque, se redressant légèrement, il souffla sur la pointe dressée, elle réagit au quart de tour, collant ses hanches aux siennes.

Glissant les bras autour de son cou, elle l'attira vers elle.

À peine se fut-il hissé sur elle qu'il l'embrassa avec

avidité, comme s'il avait attendu cet instant toute sa vie, se repaissant de sa bouche comme un homme affamé.

Soudain, il calma le jeu, revenant à des baisers plus doux, plus caressants sur les épaules et ses taches de rousseur, avant de revenir vers ses seins. Mais ce n'était qu'une étape, car bientôt il se mit à descendre le long de son ventre, léchant ici la hanche, là le nombril. Lorsque sa langue se dirigea vers sa petite culotte en dentelle, elle saisit ses cheveux à pleines mains et se cambra désespérément.

Son souffle contre sa peau lui donnait la chair de poule, et son cerveau saturé de désir semblait sombrer dans une sorte d'engourdissement. Lorsqu'il glissa la main sous l'élastique de sa petite culotte, elle n'y tint plus. Il n'eut qu'à effleurer son clitoris pour qu'elle jouisse.

À peine eut-elle repris ses esprits qu'elle entendit un froissement de papier.

— Laisse-moi faire, dit-elle en lui prenant le préservatif des mains.

Il lui tendit l'étui, suivant chacun de ses gestes avec avidité. Plongeant son regard dans le sien, il se hissa sur elle, l'étreignant avec fougue avant de la pénétrer. Se retirant comme pour prendre son élan, il la pénétra plus profondément, posant sur elle ses yeux bleus incandescents. À chaque coup de reins, il semblait s'enfoncer de plus en plus profondément, alimentant le feu qui couvait en elle.

Très vite, elle se sentit aspirée dans une spirale de plaisir d'une force telle que toute pensée cohérente disparut de son esprit, comme si elle était perdue dans un univers de sensations pures. Il accéléra la cadence et elle s'ouvrit davantage encore à ses assauts, sentant poindre la libération prochaine. Ils jouirent exactement au même moment, dans un concert de gémissements.

Après s'être levé pour aller se débarrasser du préservatif, Liam rejoignit le lit et la prit dans ses bras.

Il lui fallut un long moment pour reprendre ses esprits. Ce qu'ils venaient de partager dépassait la simple partie de jambes en l'air. Cela aurait dû l'effrayer, mais il était trop repu pour s'en inquiéter.

Elle se blottit contre lui, posant la tête sur sa poitrine.

— C'était… vraiment…

— Oui, vraiment, murmura-t-il en déposant un baiser sur son front.

— Je ne savais pas que mes taches de rousseur pouvaient faire autant d'effet, fit-elle remarquer en caressant son torse.

— Eh bien, tu avais tort.

— Je les ai toujours détestées.

— Et maintenant ?

— Peut-être un peu moins…, avoua-t-elle en riant.

— Et la cicatrice, d'où vient-elle ?

— D'une opération.

— Liée à ton cancer ?

— Indirectement. Ils ont déplacé mes ovaires pour diminuer les risques d'infertilité liés aux traitements.

— J'imagine que les traitements peuvent être aussi destructeurs que le cancer lui-même, fit-il remarquer en l'étreignant avec tendresse. Et ça a marché ?

— Je ne saurai que le moment venu, mais j'ai bon espoir. Pourquoi ?

— Parce que je n'ai plus de préservatif. Or je ne suis pas sûr de pouvoir te résister bien longtemps.

— Je n'en… Ah, mais attends. Ça t'irait, des préservatifs phosphorescents ?

Il la dévisagea, perplexe.

— *Phosphorescents* ? Ellie, qu'est-ce que…

— Ils datent de l'enterrement de vie de jeune fille de Mary.

— Je préfère ne rien savoir !

— Et tu as bien raison, répondit-elle en l'embrassant.

— Où sont-ils, ces préservatifs ?

Elle fouilla dans la table de nuit et lui tendit un étui.

— Au fait, Ellie, je t'interdis d'en parler à tes copines. Je n'ai pas envie que cela devienne un sujet de blague à mon sujet, comme l'anecdote avec mon père.

— Tu peux compter sur moi, assura-t-elle.

Liam se réveilla, collé au dos d'Ellie et le bras autour de sa taille, comme s'il avait craint qu'elle ne s'échappe pendant qu'il dormait.

D'où pouvait bien venir cette idée absurde ? Rarement, et sans doute jamais, une nuit de sexe ne l'avait bouleversé à ce point. Il essaya de se convaincre que c'était parce qu'ils étaient amis. Par chance, il n'y avait rien de plus entre eux.

Ellie et lui se voyaient amicalement, mais si cela impliquait de coucher ensemble de temps à autre, pourquoi pas ? Ils étaient adultes. Ils avaient agi de manière responsable en utilisant des préservatifs. Il n'avait plus qu'à rentrer à Boston, reprendre sa vie habituelle et classer cette nuit merveilleuse dans la catégorie des bons souvenirs. Il…

À cet instant, son téléphone vibra. Ne voulant pas

réveiller Ellie, il se glissa hors du lit et prit l'appel de Hal Harris, son chef, dans la cuisine.

— Qui était-ce ? demanda-t-elle lorsqu'il fut de retour.

Elle portait un peignoir molletonné assez peu sexy, mais le simple fait de savoir qu'elle était probablement nue en dessous suffit à éveiller son désir. Il fit de son mieux pour repousser ses fantasmes. Contrairement à Ellie, il n'avait pas pris la peine de s'habiller pour répondre au téléphone.

— Liam ?

— C'était mon chef. Plusieurs collègues sont malades et il m'a demandé d'écourter mes vacances de quelques jours.

— Tu pars aujourd'hui, c'est ça ? demanda-t-elle, avant de se recroqueviller dans son épais peignoir.

— Oui.

D'où venait cette étrange angoisse qui l'envahissait à l'idée de quitter Loon Lake ? Ellie allait-elle se rapprocher de Colton ? Non, elle était trop intelligente pour nouer une relation avec un type aussi superficiel.

— Bon, je vais prendre une douche, dit-il. Je dois passer chez ma sœur pour préparer mon sac.

Elle sourit, s'efforçant visiblement de faire bonne figure.

— Très bien. Je nous prépare un petit déjeuner.

Traversant la chambre en deux enjambées, il l'embrassa sur le front.

— Merci, murmura-t-il.

— On savait tous les deux que ça n'allait pas durer, de toute façon. Pas vrai ?

- 7 -

Liam venait de finir son service de nuit. Consultant sa montre, il sortit rapidement de la caserne du quartier Boston Sud.

— Une belle jeune femme t'attend chez toi ou quoi ? lui lança Nick Morretti, le conducteur de l'équipe, en le rattrapant.

— Je ne veux pas rater le début du match, répondit Liam en lui tenant la porte.

Cela faisait deux mois qu'il n'avait pas eu de rendez-vous. Deux mois qu'il était rentré de Loon Lake et n'avait pas vu Ellie. Deux mois qu'il ne l'avait pas tenue dans ses bras. Ce n'était pas comme s'ils avaient rompu, puisqu'il n'y avait rien à rompre. Ils avaient passé ensemble une nuit merveilleuse, mais ça s'était arrêté là. Calmement. Simplement. Tout s'était passé de manière très civilisée. Alors pourquoi se sentait-il si dépité ?

— Ah. Tu m'en diras tant… Quand vas-tu enfin songer à te caser, McBride ? Tu ne rajeunis pas, tu sais.

— Qu'est-ce qui te prend ? Tu as parlé avec ma sœur ?

Nick se mit à rire et ils gagnèrent ensemble le parking inondé d'un doux soleil d'octobre.

— Je ne voudrais pas que tu passes à côté des bonnes choses qu'apporte la vie de famille.

— Sois honnête, Morretti, tu es juste jaloux parce

que je peux rentrer chez moi et regarder les émissions de sport en caleçon.

— Hum, ça m'a l'air passionnant, dis donc, répliqua Nick, hilare.

— C'est toujours mieux que de repêcher une Barbie au fond des toilettes.

Nick le dévisagea, surpris.

— Comment le sais-tu ? C'est Gina qui t'en a parlé ?

Liam éclata de rire et jeta son sac dans son pick-up.

— En fait, je parlais des enfants de ma sœur ! Mais vas-y, raconte. Apparemment, Barbie est sujette aux noyades.

— Je n'ai aucune envie d'ajouter de l'eau à ton moulin anti-mariage, répondit Nick. Au fait, ta sœur a combien d'enfants maintenant, deux ?

— Oui, et un autre en route. Riley et elle semblent prendre un plaisir fou à agrandir leur famille. D'ailleurs, je suis allé les aider à faire des travaux chez eux, il y a quelques semaines. Je n'imaginais pas qu'ils auraient besoin de cette pièce supplémentaire aussi vite.

Nick ouvrit la portière de son SUV familial et se mit au volant. Passant la tête par la fenêtre, il haussa les sourcils d'un air entendu.

— Et je suppose que, durant ce séjour, ta jolie infirmière a été un à-côté plutôt agréable, non ? demanda-t-il, moqueur.

Liam serra les poings. Ellie n'était pas un à-côté. Elle était… quoi ? Une passade estivale ? Mais ce terme était tout aussi dévalorisant.

Il hocha le menton pour saluer Nick et monta dans son pick-up. Le travail l'épuisait, mais cela l'aidait à ne pas penser à Ellie. Après quelques jours de récupération, il cesserait sans doute de se demander constamment ce qu'elle faisait. Ou de penser à ses yeux dorés, ou à la douceur de ses cheveux ou à ses lèvres au goût de cerise…

Oui, un peu de repos et de sport, et tout rentrerait dans l'ordre.

Ellie avait trouvé sans difficulté la grande maison de Liam, qui se situait dans le quartier de Dorchester à Boston. À présent, elle attendait son retour, assise sur les marches du perron.

Elle prit une longue inspiration et regarda de part et d'autre de la rue paisible. Pourquoi n'avait-elle pas appelé ou envoyé un texto pour le prévenir ? Ce n'était pas parce qu'il avait travaillé toute la nuit qu'il allait rentrer directement chez lui. Peut-être s'arrêterait-il quelque part pour manger un morceau ou… passer chez une femme… ?

Elle ferma les yeux, luttant contre un nouvel accès de nausée. Et s'il arrivait avec une femme ? Après tout, cela faisait déjà huit semaines que leur… Sa poitrine se serra douloureusement tandis qu'elle cherchait le mot juste pour décrire leur relation. Flirt ? Liaison ? Amitié amoureuse ?

Soupirant profondément, elle tenta de penser à autre chose. En vain. Et s'il y avait une femme chez lui qui attendait son retour ? Non, impossible. S'il y avait eu une femme dans cette maison, elle serait déjà sortie pour lui demander ce qu'elle fichait là, assise sur son perron depuis trente minutes. Ce qui aurait été bien fait pour elle. N'était-ce pas le genre de choses auxquelles on s'exposait quand on ne prenait pas la peine de s'annoncer ? Que lui aurait-elle dit ? « Je passais dans le quartier et… »

— Comme si elle allait gober une excuse pareille…, marmonna-t-elle.

C'était exactement ce que Meg lui avait dit lorsqu'elle l'avait questionnée sur l'emploi du temps de Liam. Malgré la curiosité évidente de son amie, celle-ci n'avait pas cherché à en savoir plus. Ce qui, au fond, ne changeait rien, car même sans Meg, la rumeur ne tarderait pas à se répandre à Loon Lake. Rien qu'au travail ses collègues semblaient déjà la regarder bizarrement.

Elle soupira et appuya le front sur ses genoux.

À moins d'abandonner sa famille, ses amis, son travail, ses projets et tout ce qui lui tenait à cœur à Loon Lake, elle allait devoir ravaler sa fierté et affronter Liam.

Bien sûr, débarquer chez lui sans prévenir n'était peut-être pas la meilleure façon d'entamer cette conversation. Mais une chose était sûre : elle devait le lui annoncer elle-même. On n'annonçait pas ce genre de choses par texto ou au téléphone.

Un bruit de moteur attira son attention, et elle se redressa. Un pick-up gris. Celui de Liam. Qui était seul. Soulagée, elle se leva.

Lorsque, après s'être garé, Liam sortit de voiture, elle sentit son cœur battre un peu plus vite.

— Allons ma grande, courage…, murmura-t-elle en se dirigeant vers lui.

Il était à couper le souffle avec son uniforme bleu marine frappé de l'écusson rouge et jaune des pompiers de Boston. Elle l'imagina soudain torse nu sur l'un de ces calendriers où les sportifs se plaisaient à exhiber leurs pectoraux…

— Ellie ?

— Eh bien, oui…, répondit-elle avec un sourire crispé.

— Il y a un problème ? Meg, les enfants… ou toi ? Tu n'as pas…

— Non. Tout va bien.

C'est sûr, elle aurait dû s'annoncer, mais qu'aurait-elle dit s'il l'avait questionnée sur les raisons de sa visite ? Pour ce qu'elle en savait, il avait tourné la page de cet été. Contrairement à elle.

— Tout le monde va bien, précisa-t-elle. Désolée. J'aurais dû appeler avant de venir mais…

Il l'interrompit en la serrant dans ses bras.

Elle l'étreignit à son tour, retrouvant de l'énergie au contact de son corps.

Quand il la relâcha elle ne le retint pas. Elle était venue pour l'informer d'une chose qu'il ne pouvait ignorer.

Elle jeta un coup d'œil à la porte d'entrée. Pas de femme outragée déboulant pour demander des explications. Tant mieux !

— Je… euh… J'espère que je ne te dérange pas…, bafouilla-t-elle.

— Pas du tout, je viens de terminer mon service.

— Je sais. Je me suis renseignée auprès de Meg avant de venir.

L'espace d'un instant, elle faillit tout lui dire et se retint à temps ; elle n'allait quand même pas faire ça sur son perron.

— Alors, tu m'invites à entrer, McBride ?

— Avec plaisir, Harding, répondit-il en sortant son téléphone. Mais je vais d'abord prévenir mes petites camarades de jeu de sortir par la porte de derrière.

Elle leva les yeux au ciel.

— Demande-leur aussi de cacher tes magazines pornos.

— Pas bête ! dit-il en riant avant de ranger son portable.

— Je n'en aurai pas pour longtemps, rassure-toi.

Juste le temps qu'il faut pour bouleverser ta vie entière.

Lorsqu'il passa devant elle pour déverrouiller la porte, elle remarqua qu'il sentait légèrement l'ail et la sauce tomate.

— Tu étais de corvée de cuisine ? demanda-t-elle.

— Je sens le restaurant italien ? fit-il remarquer, en sentant sa manche avant de lui adresser un sourire ravageur qui creusa deux adorables fossettes de part et d'autre de sa bouche.

Elle frémit de désir. Apparemment, son odorat était de plus en plus aiguisé. Sans parler de ses hormones en folie. Hélas, ce n'était pas le moment de céder au chant des sirènes. Elle n'était pas là pour ça. Et une fois que Liam connaîtrait la vraie raison de sa venue…

— Au fait, tu ne m'as jamais apporté les cannoli que tu m'avais promis, reprit-elle.

— Les cannoli de chez Mike ? En fait, ils n'auraient pas survécu jusqu'à Loon Lake. Je les aurais dévorés avant !

Seigneur, comme il lui avait manqué… Elle aimait tant cette lueur taquine dans ses yeux…

— Je vois…, murmura-t-elle.

— C'est pourquoi tu devras hélas te contenter de surgelés.

Elle lui donna un petit coup d'épaule avant de le suivre à l'intérieur.

Sur la gauche, elle remarqua un escalier qui menait sans doute aux deux appartements du haut. Il ouvrit la porte de celui qu'il occupait au rez-de-chaussée. Inondé de lumière grâce à ses grandes baies vitrées, le salon était simple, sans fioritures, meublé d'un canapé en cuir marron vieilli et d'un fauteuil inclinable qui faisait face à un immense écran plat équipé d'un système audio élaboré. Deux bouteilles de bière vides, une boîte de pizza et des serviettes en papier usagées jonchaient la table basse, ainsi qu'une série de télécommandes. Malgré le désordre, la pièce ensoleillée lui fit l'effet d'un bras réconfortant passé autour de son épaule et lui donna du courage.

— Désolé pour le désordre, Ellie.

— C'est une très belle pièce. J'adore ces hautes fenêtres, dit-elle en posant son sac à main sur le canapé.

— Merci. Meg dit que si j'avais ne serait-ce qu'une once de goût, cet appart pourrait être génial.

— Ah, les sœurs…

Leur conversation marqua une pause et une sorte de gêne s'installa soudain. Le sexe avait-il gâché leur amitié ? Liam avait-il tourné la page ? Ellie tenta de contenir un accès de nausée, plus pressant cette fois. Si elle n'allait pas aux toilettes tout de suite, elle allait vomir sur le parquet de Liam. Plaquant une main sur sa bouche, elle lui lança un regard désespéré.

— La salle de bains…, murmura-t-elle.

Il la dévisagea avec inquiétude.

— Au bout du couloir. Première porte à gauche.

Elle partit en courant dans la direction indiquée puis, s'enfermant dans la pièce, s'agenouilla devant les toilettes et vomit la totalité du petit déjeuner qu'elle s'était forcée à avaler avant de partir pour Boston.

Il y avait au moins un point positif à toute cette catastrophe : il n'y avait pas de femme chez Liam.

En faisant les cent pas devant la salle de bains, Liam se

demandait combien de temps il faudrait à une ambulance pour arriver jusqu'à chez lui et conduire Ellie à l'hôpital. La nausée qu'elle venait d'avoir lui avait brusquement rappelé sa mère, qui passait des heures à vomir dans la salle de bains après ses séances de chimio. Ellie avait-elle fait une rechute ? Non, c'était idiot. Elle était en parfaite santé, deux mois plus tôt. Cela dit, elle avait peut-être rendez-vous à l'institut d'oncologie de Boston, d'où sa présence ici. Non. Dans ce cas, Meg le lui aurait dit.

Il ouvrit la porte avec une telle force qu'elle rebondit contre le mur et lui heurta le bras.

Ellie était prostrée devant les toilettes. Il s'agenouilla à côté d'elle.

— Seigneur, Ellie, que t'arrive-t-il ? J'appelle une ambulance ?

— Non, répondit-elle avant de recommencer à vomir.

Lui tenant les cheveux d'une main et lui caressant le dos de l'autre, il l'aida du mieux qu'il put. C'était ce qu'il aurait dû faire pour sa mère, à l'époque, mais qu'il n'avait jamais fait parce qu'il était trop occupé à se convaincre qu'elle serait plus forte que le cancer, songea-t-il, submergé une nouvelle fois de ce fichu sentiment de culpabilité.

N'avait-il pas l'habitude de chasser de son esprit tout ce qui le dérangeait ? Cette fois, avec Ellie, il devait faire face. S'il était capable d'entrer dans un immeuble en feu, il pouvait gérer ça, non ?

Ellie, dis-moi ce qui ne va pas.

Elle tira la chasse d'eau et s'assit sur la cuvette. Il attrapa une serviette et la lui tendit.

— Tiens.

— Merci, dit-elle en s'essuyant la bouche et les mains avant de lui rendre la serviette. Ça va mieux.

— Tu es sûre ?

Elle hocha vigoureusement la tête et fit mine de se lever. Il la prit par le coude pour la soutenir.

— Je peux ? demanda-t-elle en désignant le lavabo.

Il s'écarta pour la laisser faire ses ablutions, et lorsqu'elle se fut passé de l'eau sur le visage, il lui tendit la serviette, regrettant de ne pas être venu lui rendre visite à Loon Lake. Pourquoi ne l'avait-il pas bombardée d'appels ou de textos, comme il avait eu envie de le faire dès son retour à Boston ? Sans doute pour ne pas se mettre en position de faiblesse…

Lorsqu'elle se fut séché le visage, il lui tendit son bain de bouche. Elle jeta un œil désapprobateur au flacon dépourvu de bouchon.

— Quoi ? J'ai perdu le bouchon. C'est pas grave ?

— T'es vraiment un mec, marmonna-t-elle.

— Merci pour le compliment, répliqua-t-il en souriant, s'autorisant à se détendre, heureux de retrouver ce badinage léger entre eux.

Il remarqua qu'elle était moins pâle et ressemblait davantage à l'Ellie qu'il avait laissée à Loon Lake en parfaite santé. Son amie. Celle avec qui il avait…

Il se força à détourner le regard de ses adorables taches de rousseur. Bientôt, il ferait d'autres rencontres et la vie reprendrait son cours normal. N'était-ce pas ce qu'il voulait ?

— Ça te dirait, un petit truc à manger ? s'enquit-il.

Elle le dévisagea, perplexe.

— À ton avis ? Tu crois vraiment que j'en ai envie après cette petite démonstration ?

Elle avait évidemment raison, mais il avait besoin de faire quelque chose.

— Désolé. Un café alors ?

Elle grimaça de dégoût.

Qu'est-ce qui lui prenait ?

— Depuis quand tu refuses un café ? demanda-t-il.

— Oh ! je ne sais pas, peut-être depuis que j'ai vomi mon petit déjeuner ?

— Très bien. Qu'est-ce que tu veux ?

— Tu aurais du thé déthéiné ?

— Je crois qu'il me reste une boîte de…

— De qui ?

— Meg. Elle en avait acheté la dernière fois qu'elle est venue, répondit-il, étonné par la brusquerie de sa question. Qu'y a-t-il, Ellie, tu crois qu'il y a une femme dans le placard qui attend que tu partes ?

Elle ne répondit pas, et il regretta aussitôt sa remarque. Bon sang, pourquoi ne pouvait-il pas se taire ? Parce qu'elle lui cachait quelque chose et qu'il n'aimait pas ça. Il n'aimait pas non plus l'envie dévorante qu'il avait de la prendre dans ses bras, d'enfouir son visage dans ses cheveux et de s'imprégner de sa douceur assez longtemps pour oublier l'angoisse de ces deux derniers mois.

S'il lui avait rendu visite, depuis son retour à Boston, peut-être saurait-il ce qui n'allait pas chez elle.

— Bon, je vais te préparer un thé, dit-il.

— Merci. J'arrive dans une minute, répondit-elle en refermant la porte de la salle de bains.

Il trouva le thé dans un placard et mit de l'eau à bouillir. Puis il se prépara un café, réalisant qu'il n'aurait sans doute pas l'occasion de dormir, ce matin.

Il ne savait toujours pas pourquoi Ellie était venue le voir, mais une chose était à peu près certaine : ce n'était pas pour s'envoyer en l'air avec lui.

Elle le rejoignit dans la cuisine au moment où il versait l'eau sur le sachet de thé. Comme toujours quand il la voyait, son rythme cardiaque s'accéléra. Apparemment, les baskets rouges qu'elle portait avaient le même effet sur lui que les escarpins bleu vif qu'elle avait au mariage de Mary et Brody. À croire qu'il était un peu tordu.

Lorsque son regard se fixa sur son visage, il remarqua qu'elle avait les yeux brillants. Comme si elle avait… pleuré ? Seigneur… Était-ce à cause de sa remarque sur une femme cachée dans son placard ? Qu'est-ce qui lui prenait de lui avoir dit une chose aussi stupide ? Elle était la dernière personne au monde qu'il avait envie de blesser.

— Tiens, ton thé, dit-il, résistant à l'envie de la secouer comme un prunier jusqu'à ce qu'elle crache le morceau ou de la garder pour toujours au creux de ses bras.

— Merci, répondit-elle en prenant la tasse fumante entre ses mains comme pour se réchauffer. Tu aurais du lait ?

Il sortit une bouteille de lait du réfrigérateur et, ôtant le bouchon, le sentit.

— Oui, j'en ai.

Lorsqu'elle se mit à rire, il frémit de la tête aux pieds. C'était incroyable à quel point son rire lui avait manqué. Tout comme sa conversation, sa vision de la vie, sa force…

Bon sang ! N'était-il pas temps pour lui de réaliser qu'Ellie n'avait pas été une simple partenaire sexuelle, mais une véritable amie ? Soulagé de mettre le doigt sur une explication raisonnable à ce qu'il ressentait, il sourit.

— Et si on passait au salon ? proposa-t-il.

— Oui, ce sera sans doute beaucoup plus… confortable.

Il jeta un œil à la table et aux chaises d'un autre

âge qu'il tenait de son père et n'avait jamais utilisées. D'ailleurs, il ne cuisinait jamais chez lui. Chaque soir, il s'achetait un plat à emporter et dînait devant la télé.

— J'avoue que cet appartement pourrait être beaucoup mieux décoré, fit-il remarquer.

— Tu devrais demander à Meg de t'aider. Tu verrais ce qu'elle a fait dans la cuisine et la nouvelle pièce, c'est fantastique.

— Elle doit être un peu occupée, en ce moment, avec cette nouvelle grossesse. En tout cas, ils n'ont pas perdu de temps, après James.

Bien sûr, il se réjouissait du bonheur de sa sœur, mais cela ne faisait que le renvoyer à sa propre situation. Qui n'était finalement pas si enviable que cela, même s'il voulait croire le contraire.

— Jamais je n'ai vu Meg aussi heureuse, répondit Ellie, tout sourire. Mais j'espère que tu n'as pas fait cette remarque stupide devant elle.

Il prit son café et la suivit au salon.

— Je crois qu'elle s'en ficherait, en fait. Elle m'a toujours dit que je n'avais pas à me mêler de sa vie.

— Tu te trompes, elle respecte ton opinion, dit Ellie en s'asseyant sur le canapé. De plus, tu es ami avec Riley, non ?

Il s'installa dans le fauteuil inclinable avant de répondre :

— Oui, tant que je ne pense pas à ce qu'il fait avec ma sœur.

— Ou à ce que ton père fait avec Doris ?

Il secoua la tête et grimaça.

— Au moins eux, ils n'ont pas d'enfant, marmonna-t-il. C'est plus facile de ne rien imaginer du tout.

Elle prit une gorgée de thé et posa la tasse sur la table

basse. Le soleil qui entrait à flots dans la pièce faisait briller ses cheveux, et il eut soudain une envie folle de passer les doigts dans ses mèches.

— De quelle couleur sont tes cheveux ? demanda-t-il soudain, réalisant trop tard qu'il avait posé la question à voix haute.

— Quoi ?

Il haussa les épaules en espérant que son embarras ne serait pas trop visible.

— Ma sœur affirme qu'elle a les cheveux auburn. Elle déteste qu'on lui dise qu'elle a les cheveux roux. Du coup, je me demandais juste s'il y avait un terme spécial pour ta couleur de cheveux.

— Châtain. Pourquoi ?

Il hocha la tête, mais ne répondit pas à sa question. Il s'était assez ridiculisé comme ça aujourd'hui.

— Bon, tu as l'intention de me dire ce qui t'amène ici ? demanda-t-il.

Elle prit une grande inspiration, et il vit une petite lueur d'inquiétude briller dans ses yeux.

— Liam, je sais que nous avons décidé que l'histoire que nous avons eu cet été n'aurait pas de suite, mais…

— À ce propos, Ellie, je…

— Je suis enceinte.

- 8 -

Ellie fit la grimace, regrettant d'avoir annoncé la nouvelle aussi brutalement. Mais Liam s'était comporté de façon tellement étrange… Certes, elle était arrivée chez lui à l'improviste et s'était aussitôt précipitée dans la salle de bains. Il avait probablement imaginé le pire, mais cette question sur sa couleur de cheveux… Cela n'avait ni queue ni tête.

— Liam ?

Il la regardait fixement, les yeux écarquillés, la bouche ouverte. Elle avait imaginé toutes sortes de scénarios en roulant vers Boston. Serait-il stupéfait, furieux, bouleversé ? Si cette dernière option avait sa préférence, ce n'était pas la plus raisonnable. Bien sûr, il aurait pu aussi lui déclarer son amour éternel et la demander en mariage. Mais ce scénario était le moins réaliste de tous, et sans doute le fruit du bouleversement hormonal lié à la grossesse.

Elle était elle-même restée sans voix en apprenant qu'elle était enceinte. Que Liam réagisse de la même façon était donc parfaitement compréhensible.

Au moins, elle savait à présent que les traitements contre le cancer ne l'avaient pas rendue stérile. Bien sûr, elle aurait préféré que les choses se passent différemment. Et en tout cas, dans l'ordre, c'est-à-dire se marier *puis* tomber enceinte. À croire qu'elle était totalement vieux-jeu…

— Tu vas dire quelque chose ? demanda-t-elle, incapable de supporter le silence un instant de plus.

Il bondit de sa chaise, comme galvanisé par le son de sa voix, et vint s'asseoir à côté d'elle sur le canapé. Il glissa les doigts entre les siens et passa leurs mains entrelacées sur son visage.

— Tu es sûre ? Tu as fait un test ? Vu un médecin ?

— Tu rigoles ? Allô ? Infirmière Ellie à l'appareil !

— Ah oui, c'est vrai…

Il ferma les yeux et se pinça l'arête du nez.

— Mais… je… Tu… On avait mis un…

— En effet, mais rien n'est jamais sûr à cent pour cent, Liam. Y compris les préservatifs fluo.

— Tu as vu un médecin ?

— Pas encore. Je voulais t'en parler avant. Au cas où tu voudrais… être impliqué…, dit-elle, hésitante, avant de se lancer dans son discours préparé. Écoute, je comprends que ce soit beaucoup à avaler d'un coup pour toi, mais je veux que tu saches que je n'ai aucune intention de te forcer à faire une chose dont tu n'as pas envie. J'ai un bon travail, je suis bien entourée, et…

— Tu l'as déjà dit à quelqu'un ?

— Quoi ? Pourquoi me demandes-tu une chose pareille ? s'écria-t-elle, consternée.

— Bon sang, Ellie, ne me fais pas de procès d'intention ! Je ne suis pas comme ça, et tu le sais, répliqua-t-il en la prenant dans ses bras. Mais j'imagine que tu as déjà pris une décision, sinon tu ne serais pas venue m'en parler. De plus, je sais que tu craignais de ne pas pouvoir tomber enceinte et que tu adores les enfants. J'en déduis donc que tu as l'intention de le garder.

Elle hocha la tête contre sa poitrine, soulagée.

— Alors pourquoi m'as-tu demandé si j'en avais déjà parlé à quelqu'un ? murmura-t-elle.

— Parce que je suis impliqué et que je préférerais être là quand tu en parleras à tes parents. Si tant est que tu as l'intention de leur dire.

Pour la première fois depuis son arrivée à Boston, elle prit une grande inspiration et expira en riant.

— C'est encore trop tôt pour en parler à qui que ce soit, dit-elle. Mais, comme tu l'as remarqué, les symptômes sont assez spectaculaires. Alors, soit j'évite ma famille pendant un mois, soit je leur dis pourquoi je suis si épuisée. Je n'ai pas envie que ma mère pense que le cancer a récidivé. Et j'ai bien peur de ne pas pouvoir cacher très longtemps ma grossesse à ma famille.

— Détrompe-toi. Meg a réussi à cacher la sienne pendant des semaines.

— Ce n'était pas la même chose. Meg avait dix-neuf ans, vivait toujours chez vos parents, et Riley avait disparu de la circulation. Moi, j'ai vingt-sept ans, un emploi et un appart. De plus, je sais où tu vis.

Pourquoi Liam parlait-il des personnes à qui l'annoncer et quand ? Ce n'était pas le plus important ! Mais qu'attendait elle de lui ? Qu'il lui déclare son amour et la demande en mariage dans la foulée ? Il ne fallait pas rêver. C'était Liam. Et Liam n'avait jamais été bien clair avec ses sentiments.

Au cours de l'été, ils avaient certes couché ensemble mais ils étaient surtout devenus amis. Il était donc logique qu'il la soutienne… en tant qu'ami. Elle devrait s'en contenter. Après tout, ce n'était pas si mal.

— Je ne sais pas, pour tes parents, mais quand j'ai une chose à dire à mon père, il prend toujours ce ton… J'ai l'impression d'avoir douze ans quand il me parle comme ça, reprit Liam.

— Ma mère, c'est le regard, dit-elle d'une toute petite voix, soudain émue aux larmes. Un regard qui… Brrr…

Bon sang, que lui prenait-il ? Elle n'était jamais allée pleurnicher dans les bras de ses amies. Elle était intelligente, solide, pragmatique. Et elle était une survivante du cancer. Une survivante qui avait décidé d'avoir une aventure avec un pompier extraordinairement sexy qui était aussi un ami. Elle avait voulu bousculer son quotidien, prendre des risques. Mais elle aurait dû savoir que l'on ne pouvait pas tomber amoureuse d'un homme qui vivait à trois cents kilomètres de chez soi.

— Je suis vraiment trop nulle, murmura-t-elle. Tout le monde sait que tomber enceinte est la première chose à éviter, dans un flirt…

— C'est une erreur.

— Une énorme erreur…

— Je suis sûr que ton père me fera porter le chapeau.

Elle se redressa pour le regarder.

— Je parlerai à mon père, je lui ferai comprendre que je ne suis plus une ado sans expérience, rétorqua-t-elle. Que j'ai couché avec toi de mon plein gré. Et que, de nos jours, on n'oblige plus personne à se marier pour ce genre de raison.

Il la regarda avec un petit sourire.

— Tu pourras le dire à mon père, aussi ? s'enquit-il.

— Je suis sûre que ton père réagira bien. Il est déjà

grand-père. Et puis, vu ton âge, il doit quand même se douter que tu es… euh… sexuellement actif.

— De toute façon, mon père n'est pas là. Il est reparti avec Doris pour un petit voyage en camping-car. Ils ne reviennent pas avant la semaine prochaine. Mais il faut que je le dise à Meg. Si elle l'apprend par quelqu'un d'autre, elle m'en voudra toute ma vie et celle d'après ! Et toi, à qui vas-tu le dire ?

— Je le dirai à mes parents et puisque nous allons le dire à Meg, j'aimerais aussi en parler à Mary avant qu'elle ne l'apprenne par la bande.

— Tu as raison, il vaut mieux devancer la rumeur.

— Tu sais, tu n'es pas obligé de m'accompagner chez mes parents, dit-elle, lui tendant une perche, même si elle espérait de toutes ses forces qu'il ne la saisirait pas.

— Non, je veux qu'ils sachent que je ne suis pas n'importe quel type de passage qui…

— Merci pour le sous-entendu, McBride !

— Quoi ? Je voulais seulement dire…

— Je sais ce que tu voulais dire, murmura-t-elle en se blottissant dans ses bras. C'est bien ça le problème.

— Je sais que tu ne couches pas à droite et à gauche. Ce que je veux dire, c'est que je dois affronter ton père. M'excuser et…

— Liam ? Arrête.

— D'accord.

— Donc, nous devons annoncer la nouvelle à mes parents et à Meg. Y a-t-il quelqu'un d'autre à qui tu… tu voudrais en parler ?

— Comment ça ? Oh ! Tu veux dire… Il n'y a pas eu d'autre femme depuis… Non, il n'y a pas d'autre femme.

— Moi non plus, il n'y a personne d'autre…

— C'est parce que je suis irremplaçable ! lança-t-il avec un sourire incroyablement sexy.

Elle lui asséna une tape sur le bras mais le regarda avec un sourire béat, incapable de cacher à quel point elle était soulagée.

Liam se frotta vigoureusement le cuir chevelu pour faire mousser le shampooing, s'efforçant de ne penser à rien. Mais le « Je suis enceinte » d'Ellie tournait en boucle dans sa tête. Bien sûr, il serait là pour elle et leur enfant. Mais serait-il à la hauteur ? Rien n'était moins sûr... Ellie, en revanche, serait une mère formidable. Au moins, elle faisait face. Contrairement à lui, qui s'était éclipsé dans la salle de bains, prétextant avoir besoin d'une douche.

Il avait le sentiment qu'il aurait eu beaucoup moins peur si Ellie lui avait annoncé que son cancer était de retour. Il se serait lancé dans la bataille à ses côtés sans hésiter. Alors que là, il se sentait complètement pris de court et démuni. Certes, la perspective d'être père faisait partie de ses projets. Mais à très, très long terme. Pas aujourd'hui.

Lorsqu'il avait trouvé Ellie devant sa porte, il avait dû prendre sur lui pour rester décontracté, pour ne pas lui avouer à quel point elle lui avait manqué et combien de fois il avait pensé à elle. D'ailleurs, quand il l'avait prise dans ses bras, c'était tout sauf amical. Il l'avait désirée avec une intensité presque douloureuse. Mais ce n'était pas que physique. Avoir envie d'une femme, cela arrivait, mais avec Ellie, c'était plus que cela. Beaucoup plus qu'il ne voulait l'admettre.

Furieux contre lui-même, il se rinça, coupa le robinet et, prenant une serviette, se frictionna énergiquement.

Regagnant sa chambre, il enfila un jean et un pull et regagna le salon, une paire de chaussettes à la main.

Toujours sur le canapé, Ellie regardait tranquillement la télévision. Il remarqua qu'elle avait débarrassé la table basse de tous ses déchets et que ses baskets étaient à présent sagement posées à côté de son fauteuil.

— Tu n'étais pas obligée de faire le ménage, fit-il remarquer en prenant ses baskets avant de se laisser tomber dans un fauteuil.

— J'ai juste jeté la boîte de pizza. Ça ne s'appelle pas faire le ménage. Au fait, enchaîna-t-elle sans lui laisser le temps de répondre, tu savais qu'il existait une association qui classe les gratte-ciel et leur décerne des prix ? Étonnant, non ?

— Euh…, répondit-il en enfilant ses baskets, se demandant où elle voulait en venir.

— Liam, tu ne m'écoutes même pas…

Affrontant son regard accusateur, il fit de son mieux pour ne pas sourire. Lorsque son regard se fixa sur ses lèvres, il réalisa qu'il avait une envie folle de les mordiller.

— Liam ?

— Tu m'as parlé d'une association et de gratte-ciel. Tu vois, je t'écoute. Juste, je ne vois pas pourquoi tu parles comme un documentaire sur Discovery Channel, tout à coup.

— Tu préférerais que je m'effondre sur ton canapé en sanglotant ? répliqua-t-elle, au bord des larmes.

— Bien sûr que non. Dis-m'en plus sur ces immeubles, c'est fascinant, dit-il en s'asseyant à côté d'elle et en la prenant par les épaules. Et arrête de stresser, je ne vais pas disparaître du jour au lendemain. Je te rappelle que j'ai un emploi, ici.

— Mais tu m'as dit que tu ne voulais qu'une courte aventure.

Il resserra son étreinte. Ellie exigerait, et méritait, beaucoup plus que ce qu'il serait en mesure de donner à leur relation. Il devait proposer quelque chose puisqu'ils s'apprêtaient à être parents.

— Ellie, nous sommes déjà amis. Nous serons des amis qui ont un bébé, voilà tout !

— Tu as oublié que tu vis à Boston, et moi à Loon Lake ?

— Puisque tu en parles, je te signale que j'ai beaucoup de place…

Elle s'écarta brusquement.

— Oublie. Je n'emménagerai pas chez toi, rétorqua-t-elle vivement.

Il accusa le coup, beaucoup plus blessé par cette fin de non-recevoir qu'il ne l'aurait imaginé.

— Ce n'est pas ce que j'allais proposer, dit-il. Mon locataire du deuxième étage est sur le point de…

— Non. Je n'ai aucune envie de faire de la route pour aller au travail. De plus, les loyers sont hors de prix à Boston, ajouta-t-elle en lui lançant un regard noir.

— Je n'ai pas dit que j'allais te faire payer un loyer.

— Je n'ai aucune envie de te priver d'un revenu qui te permet sans doute de rembourser le prêt que tu as fait pour acheter cette maison.

Elle n'avait pas tort. Perdre un loyer n'arrangerait pas ses affaires. Mais il n'était pas question d'aller dans son sens.

— C'est à moi de prendre cette décision, Ellie, pas à toi.

Comment allaient-ils se mettre d'accord si elle se montrait aussi agressive ?

Il tenta de l'attirer contre lui, mais elle résista. Lui en voulait-elle de ne pas lui avoir proposé d'emménager directement chez lui ?

— Au cas où tu ne l'aurais pas remarqué, il y a des maternités à Boston, ajouta-t-il.

— Pourquoi serait-ce forcément à moi de déménager ? Au cas où tu ne l'aurais pas remarqué, il y a des casernes de pompiers dans la région de Loon Lake.

Certes, mais il n'avait aucune envie de perdre la promotion dont il s'apprêtait à bénéficier à Boston. De plus, à la campagne, la plupart des casernes ne fonctionnaient pas à plein temps.

— Désolé, mais ces casernes n'ont rien à voir avec celles de Boston, répondit-il.

— Oh ! Pardon, monseigneur…

— Dans ma famille, on est pompiers de père en fils depuis quatre générations. Il pourrait y en avoir une cinquième, ajouta-t-il, jetant un œil à son ventre encore plat.

Elle posa les mains sur son abdomen comme pour se protéger.

— Peut-être qu'elle ne voudra pas être pompier.

— Comment ça, *elle* ? murmura-t-il, retenant son souffle. Tu sais déjà que c'est une fille ?

— Non, mais c'est une possibilité, non ? Il y a quand même cinquante pour cent de chances que ce soit une fille.

— D'accord. Mais quoi qu'il en soit, j'aimerais bien que tu réfléchisses à emménager ici.

— Pas question.

Comment pouvait-elle être aussi butée ? Alors que

ce serait la solution parfaite. *Tu veux dire parfaite pour toi*, dit la petite voix dans sa tête.

— Mais pourquoi, Ellie ? Avec tes compétences, tu pourrais travailler dans n'importe quel service d'urgences. Et tu serais sûrement beaucoup mieux payée, à Boston.

— Mais je ne serais pas heureuse, ici. J'aime vivre à Loon Lake. J'aime les gens avec qui je travaille, répliqua-t-elle en croisant les bras sur sa poitrine.

— Je croyais que tu cherchais un nouveau poste ? fit-il remarquer, essayant d'ignorer la façon dont la pression de ses bras faisait pigeonner ses seins.

— Ce n'est qu'un lointain projet. Et puis il se peut que je mette plus longtemps que prévu à finir ma formation, précisa-t-elle en se tapotant le ventre.

Il la dévisagea, assailli de culpabilité. Depuis le début de cette discussion, il ne faisait que lui proposer des choses qui l'arrangeaient, lui, sans se soucier des conséquences que cela pourrait avoir sur ses projets à elle. Était-il si égoïste ?

— Bon, y a-t-il quelque chose que je puisse faire ? s'enquit-il.

— Porter ce bébé à ma place ?

— Si seulement c'était possible, répondit-il en fixant son ventre. Mais si tu emménageais là-haut, au moins je pourrais t'épauler…

Elle secoua la tête.

— Tu sais, Liam, ça pourrait être gênant pour toi que je vive juste au-dessus de chez toi avec notre enfant. Que dirais-tu à tes conquêtes ?

— Il n'y aura pas de conquêtes. Je t'ai déjà dit que je n'étais sorti avec personne depuis… Bref, c'est comme ça, il n'y a personne, conclut-il, espérant qu'elle changerait peut-être d'avis s'il la rassurait sur ce point.

— Mais cela ne veut pas dire que cela ne changera pas. Tu ne vas pas rester célibataire toute ta vie, n'est-ce pas ?

Évidemment. Mais ce n'était pas d'actualité. De plus, il n'avait aucune envie de discuter de sa vie sexuelle, présente ou future, avec Ellie, même s'il avait eu envie de coucher avec elle dès qu'il l'avait trouvée sur le pas de sa porte.

D'ailleurs, comment en étaient-ils arrivés à parler de sa vie sexuelle ? Ellie avait peut-être cette étonnante capacité à lire dans ses pensées mais, curieusement, elle passait sous silence l'incroyable alchimie sensuelle qui existait toujours entre eux. Et qu'une petite étincelle aurait suffi à raviver. Du moins de son côté à lui.

— Et si on se contentait d'annoncer la nouvelle à notre cercle rapproché, pour l'instant ? suggéra-t-il.

— Ça me paraît être la meilleure chose à faire. Au fait, j'ai bu le reste de ton lait.

— OK. Eh bien, allons faire des courses à l'épicerie du coin.

Sa proposition parut la ravir. Il est vrai que faire un tour dans le quartier était toujours plus agréable que de se disputer.

— Et cette épicerie, est-ce qu'elle vendrait des sandwichs, par hasard ? demanda-t-elle.

— Tu as faim ?

— Je suis affamée.

— Je croyais que le petit incident de ce matin t'avait coupé l'appétit. Mais bon, j'en prends acte. Allons-y.

— De toute façon, il n'y a pratiquement aucune provision ici.

— Quoi ! Tu as fouillé dans mes placards ?

Elle fronça joliment le nez.

— Je l'avoue humblement, McBride. C'est ainsi que j'ai pu constater qu'ils étaient désespérément vides.

Il ne releva pas la critique, captivé qu'il était par ce nez mutin parsemé de taches de rousseur qui ne demandaient qu'à être embrassées.

— Liam ?

— Hein ? marmonna-t-il, secouant la tête pour revenir au sujet.

Que lui prenait-il ? Pourquoi avait-il tant de mal à se concentrer ? Peut-être était-ce lié aux huit semaines d'abstinence qu'il s'était imposée…

— On y va ? Je te rappelle que je suis affamée.

— Tu en es sûre ?

— Absolument !

— Je te rappelle quand même que tu m'as crié dessus rien que pour t'avoir proposé un café.

Elle contempla le bout de ses chaussures, un peu gênée.

— Rien que l'odeur me retourne l'estomac, avoua-t-elle. Encore plus l'odeur que le goût, en fait. Ça me fait cet effet-là depuis plusieurs semaines.

Il jeta un œil à la tasse qu'il avait posée par terre au pied de son fauteuil.

— Tu veux que j'enlève ma tasse de ta vue ? proposa-t-il.

— Tu ferais ça pour moi ?

— Bien sûr. Et plus encore, si tu me le demandes.

— C'est tellement gentil ! s'exclama-t-elle. Tu n'imagines pas à quel point ça me soulage l'idée que tu sois prêt à renoncer au café pendant les sept prochain mois !

Quoi ? Il ouvrit la bouche pour protester mais s'en abstint, craignant de la contrarier une fois de plus.

Elle éclata de rire.

— Tu m'as cru !

Oui, et il avait foncé tête baissée, mais le rire d'Ellie en valait la peine. D'ailleurs, tout ce qu'il vivait à ses côtés en valait la peine. Y compris cette grossesse.

Il réalisa soudain qu'il n'aurait jamais pensé une chose pareille avec une autre femme.

- 9 -

Ellie réfléchit à la situation alors que Liam et elle se dirigeaient vers l'épicerie du coin. C'était une bonne chose qu'il ait proposé de l'accompagner pour annoncer la nouvelle à ses parents. Mais c'était insuffisant. Et même décevant. Pourquoi ne lui avait-il pas proposé une relation disons… plus durable ?

Mais elle devait être réaliste. Apprendre à apprécier ce qu'elle avait, au lieu de rêver à l'impossible. D'ailleurs, s'il lui avait proposé un mariage de convenance, elle aurait refusé.

Elle n'avait aucune envie de finir comme sa mère, seule dans sa cuisine, privée de ces conversations animées qui font le sel de la vie de famille. Aujourd'hui, ses parents évitaient de se parler et faisaient chambre à part. Leur relation s'était comme brisée lorsqu'ils avaient appris qu'elle avait un cancer, et elle ne pouvait s'empêcher de penser que, sans sa maladie, ses parents seraient peut-être encore amoureux. Conclusion : elle n'avait aucune envie que son enfant naisse au sein d'un foyer sans amour.

Au lieu de ressasser un passé qu'elle ne pouvait pas changer, elle se concentra sur les maisons bostoniennes qui s'alignaient le long de la rue étroite. La plupart d'entre elles avaient des perrons à colonnades, mais certains propriétaires en avaient modernisé les devantures. Elle se retourna pour jeter un œil à la maison de Liam, qui avait conservé tous les détails originaux de la sienne… sauf un.

— Comment se fait-il que ta maison soit la seule à avoir une sortie de secours extérieure ?

— Je suis le seul pompier du quartier, répondit-il en s'approchant d'une vieille dame qui attendait devant son perron, avec un chariot chargé de courses. Bonjour, madame Sullivan, vous avez besoin d'aide pour monter les marches ?

— Oh ! Liam. Je ne suis pas aussi âgée que tu as l'air de le croire, mais puisque tu es là…, répondit-elle en poussant le chariot vers lui.

— Ce n'est pas votre âge mais votre beauté qui m'attire, madame Sullivan.

— Quel bagout tu as, mon petit ! C'est parce qu'une charmante jeune femme t'accompagne ? s'enquit-elle en jetant un œil à Ellie.

— Vous m'offensez, madame Sullivan, je vous assure que je suis tout à fait sincère.

Ellie ne put s'empêcher d'apprécier la gentillesse de Liam. Qui ne faisait que confirmer ce qu'elle pensait de lui.

— Eh bien, tu ne fais pas les présentations ? demanda la vieille dame, le regard pétillant.

— Bien sûr. Ellie Harding, voici Mme Sullivan.

— Je t'ai déjà dit de m'appeler « Barbara », rétorqua la vieille dame. Enchantée de vous rencontrer, Ellie.

— Moi de même, répondit Ellie en lui serrant la main.

— Je ne vous ai jamais vue dans le quartier, jeune fille…

— C'est parce que j'habite dans le Vermont, expliqua Ellie. À Loon Lake, précisément.

— Ce qui explique pourquoi Liam n'était pas là cet été, fit remarquer Mme Sullivan en se tournant vers lui. Quand je pense que tu m'as raconté que tu allais faire des travaux chez ta sœur…

— C'est pourtant exactement ce que j'ai fait, répondit Liam, une main sur le cœur.

— Pourquoi ne m'as-tu pas parlé d'Ellie quand je t'ai présenté ma petite-fille Chloé ? Tu aurais dû me dire que tu avais quelqu'un.

Ellie accusa le coup. Et il voulait qu'elle emménage dans l'appartement au-dessus du sien ? Comment réagirait cette Chloé ? Mais peut-être n'y avait-il rien entre eux.

— Quand même, tu aurais pu me dire que tu étais en couple, insista Mme Sullivan.

— C'est parce que je…

— Nous ne sommes pas…

La vieille dame les regarda tour à tour, intriguée.

— Bon, je monte votre chariot, déclara Liam pour couper court au malaise.

— Merci, fiston. Et profitez bien de votre balade en amoureux.

Lorsque Mme Sullivan eut disparu dans la maison, Ellie se tourna vers Liam.

— Sympa, ta voisine.

— Oui, très sympa. Du moins, la plupart du temps.

— Désolée que ma présence l'ait amenée à faire des suppositions… disons… déplacées.

Bon sang, pourquoi s'excusait-elle ? Ce bébé n'était pas né par l'opération du Saint-Esprit.

— Cela dit, reprit-elle, nous allons avoir un bébé. Ce qui crée un lien indéfectible entre nous.

Il fronça les sourcils.

— Que veux-tu dire ?

— Oh ! rien de spécial. Mais t'inquiète, je ne suis pas venue pour te mettre la pression.

— Pour l'amour du ciel, Ellie, je ferai ma part.

La partie rationnelle de son cerveau, du moins lorsque celle-ci fonctionnait encore, savait qu'il y avait autant de chance qu'elle s'installe à Boston que Liam à Loon Lake. C'est-à-dire aucune. Certes, il lui avait proposé d'emménager dans l'un des appartements au-dessus du sien, ce qui aurait pu résoudre le problème de l'éloignement. Cela dit, elle n'avait aucune envie de vivre à la périphérie de la vie de Liam. Ce qu'elle voulait, c'était être au centre, comme Meg l'était pour Riley ou Mary pour Brody.

— Ça risque d'être difficile étant donné que tu habiteras ici et moi à Loon Lake.

— Attention ! lança-t-il soudain, la prenant par le coude pour qu'elle évite un trou dans le trottoir.

— Je suis enceinte, pas aveugle, grommela-t-elle, regrettant aussitôt son agressivité.

— Avec mon emploi du temps, je peux cumuler jusqu'à quatre-vingt-seize heures de repos d'affilée. C'est-à-dire quatre jours.

— Je sais compter, merci…

Tout comme elle savait combien de temps il fallait pour faire le trajet de Boston à Loon Lake. Comment pouvait-elle espérer qu'il fasse sa part, dans ces conditions ? Certes, elle avait des horaires de travail réguliers, cependant elle ne pouvait pas toujours partir à l'heure. Même chose pour Liam.

— Tu veux que l'on se dispute ? s'enquit-il.

— Non. Quoique… Peut-être, en fait…

Il s'immobilisa et, posant les mains sur ses épaules, la fit pivoter vers lui.

— Que puis-je faire pour t'en dissuader ?

Une vision plus qu'explicite surgit dans son esprit, qu'elle s'empressa de refouler.

— Mmm, me nourrir, peut-être ? suggéra-t-elle.

Était-ce de la déception qu'elle lut sur son visage ? Apparemment, il avait imaginé la même chose qu'elle. Seulement ce n'était pas le moment de remettre le sexe sur le tapis. Ce serait pourtant tellement plus amusant…

Cela dit, pour l'instant, elle mourait de faim. Ce qui primait sur toute autre pulsion.

— Oh… mais d'où vient cette délicieuse odeur ? demanda-t-elle

— D'une pizzéria au coin de la rue.

— On y va ?

— La pizza n'est pas exactement ce que…

— Exactement ce que quoi ?

— Eh bien, à mon avis, c'est un peu trop gras pour une femme… euh… enceinte.

— Pour ton information, le gras est un apport essentiel pour le corps. Tu comptes me nourrir ou pas ?

— Très bien. Alors, soit on va à la pizzéria, soit on fait des courses à l'épicerie, comme prévu, ce qui nous permettra d'acheter de quoi faire des sandwichs et peut-être des fruits ou une salade.

— Fruits et salade ? Mais où est passé le bon vivant que je connaissais autrefois ?

— Petite maligne, murmura-t-il, en lui embrassant le bout du nez.

— En fait, tu as raison. Je préférerais des sandwichs.

— Si tu as vraiment envie de sucre et de gras, j'ai des biscuits à la cannelle à la maison…

— Tu *avais*.

— Quoi ?

— Je les ai mangés tout à l'heure en rangeant. Pour quoi crois-tu que j'aie fini ton lait ?

— Donc mes placards n'étaient pas aussi vides que ça…

— N'en rajoute pas, McBride.

— Je n'oserais jamais, Harding.

Ils entrèrent dans l'épicerie, où le caissier engagea aussitôt la conversation avec Liam sur le championnat de base-ball. Pendant ce temps, Ellie se dirigea vers le fond du magasin, où se trouvait un rayon charcuterie bien garni.

— Bonjour, dit une vendeuse brune coiffée d'une casquette des Red Sox. Vous êtes une amie de Liam ?

— Quelque chose comme ça.

Une amie qui s'apprêtait à avoir un enfant avec lui.

— Que puis-je vous servir ? demanda l'employée.

— Voyons…, dit Ellie en parcourant la vitrine en quête d'une spécialité qui lui faisait vraiment envie, ce qui n'était pas facile, son appétit étant aussi changeant que ses humeurs.

— Liam a un faible pour le jambon au miel, suggéra la vendeuse.

— D'accord. Mettez-moi aussi un peu de provolone.

Liam la rejoignit, un paquet de pain de mie à la main.

— Je ne mange pas ça, dit-elle aussitôt.

— Quoi ? Tu n'aimes plus le pain, maintenant ?

— Si, mais uniquement complet ou aux céréales. J'ai passé l'été à essayer de t'éduquer sur ce point…

La vendeuse se mit à rire.

— Comme ça, madame O'Brien, ça vous fait rire que je me fasse réprimander comme un enfant ? lui lança Liam.

— À mon avis, il est grand temps que tu t'installes avec une femme qui prendra ton alimentation en main, déclara-t-elle.

— Nous ne sommes pas…

— Oh ! On est juste…

La vendeuse leur adressa un clin d'œil en leur tendant les deux paquets.

À peine eurent-ils quitté l'épicerie qu'Ellie sortit des biscuits au chocolat de son sac. Liam secoua la tête, scandalisé. Après l'avoir chapitré sur les vertus d'une alimentation saine, voilà qu'elle se bourrait de biscuits ! Les femmes enceintes étaient-elles dénuées de toute logique ? Il se promit de questionner sa sœur à ce sujet.

— Tu vois ? C'est pour ça que je ne pourrais jamais emménager au-dessus de chez toi, décréta-t-elle en entamant son deuxième biscuit.

— Que veux-tu dire ?

— Tous les gens que nous avons croisés ont supposé que nous étions ensemble.

— C'était le cas, non ?

— Je veux dire *vraiment* ensemble. Imagine que je vive ici. Dès que ma grossesse sera visible, tes voisins poseront toutes sortes de questions et en déduiront…

— Que nous couchons ensemble ? Je te signale que ce serait exactement la même chose à Loon Lake.

— Peut-être. Mais au moins les gens de Loon Lake

seront là pour moi si j'ai besoin d'aide, répliqua-t-elle, vexée.

Il eut soudain une envie folle de mordiller cette lèvre boudeuse.

— Ellie, permets-moi de te rappeler que l'on est à Boston, ici, et pas dans les années cinquante. Personne ne juge plus personne.

— D'accord, mais alors comment se fait-il que tu ne sois jamais sorti avec la petite-fille de Mme Sullivan ?

— Parce que j'habite dans cette rue. Imagine que je rompe avec elle…

— Tu as pourtant dit que tu restais toujours en bons termes avec tes ex.

— Mais qu'en penserait Mme Sullivan, à ton avis ?

— Pas faux.

— Et pour ton information, je ne suis pas un dragueur invétéré, précisa-t-il.

Cela dit, il avait eu assez d'expériences pour repérer les moments où les femmes commençaient à se lasser de sa tiédeur en matière d'engagement, ce qui lui permettait de rompre avant que les choses dégénèrent.

Il n'avait aucune envie que les choses dégénèrent avec Ellie. Le fait d'avoir un enfant ensemble allait-il compliquer leur relation ?

— Tu es quand même sorti avec pas mal de femmes, reprit-elle.

— Peut-être… Mais sur une quinzaine d'années, je ne suis jamais sorti avec deux femmes à la fois et je n'ai jamais piqué la compagne d'un autre.

Pourquoi ressentait-il le besoin de se justifier sur son passé amoureux ? Il ne l'avait jamais fait avant.

Lorsqu'ils furent devant sa porte, Ellie proposa de le

soulager des sacs le temps qu'il sorte ses clés. Au moment où elle les lui prit des mains, leurs doigts se frôlèrent, et il y eut entre eux une sorte de mini-décharge électrique. Apparemment, l'alchimie était toujours là malgré les deux mois de séparation, constata-t-il.

Mais il devait l'ignorer puisqu'ils devaient mettre fin à leur liaison et se concentrer sur un partenariat pour le bien de leur enfant.

Ils déjeunèrent au salon. Alors qu'Ellie rapportait son assiette vide à la cuisine, elle tomba en arrêt. Penché en avant, Liam chargeait le lave-vaisselle. Lorsqu'il souffla sur une mèche qui lui tombait sur les yeux, elle eut soudain envie de passer la main dans ses cheveux... Hélas, leur liaison était terminée, et tout geste tendre était désormais exclu.

— Bon, je ne vais pas tarder à rentrer, dit-elle en lui tendant son assiette et en piquant un autre biscuit dans le paquet posé sur le comptoir. Je préfère éviter les embouteillages.

— Pourquoi tu ne dors pas là, ce soir ? Tu as l'air épuisée.

— Ça ira. Je n'avais pas prévu de rester, je n'ai apporté aucune affaire.

L'idée de préparer un sac pour la nuit lui avait traversé l'esprit, mais elle y avait renoncé, ne tenant pas à envoyer le mauvais message. Que ce soit à Liam ou à elle-même. Ou peut-être à tous les deux.

— On peut aller t'acheter deux ou trois choses, si tu veux, suggéra-t-il. Il y a tout à Boston, tu sais. Magasins, restaurants, hôpitaux...

— Ne recommence pas...

Bien que croyant à la coparentalité, vivre si près de Liam sans partager sa vie serait impossible. Elle voulait tout. Elle en avait assez d'être la bonne copine de service. Était-ce trop demander que de vouloir un homme qui la considère comme une amie, une amante, une partenaire de vie, un homme dont elle ferait battre le cœur et qui ferait battre le sien ? Qui s'intéresserait à autre chose qu'à ses performances au bowling ? Et ne se réfugierait pas dans le travail à la moindre difficulté ?

C'était ce que son père avait fait lorsqu'elle était tombée malade. Elle savait que c'était pour se protéger, mais en réprimant ses émotions, il n'avait fait que négliger celles de sa femme.

— Si tu tiens vraiment à rentrer, c'est moi qui conduirai, déclara-t-il en fermant le lave-vaisselle. Pas question de prendre le risque que tu t'endormes au volant.

— Encore une fois, tu oublies que je suis infirmière. Et que j'ai longtemps travaillé de nuit.

S'adossant contre le comptoir, il croisa les bras sur sa poitrine.

— Et toi tu oublies que c'est la première fois que tu es enceinte. Alors le choix est simple, Ellie. Soit tu restes ici ce soir, soit je te reconduis chez toi.

Elle piqua un autre biscuit. Elle pouvait toujours s'engager dans une nouvelle passe d'armes avec lui, mais à quoi bon ? Elle était effectivement épuisée et n'avait aucune envie de reprendre la route. Maintenant qu'elle lui avait annoncé la nouvelle, elle n'avait plus aucune énergie.

— Mais toi, quand rentreras-tu à Boston ? s'enquit-elle.

— Demain, pourquoi ?

C'était une bonne chose qu'ils passent du temps

ensemble pour leur futur bébé. Mais en voyant le sourire sexy qu'il lui lança, elle se sentit plus vulnérable que jamais. S'il continuait à la regarder comme ça, comment allait-elle pouvoir lui résister ?

— OK. Tu me raccompagnes.

— Je vais prendre quelques affaires.

— Très bien, mais je te préviens, tu dormiras sur le canapé, lança-t-elle alors qu'il sortait de la cuisine.

Il jeta un œil par-dessus son épaule et revint vers elle à reculons, hilare. Manifestement, il n'avait pas oublié leurs galipettes sur ce canapé. Mince. Maintenant elle avait, elle aussi, toutes ces visions en tête. Visions qui étaient toujours aussi présentes lorsqu'ils montèrent en voiture.

— Que puis-je te dire pour te convaincre de t'installer à Boston ? demanda-t-il soudain.

Dis-moi que tu m'aimes et que tu ne peux pas vivre sans moi. Dis-moi que je suis la personne la plus importante de ta vie. Dis-moi que tu es là pour le meilleur et pour le pire.

— Rien. Cela n'arrivera pas, répondit-elle.

Contre toute attente, il n'insista pas et alla préparer ses affaires.

Quelques minutes plus tard, ils quittaient Boston et Liam s'engageait sur l'autoroute. Elle pensait que le sujet était clos, mais c'était sans compter sur la ténacité de Liam…

— Les deux appartements du haut sont aussi confortables que le mien, reprit-il. Tu pourrais choisir celui que tu veux et le décorer à ta guise.

— Ce serait sûrement formidable, mais je préfère rester à Loon Lake.

Là où elle ne serait pas une simple spectatrice de la vie de Liam et serait entourée de ses amis. Si elle avait fait partie de la vie de Liam, cela aurait été moins difficile de quitter Loon Lake. Mais ce n'était pas le cas, et elle devait en tirer les conclusions qui s'imposaient.

— Tu m'as dit que Meg avait choisi d'élever ses enfants à Loon Lake, reprit-elle. Eh bien, je suis exactement comme elle. Je n'ai rien contre Boston. Ton quartier est charmant, tranquille, et tes voisins sont très gentils. Seulement je préfère vivre dans une petite ville, même si ce n'est pas évident tous les jours.

— Très bien, je n'insisterai plus, alors.

— Merci, dit-elle, bien que consciente que le sujet était loin d'être clos. Et j'aime l'idée que notre enfant grandisse auprès de ceux de Meg.

Il hocha la tête et soupira.

— Je comprends.

— Et puis, imagine. Dans sept ou huit ans, Fiona sera en âge de faire du baby-sitting, ajouta-t-elle.

— Fiona, baby-sitter ? Dieu nous en garde ! s'exclama-t-il en s'esclaffant.

Elle éclata de rire en étouffant un bâillement, se cala confortablement dans son siège. De plus en plus, elle avait des coups de barre en plein après-midi, même si elle avait bien dormi la nuit précédente.

Mais, malgré sa fatigue, le débat faisait toujours rage dans son esprit. Oui, elle voulait faire ce qu'il y avait de mieux pour son enfant et elle était convaincue que Liam serait un père formidable. Sans compter que le reste de la famille McBride entourerait leur enfant de tout leur amour.

Était-ce si égoïste d'en vouloir aussi un peu pour elle ?

- 10 -

Liam pensait sincèrement ce qu'il avait dit. Il ne tenterait plus de convaincre Ellie de déménager. Cela dit, les trois cents kilomètres entre Boston et Loon Lake paraissaient insurmontables. Que ferait-il en cas d'urgence ? Ou si Ellie ou son enfant avait besoin de lui ?

Il jeta un rapide coup d'œil à sa passagère endormie et sourit. Bien qu'appréciant sa compagnie, il était heureux qu'elle prenne le repos dont elle avait manifestement bien besoin.

Il avait bien fait de la raccompagner. Elle était vraiment trop fatiguée pour conduire. Il commençait à prendre conscience de l'énormité de la situation. Cependant, il semblait s'habituer à l'idée d'être père car il ne paniquait plus chaque fois que cette pensée lui traversait l'esprit. Enfin, il paniquait moins…

Avant leur départ, ils s'étaient mis d'accord sur le fait d'annoncer la nouvelle d'abord à Meg. Eh bien, le moment était venu, songea-t-il, s'engageant dans l'allée menant au bungalow de sa sœur et son beau-frère.

Située à une centaine de mètres de la route principale, la maison était entourée d'arbres, au-delà desquels s'étendait le lac. Dans le jardin, il y avait un bac à sable et une balançoire. Le lieu était idéal pour une famille, et Liam comprenait de mieux en mieux pourquoi sa sœur avait refusé sa proposition d'acheter avec lui la maison de Boston.

Il se gara à côté de la voiture de Meg et coupa le moteur avant de réveiller Ellie qui sortit de la voiture comme une somnambule.

— Hé, n'oublie pas que nous sommes en mission, lui rappela-t-il. Cela nous fera un bon entraînement avant tes parents.

— Tu as raison, allons-y.

Meg leur ouvrit aussitôt la porte, vêtue d'un jean et d'un sweat-shirt trois fois trop grand pour elle.

— Je pensais bien avoir entendu un bruit de moteur. Quelle surprise ! s'exclama-t-elle en les serrant tour à tour dans ses bras.

— J'espère que l'on ne te dérange pas, dit Ellie en se mordillant la lèvre inférieure.

— Pas du tout. Entrez, répondit Meg en les précédant dans la cuisine. Désolée, mais j'ai des biscuits au four et je veux pouvoir les surveiller.

Liam jeta un œil autour de lui, surpris par le silence. Avec deux enfants et un chien, l'ambiance était habituellement beaucoup plus survoltée.

— Où est tout le monde ? s'enquit-il.

— James fait la sieste, et Riley est parti chercher Fiona à l'école avec le chien. Il a prévu ensuite une petite balade au bord du lac. Allons, asseyez-vous, ajouta Meg en posant un paquet de biscuits sur la table.

— Mmm, mes biscuits au chocolat préférés, dit-il en tendant le bras pour en prendre un.

— Hé, malotru ! le gronda Meg en lui donnant une tape sur la main. Laisse d'abord Ellie se servir. Un petit café pour accompagner les biscuits ?

— Surtout pas ! s'écria Liam, se rappelant de l'aversion d'Ellie pour l'odeur du café. Euh… je veux dire, non, merci. Du lait, ça ira.

Meg le dévisagea, perplexe, avant de poser une brique de lait et des verres sur la table.

Ellie s'assit et prit un biscuit tandis qu'il servait du lait à tout le monde.

— Je savais que tu allais à Boston, Ellie, mais tu ne m'avais pas dit que tu rentrais avec M. Catastrophe, murmura Meg.

— Je ne savais pas qu'il allait venir, expliqua Ellie sur le même ton. C'est lui qui a insisté. Tu sais comment il peut être…

— Hé, les filles, je vous entends, grommela Liam en croquant dans son biscuit.

À en croire l'expression de Meg, elle se doutait de quelque chose. Le moment était venu de cracher le morceau.

— Meg, nous avons quelque chose à t'annoncer, dit-il en regardant sa sœur dans les yeux.

Histoire de se laisser un peu de temps avec la grande déclaration, il prit une gorgée de lait.

Cette dernière eut un sourire triomphal.

— Vous allez vous marier ! s'exclama-t-elle.

Il faillit s'étouffer avec son lait.

— Non ! rétorqua-t-il en recrachant la gorgée qu'il était en train d'avaler.

— Ah, mais quel abruti ! s'écria Meg.

— Qu'est-ce que c'est que ce langage ? marmonna Liam en s'essuyant avec une serviette. Un peu de respect pour ton grand frère.

— Tu l'as mérité, décréta Meg. Désolée, Ellie…

— Pas grave. Mais Liam a raison. Le mariage ne fait pas partie de nos projets, précisa-t-elle, les larmes aux yeux.

Liam se sentit complètement idiot. C'était la deuxième fois qu'il faisait pleurer Ellie, aujourd'hui.

— En fait…, poursuivit Ellie en s'éclaircissant la gorge. Je suis… euh… Nous allons avoir un bébé.

— Un… *bébé* ? répéta Meg, les yeux ronds comme des soucoupes. Waouh ! Euh… je veux dire, félicitations. Ce n'est pas rien.

— Mais nous ne sommes pas…

— Non…

Meg les dévisagea tour à tour, incrédule.

— Avoir un bébé, c'est très sérieux, vous en êtes conscients ? demanda-t-elle.

Ellie avait rougi violemment, et Liam foudroya Meg du regard pour lui faire comprendre de modérer son langage.

— Nous en sommes conscients, oui, répondit-il. C'est pourquoi nous avons décidé d'élever notre enfant ensemble, tout en restant amis.

Meg hocha la tête, sceptique.

— Papa est au courant ? demanda-t-elle.

— Pas encore, répondit-il.

— Au moins, ta situation professionnelle est meilleure que la mienne quand j'ai dû lui avouer que j'étais enceinte, fit remarquer Meg.

— Mais je n'ai pas l'excuse de la jeunesse…

— Il s'en remettra. Doris a une bonne influence sur lui et elle adore les bébés, répondit Meg avant de tourner vers Ellie. Je suis heureuse pour vous deux et ravie de devenir tante. Je n'aurais jamais imaginé que j'aurais cet honneur. Riley est fils unique. Quant à Liam, il est…

— Stop ! l'interrompit-il en fronçant les sourcils.

Meg leva les yeux au ciel.

— Et les enfants seront enchantés, eux aussi, quand je leur dirai qu'ils vont avoir un cousin ou une cousine, poursuivit-elle. Hélas, je suppose que tu ne vivras pas à Loon Lake, mon cher frère…

— Tu supposes bien. Je n'ai pas l'intention de déménager.

— Et moi non plus, décréta Ellie. Loon Lake est une ville parfaite pour élever un enfant.

— Super ! s'exclama Meg, enthousiaste. Comme ça, nous pourrons passer notre grossesse ensemble. Et peut-être avec Mary, aussi, car je sais qu'elle est impatiente d'avoir un deuxième enfant. Ce serait amusant que nos enfants grandissent tous ensemble, non ?

— Ce serait merveilleux…, murmura Ellie. J'adorerais que nos enfants deviennent une famille.

À cet instant, Riley fit son entrée dans la cuisine.

— Bonjour, tout le monde !

Meg se leva pour l'accueillir, glissant un bras autour de sa taille.

— Où est Fiona ? s'enquit-elle.

— Bon sang ! Je savais bien que j'avais oublié quelque chose…, répondit-il en l'embrassant. Elle est dehors avec le chien. Je les laisse s'ébattre encore un peu, on sera plus tranquilles.

— Bonne idée, murmura Meg, se pressant contre lui.

— Hé, n'oubliez pas que vous n'êtes pas seuls ! leur fit remarquer Liam, feignant d'être choqué.

Au-delà de la plaisanterie, il ne pouvait que constater

à quel point sa sœur et Riley étaient heureux en mariage. Et cela l'interpellait. Ellie et lui pourraient-ils construire ce genre de vie ensemble ? Chaque fois qu'il imaginait son avenir, n'était-elle pas au centre de ses visions ?

— Au fait, reprit Meg en tapotant le torse de Riley. Tu n'imagineras jamais : Liam et Ellie vont avoir un bébé !

— Vraiment ? Félicitations, répondit Riley en donnant une tape sur le dos de Liam. C'est pour quand ?

— On ne sait pas, répondit Liam. Ellie n'a pas encore consulté.

— Je ne parlais pas de la date d'accouchement, fit remarquer Riley, mais du maria... Aïe !

Meg venait de lui asséner un coup de poing dans les côtes, et il se tut aussitôt.

— Ellie et mon frère ont décidé d'élever leur enfant ensemble, tout en restant amis, expliqua Meg, reprenant par prudence l'exacte formulation de Liam.

À cet instant, Fiona déboula dans la cuisine.

— Maman, j'ai appris à Mangy à attraper le Frisbee ! Sauf qu'il ne me le rapporte pas.

— Eh bien, tu n'auras qu'à lui apprendre à le faire une prochaine fois, répondit Meg.

— D'accord, répondit Fiona. Oncle Liam ? Je ne savais pas que tu étais là ! Où est ton pick-up ?

— Je suis venu avec Ellie, expliqua-t-il en étreignant sa nièce.

Fiona s'écarta, surprise.

— Pourquoi ? Tu as besoin d'une infirmière ?

— Non, Ellie et moi sommes amis. Nous avons eu envie de te voir, alors nous avons pris sa voiture.

— Pourquoi vous aviez envie de me voir ? demanda Fiona.

— Euh…

Un cri d'enfant retentit quelque part dans la maison, sauvant Liam in extremis des questions embarrassantes de sa nièce.

— Je vais le chercher, proposa Riley.

— Merci, dit Meg en le retenant par la chemise pour l'embrasser.

Fiona pointa ses parents du doigt.

— Oh-oh, maman, tu devrais faire attention. Oncle Liam dit que si on s'embrasse trop, on risque d'avoir un bébé…

Liam leva les yeux au ciel.

— Ah oui ? répliqua Meg en lui lançant un regard moqueur. Fiona, pourquoi n'emmènes-tu pas Ellie dehors pour lui montrer comment tu as appris à Mangy à attraper le Frisbee ? Peut-être que tatie Ellie te dira comment faire pour qu'il te le rapporte.

— D'accord ! Oncle Liam et toi, vous ne venez pas ?

— Si, si, on arrive.

Liam regarda Fiona et Ellie sortir, regrettant d'être coincé dans la cuisine avec sa sœur… qui allait sûrement lui remonter les bretelles.

— Vas-y, attaque, marmonna-t-il, résigné.

— Ce n'est pas mon intention, mon cher frère. La seule chose que j'ai à dire c'est que, de la même façon que ma vie de couple avec Riley ne te regarde pas, je n'ai pas à me mêler de tes choix de vie. Je ne me prononcerai donc pas sur ta décision de ne pas épouser Ellie. Même si vous devez avoir un enfant ensemble.

— Nous n'aurions peut-être pas dû rester dîner avec mes parents, fit remarquer Ellie alors que Liam et elle regagnaient son appartement.

Liam étouffa un bâillement. Contrairement à elle, il n'avait pas eu la chance de faire une sieste et avait passé au moins deux heures à jouer avec Fiona et le chien.

— J'ai oublié que tu avais travaillé toute la nuit, ajouta-t-elle.

— Ce n'est pas grave. Ta mère est bonne cuisinière et j'ai quand même dormi un peu, la nuit dernière. Et puis je n'allais pas refuser l'invitation de ton père.

L'échange avec ses parents s'était somme toute assez bien passé. Sa mère avait certes exprimé des réserves lorsqu'ils avaient annoncé qu'ils ne comptaient pas se marier mais elle avait hâte d'être grand-mère. Et lorsque son père avait objecté, elle l'avait fait taire d'un regard, déclarant que cela ne les regardait pas. Son père avait toutefois pris Liam entre quatre yeux pendant qu'elle aidait sa mère à débarrasser.

— Alors, que t'a dit mon père quand vous êtes allés au salon ? s'enquit-elle.

— Oh ! tu sais, le genre de trucs que des hommes peuvent se dire dans ce genre de situation.

— C'est-à-dire ? demanda-t-elle, déterminée à ne pas le laisser botter en touche.

— Le championnat de base-ball, tout ça. Au fait, comment te sens tu ?

— Très bien.

Certes, ils n'étaient pas en couple, mais ils allaient avoir un enfant. Et s'ils devaient être parents, ils devaient apprendre à communiquer. C'était la base.

— Donc tu es en train de me dire que mon père s'est

enfermé au salon avec toi pour te parler de base-ball ? reprit-elle.

Il soupira.

— Il a bien fait deux ou trois allusions à ta grossesse, mais rien de plus.

— Il ne t'a pas traité de dégonflé ? Ça m'étonne qu'il n'ait pas mis en cause ta virilité…

— Arrête, s'il te plaît, marmonna-t-il, embarrassé.

— Désolée, murmura-t-elle en se mordant l'intérieur de la joue pour ne pas rire.

— Tu ne l'es absolument pas. Ton père a abordé les choses avec subtilité. Il n'a pas sorti son fusil pour faire pression sur moi, si c'est ça que tu veux savoir. Cependant, il a insisté sur le fait qu'il était important que je m'implique dans ma paternité, ce qui incluait un soutien financier. Je lui ai assuré que c'était bien entendu dans mes intentions.

— Ma mère a dit que nous devrions prendre un chien. En guise d'entraînement… avant d'avoir un enfant.

Liam éclata rire.

— J'en parlerai à Riley, si tu veux, puisqu'il veut donner leur chien à cause de l'asthme de Meg, proposa-t-il.

— Comment pourrions-nous nous occuper d'un chien ? Alors que nous travaillons tous les deux ? fit-elle remarquer en riant avant de se tourner vers lui, effarée. Oh ! mon Dieu, Liam ! Quel genre de parents serons-nous si nous ne sommes même pas capables de nous occuper d'un chien ?

Il se gara devant son appartement et lui prit la main.

— Tout d'abord, nous n'avons pas de chien, alors arrête de t'inquiéter d'une chose qui n'existe pas. De plus, nous avons largement le temps de nous organiser.

— Peut-être, mais les choses se bousculent dans mon esprit, lui fit-elle remarquer. Je vais être mère célibataire. Qui sait si je pourrai terminer ma formation ? Si c'est le cas, je ne pourrai pas changer de travail…

Elle détestait se plaindre, aussi s'empressa-t-elle de relativiser. Elle aimait son travail, même si celui-ci était parfois stressant. De plus, elle gagnait très correctement sa vie. En réalité, elle était bien mieux lotie que la plupart des gens à cet égard. Et avec l'aide de Liam, ce serait plus confortable encore. La pauvre Meg n'avait pas eu cette chance. À l'époque, Riley avait disparu de sa vie et elle avait été seule une bonne partie de sa grossesse.

— Personne ne te demande de renoncer à ton projet professionnel, reprit Liam. Si cela peut te rassurer, nous ferons un planning avec nos jours de récupération. Cela nous aidera à anticiper.

— Tu as raison.

— Qu'est-ce que tu as dit ?

— Que tu avais raison.

— Je peux mettre ça par écrit, Harding ?

— Oh ! n'exagère pas, McBride…

Il se mit à rire, lui pressant doucement la main avant de sortir de voiture.

Elle le précéda dans l'escalier menant à l'appartement mais, lorsqu'elle ouvrit la porte, d'autres pensées l'assaillirent. Cet appartement était parfait pour une femme seule. Mais où mettrait-elle tout l'attirail nécessaire pour un bébé ? Rien que la cuisine était trop petite pour y caser une chaise haute !

Le bruit sourd d'un sac heurtant le sol la ramena sur Terre, et les mains de Liam vinrent se poser sur ses épaules comme s'il avait suivi le déroulement de ses pensées. Elle se rapprocha, s'imprégnant de sa chaleur et de sa force.

— Tout va bien se passer, murmura-t-il en lui massant doucement les épaules.

Elle se tourna pour le regarder.

— Comment se fait-il que je sois celle qui panique et toi la voix de la raison ?

Il l'étreignit doucement.

— C'est parce que je me suis fixé une règle.

— Laquelle ? demanda-t-elle en pivotant sur elle-même pour se blottir dans ses bras.

C'était si bon d'appuyer sa tête contre son torse et d'écouter les battements réguliers de son cœur.

— J'ai décidé qu'il était interdit de paniquer à deux en même temps, répondit-il. Je compte donc sur toi pour être la voix de la raison quand je paniquerai. Alors, qu'est-ce que tu en dis ? Marché conclu ?

Elle le serra dans ses bras mais sans s'attarder davantage, consciente qu'elle ne devait pas prolonger le contact. Il n'était pas question qu'il pense qu'elle le désirait, même si c'était vrai.

— Marché conclu, répondit-elle.

- 11 -

Le message d'Ellie était clair, songea Liam en prenant son sac. Ils restaient amis, mais le sexe, c'était terminé.

L'amitié, n'était-ce pas exactement ce qu'il voulait ? La seule chose qui puisse lui éviter de s'ouvrir et donc de se rendre vulnérable, ce qu'Ellie exigerait de lui s'ils reprenaient leur liaison…

Que se passerait-il en cas de rechute de son cancer, si elle élevait seule son enfant ? Et ne passerait-il pas pour un terrible égoïste s'il lui posait la question ?

Secouant la tête pour chasser ces pensées inopportunes, il la rejoignit dans le salon.

Son appartement, d'une soixantaine de mètres carrés, était deux fois plus petit que le sien. Et il se rappelait parfaitement les quantités de choses qu'il avait fallu acheter à la naissance de Fiona. Il y avait des affaires de bébé partout, dans la maison que Meg et lui occupaient avec leur père.

— Tu as assez de place ici ? demanda-t-il.

— Tu as déjà dormi chez moi. Tu sais que…

— Non, je voulais dire après… euh… l'arrivée du bébé.

— Je te l'ai déjà dit, je n'emménagerai pas dans un appartement au-dessus du tien, déclara-t-elle en se dirigeant vers le placard du couloir.

— Ce n'est pas ce que je voulais dire, répliqua-t-il, même si cela restait à ses yeux la meilleure solution.

Il décida toutefois de ne pas remettre la discussion sur le tapis. Ils étaient tous les deux trop fatigués, ce soir.

— En tout cas, si tu décides de prendre quelque chose de plus grand à Loon Lake, Riley et moi pourrons t'aider à déménager, lui assura-t-il.

Elle revint avec draps et couverture.

— J'en prends note mais, pour l'instant, je ne suis pas sûre d'avoir l'énergie de faire des cartons.

— Tu es sûre que c'est normal, cette fatigue ? On devrait en parler à un médecin, non ?

— C'est parfaitement normal d'être fatiguée au début.

— Les vomissements aussi ?

— J'en ai bien peur, répondit-elle en prenant un drap. Avec un peu de chance, ça va s'arranger d'ici un mois. Je crois savoir que le deuxième trimestre est plus facile. Comment ça s'était passé pour Meg ?

— Je me souviens juste qu'elle a très bien dissimulé sa première grossesse. Mais je n'étais pas là à la seconde.

— Vu les circonstances de sa première grossesse, je suppose que c'était logique.

— Donc, tu étais sérieuse quand tu as dit que je dormirais sur le canapé, fit-il remarquer en l'aidant à étendre le drap.

— Tu peux toujours dormir chez ta sœur, si elle veut bien de toi, répliqua-t-elle en glissant un coussin dans la taie d'oreiller.

C'était ce qui s'appelait renvoyer quelqu'un dans ses quinze mètres. Mais bon, au moins, il avait essayé.

— Trop bondé, dit-il.

— Comment ça ? Il y a une nouvelle pièce, non ?

— Je veux surtout parler des enfants et du chien.

— Et à ton avis, ce sera comment ici, une fois que ce bébé sera là ?

— Pourquoi t'ai-je proposé de déménager à Boston, à ton avis ? répliqua-t-il, regrettant aussitôt son ton professoral.

— Laisse tomber, Liam, dit-elle en lissant la couverture. Eh bien, bonne nuit. Et fais de beaux rêves.

— Comme ça, tu ne vas même pas avoir pitié de moi ? lança-t-il dans une tentative désespérée, alors qu'elle se dirigeait déjà vers sa chambre.

— Ce n'est pas la peine de faire cette tête de chien battu, McBride. Je ne céderai pas.

— Tu ne sais même pas quelle tête je fais ! Tu as le dos tourné !

Lorsqu'elle se fut enfermée dans sa chambre, il se déshabilla, ne gardant que son boxer, et se glissa entre les draps.

Peu après, il s'éveilla en sursaut et, regardant autour de lui, reconnut la silhouette d'Ellie.

— Ça va ? demanda-t-il.

— Oui. J'allais juste chercher un verre d'eau à la cuisine. Désolée de t'avoir réveillé, mais je n'ai pas l'habitude qu'il y ait quelqu'un chez moi.

— Ce n'est rien. J'ai cru que tu avais encore la nausée.

— C'est surtout le matin. Et encore, ce n'est pas systématique.

— Tant mieux.

— Oui, tant mieux, répondit-elle sèchement.

Il leva les yeux au ciel. Qu'avait-il dit, encore ?

— Ellie, je ne voulais pas… Je voulais juste…

— Décidément, tu réagis au quart de tour, McBride, répliqua-t-elle en lui tapotant l'épaule.

— Alors, arrête d'appuyer sur mon point sensible, marmonna-t-il, soulagé qu'elle ne soit pas en colère. J'essaie juste de te soutenir.

— Et j'apprécie, mais tu n'as pas besoin de me surveiller.

— Je ne te surveille pas.

Et même s'il la surveillait, qui pourrait l'en blâmer ? Elle était enceinte de lui. Il faisait de son mieux pour faire bonne figure et ne pas laisser transparaître sa panique.

— Bien ! Bonne nuit, Liam. Encore désolée de t'avoir réveillé.

— Ne t'inquiète pas pour ça.

Elle regagna sa chambre et il se rallongea.

Il venait à peine de trouver la bonne position quand il entendit un bruit. Il ouvrit les yeux. Ellie se tenait à côté du canapé. Il se redressa.

— Que se passe-t-il ?

Elle se mordilla la lèvre inférieure.

— Mmm… ce canapé n'est pas très confortable.

— J'ai connu pire.

Elle lui prit la main.

— Ellie ? Que fais-tu ?

— Je ne voudrais pas envoyer le mauvais signal mais… on peut partager mon lit, non ? En tout bien tout honneur, évidemment.

Submergé de soulagement, il prit son oreiller et suivit Ellie jusqu'à sa chambre. Passer la nuit dans le même lit qu'elle, même platoniquement, était important. Il n'arrivait pas à savoir pourquoi. Il s'était passé trop de choses aujourd'hui pour qu'il puisse donner un sens à tout ce fatras d'émotions. Il savait juste qu'il voulait être aussi proche d'elle que possible.

La première pensée d'Ellie, le lendemain matin, fut pour Liam. Elle était dans ses bras et ce n'était pas un rêve. Finalement, elle lui avait proposé de partager son lit. Lorsqu'elle s'était endormie, ils étaient sagement allongés chacun de leur côté. Maintenant, ils étaient blottis l'un contre l'autre, comme si leurs corps s'étaient rapprochés de leur propre chef.

Avec un soupir, elle se pressa contre lui, bien décidée à profiter de ce moment.

— Ellie ?

— Mmm ? marmonna-t-elle en se tortillant.

Il s'éclaircit la gorge :

— Tu pourrais ne pas faire ça ?

Elle refit le même mouvement… avant de réaliser ce qu'elle faisait. Pourquoi jouait-elle avec lui alors qu'elle n'avait pas l'intention d'aller jusqu'au bout ? En même temps, ce serait sans danger. Au moins, elle ne tomberait pas enceinte une deuxième fois. Elle se tortilla à nouveau.

— Ça ? demanda-t-elle.

— Oui…, gémit-il.

— Désolée, dit-elle en se tournant vers lui. Vraiment, je suis désolée. Ce n'est pas sympa.

— Non, sauf si tu as envie de…

Son portable sonna avant qu'il puisse terminer. Il consulta l'écran et poussa un soupir exaspéré.

— C'est mon père.

— Alors tu ferais mieux de décrocher, lui fit-elle remarquer sans savoir si elle était soulagée ou déçue de l'interruption.

— Attends, dit-il, la retenant de la main alors qu'elle s'apprêtait à reprendre sa place de l'autre côté du lit.

Lorsqu'elle se retourna, il lui planta un baiser rapide sur les lèvres avant de se lever.

Elle en profita pour admirer son dos et ses fesses bien moulées dans son boxer noir alors qu'il se dirigeait vers le salon.

Attrapant son peignoir, elle l'enfila pour le rejoindre.

— Salut, papa ? Quoi de neuf ? dit-il avant de grimacer en écoutant ce que disait son père. J'aurais dû m'en douter. Mais sache que l'on avait prévu de te le dire nous-mêmes à ton retour.

Apparemment, Mac avait appris la nouvelle par quelqu'un d'autre, comprit Ellie.

Liam leva les yeux au ciel lorsque leurs regards se croisèrent. Elle sourit.

— Je sais, mais… Oui, j'étais avec elle quand nous l'avons dit à ses parents. Merci. À bientôt.

Posant son téléphone, il inspira profondément.

— Ton père est au courant, c'est ça ? Par Meg ?

— Non, Fiona. Elle a tout raconté à son grand-père. Meg n'a pas eu le temps de lui prendre le téléphone des mains.

— Il était furieux ?

— Pas parce qu'il l'a appris par quelqu'un d'autre que nous.

— Laïsse-moi deviner. À cause du côté « ami-ami » ?

— C'est ça.

Elle le prit par la taille et le serra dans ses bras.

— Une fois que le bébé sera là, il sera ravi.

— Oui, j'entendais Doris derrière lui qui me félicitait, précisa-t-il en déposant un tendre baiser sur ses lèvres.

Son téléphone sonna à nouveau.

— Et ça, ça doit être ma sœur…, marmonna-t-il avant de jeter un œil à l'écran. Je te l'avais dit !

Ellie se mit à rire.

— Ah, voilà la grande bavarde ! dit-il en décrochant.

Ellie entendit Meg s'excuser à l'autre bout du fil.

— Depuis quand Fiona a-t-elle été capable de garder un secret ? Elle tient sans doute de sa mère, fit remarquer Liam, moqueur. J'exagère, tu trouves ?

Pendant qu'il discutait avec Meg, Ellie se dirigea vers la cuisine pour préparer le petit déjeuner.

Elle prenait habituellement des céréales, mais ce matin elle voulait faire autre chose puisqu'elle avait un invité. Elle opta pour des œufs au bacon.

— J'ai le temps de me doucher avant le petit déjeuner ? demanda Liam lorsqu'il eut raccroché.

— Bien sûr.

Après le petit déjeuner, il l'aida à ranger la cuisine.

— Au fait, Ellie, j'ai remarqué que ton voyant de pression des pneus était allumé. Je vais aller les gonfler et faire le plein d'essence.

— OK, répondit-elle en sortant son porte-monnaie de son sac.

— Ellie, range ça…

— Mais…

— Il n'y a pas de mais, dit-il en l'embrassant sur le front.

Ellie profita de ce moment de tranquillité pour réviser son examen. Aurait-elle la force de mener sa reconversion professionnelle à terme ? L'argent qu'elle avait dépensé pour cette formation aurait peut-être pu servir à louer un appartement plus grand. Même s'il y avait toujours l'offre de Liam d'emménager dans l'un de ses appartements, à Boston…

Elle se caressa le ventre, s'excusant silencieusement auprès de cette vie nouvelle qui grandissait en elle. Avait-elle tort de refuser de s'installer à Boston ? Son enfant souffrirait-il de cette décision ? Ou valait-il mieux pour lui être protégé d'un père incapable de gérer ses émotions autrement qu'en se réfugiant dans le travail ?

La porte de l'appartement s'ouvrit et elle referma son livre, réalisant qu'elle n'avait absolument pas travaillé.

— Ça en a pris du temps, dis donc, fit-elle remarquer.

— J'ai aussi fait changer l'huile.

— Tu n'aurais pas dû.

— Le pompiste a insisté. Apparemment, c'était le moment.

— Si le pompiste a insisté, alors…, répliqua-t-elle, agacée, avant de réaliser que c'était bien agréable d'avoir auprès de soi quelqu'un qui s'occupait des menus problèmes du quotidien.

— D'ailleurs, il te donne le bonjour.

— Comme c'est gentil, dit-elle avant de faire une petite moue. Au fait, j'ai faim…

— Déjà ?

— J'ai pris un en-cas tout à l'heure, mais mon estomac crie famine.

— Eh bien sortons, suggéra-t-il. Il est encore tôt mais on peut toujours déjeuner de bonne heure, non ? Puisque je suis là, autant joindre l'utile à l'agréable.

Elle le dévisagea, un peu déçue. Elle aspirait à beaucoup plus qu'à joindre l'utile à l'agréable. Elle voulait qu'ils soient un couple, qu'ils forment une vraie famille. Peut-être était-ce le moment de lui mettre les points sur les *i*. Comment obtiendrait-elle ce qu'elle voulait si elle ne le demandait pas ?

— Liam, je...

— Si nous étions sortis ensemble plus souvent, nous ne serions peut-être pas dans cette situation.

— Tu crois ? demanda-t-elle avec un petit rire crispé.

Il plongea son regard brillant dans le sien.

— Non, pas vraiment, avoua-t-il. Je pense en fait que c'est une vengeance de l'univers pour toutes les remarques que j'ai pu faire au sujet de Meg et Riley.

— Je pense que c'est un peu plus que ça.

— Vraiment ? Tu devrais peut-être me montrer... Comme ça, je ne mourrai pas idiot.

— Bien essayé, mais tu as promis de m'emmener au restaurant et je suis affamée. Tu sais bien que c'est prioritaire.

Il soupira, résigné.

— Quand je t'aurai nourri, nous pourrons peut-être reprendre cette discussion ?

— Peut-être...

- 12 -

Ellie sortit les œufs du réfrigérateur en chantonnant. Ce matin, Liam s'était levé spécialement pour aller lui chercher des biscuits salés et apaiser sa fringale, avant de filer sous la douche.

En échange, elle pouvait bien lui préparer un petit déjeuner. Elle était en train d'émincer des poivrons et des oignons lorsque son téléphone sonna. Elle s'essuya les mains avant de répondre.

— Ellie, comme je suis contente de t'entendre ! dit Meg.

— Que se passe-t-il ?

— Désolée de te déranger, je sais que tu es en congé, mais pourrais-tu me garder James quelques heures aujourd'hui ? Riley a été appelé au travail et je dois accompagner la classe de Fiona à une sortie.

— Pas de problème. J'ai le temps de me doucher ?

— Bien sûr. Merci ! Tu me sauves la vie.

— Pas de quoi. J'arrive dès que possible.

Liam apparut dans le salon. Son jean déboutonné lui tombait sur les hanches, laissant apparaître la bande du boxer. Il était torse nu, une serviette sur l'épaule.

— C'est le boulot qui t'appelle ? s'enquit-il.

— Non. Ta sœur. Elle a besoin d'aide, répondit-elle le regard rivé sur son torse, se rappelant la façon dont ses muscles réagissaient sous ses doigts.

— Ah, pour quoi ?

S'il avait figuré sur l'un de ces calendriers sexy, toutes les femmes se seraient pâmées devant ses abdos d'acier et ce duvet en forme de V qui disparaissait sous la ceinture du jean…

— Ellie ? Tu rêves ?

Elle tressaillit, retrouvant difficilement le fil de la conversation.

— Meg a besoin que je lui garde James quelques heures.

Jetant sa serviette sur une chaise, il attrapa un T-shirt gris à manches longues.

— À quelle heure ? demanda-t-il.

— Dès que possible. Juste le temps de me doucher et de m'habiller, répondit-elle en jetant un œil à sa montre.

— On prend un petit déjeuner avant d'y aller ?

— Parce que tu viens avec moi ? s'enquit-elle, le cœur battant.

— Qu'est-ce que tu en dis ?

— Avec plaisir. J'avais commencé à préparer le petit déjeuner, mais il faut que je me douche.

— Que préparais-tu ?

— Une omelette. Tout est sur le plan de travail.

— Je m'en occupe, dit-il.

Une demi-heure plus tard, Meg leur ouvrait la porte, James calé sur sa hanche et le chien à leurs côtés. James tenait un quart de banane à moitié écrasé dans sa main.

— Super ! Deux pour le prix d'un ! s'exclama Meg.

— Pourquoi ? Tu as l'intention de nous payer ? rétorqua Liam en riant.

Meg les guida jusqu'à la nouvelle pièce à vivre, dont

les grandes baies vitrées donnaient sur les bois situés à l'arrière de la maison. Il n'y avait pas encore de terrasse, mais ce serait sans doute le prochain chantier.

— Bonjour, mon chou, dit Ellie en plantant un baiser sur le nez de James.

Le petit garçon sourit. Il avait les joues maculées de banane. Meg lui essuya rapidement la bouche.

— Il était en plein petit déjeuner. Je n'ai pas encore eu le temps de le laver, expliqua-t-elle.

Le bébé tendit sa banane à Liam.

— Miim…

— Merci, mon pote, mais j'ai déjà mangé.

— Je vais le débarbouiller, si tu veux, proposa Ellie en prenant James des bras de sa mère. Tu aimes ça, les bananes, hein, mon grand ?

James tendit sa banane à Ellie mais celle-ci refusa, prenant un air dégoûté. Fasciné, le bébé imita sa grimace et éclata de rire, lâchant du même coup la banane. À leurs pieds. Mangy l'attrapa au vol.

— Très utile, un chien, quand on a des enfants, fit remarquer Meg. Sérieusement, vous devriez y penser.

Se rappelant la polémique déclenchée par leur conversation sur les chiens, Liam jeta un regard inquiet à Ellie. Par chance, elle gazouillait avec James et n'avait rien entendu.

Meg embrassa son fils, puis Ellie disparut avec lui dans la salle de bains.

— Bon. Je suis pressée, dit Meg. Des questions, avant que j'y aille ?

— Oui. Quel est le numéro de la chaîne de sport à la télévision ?

— Aucune idée, répondit Meg en attrapant son sac.

— Comment peux-tu ignorer une chose aussi cruciale ?

— C'est très simple, mon cher frère. Je ne regarde jamais la télévision. Surtout en ce moment, ajouta-t-elle en tapotant son ventre encore plat. Une fois que les enfants sont au lit, je suis épuisée et je vais me coucher. Ça ira mieux quand Riley ne travaillera plus de nuit.

— Bien sûr… Désolé d'avoir posé la question.

— En tout cas, bonne chance pour trouver la télécommande. C'est le jouet préféré de James depuis qu'il peut se mettre debout en s'accrochant à la table du salon.

— Vraiment, l'organisation laisse à désirer dans cette maison…

Meg lui adressa un sourire diabolique.

— Tu n'imagines pas à quel point je suis pressée de voir comment tu t'en sortiras avec un gamin dans les pattes ! répliqua-t-elle.

— Entre Ellie et moi, ce sera l'armée. Nous allons tout contrôler, déclara-t-il.

Meg éclata de rire.

— Mon pauvre, tu seras dépassé, comme nous tous. Et dans des proportions que tu ne peux même pas imaginer. Bon, je te laisse chercher la télécommande, j'y vais.

Une fois sa sœur partie, il regarda autour de lui, un peu désemparé.

— Moi qui voulais regarder les nouvelles sportives, je sens que c'est hautement compromis…, grommela-t-il en se mettant à fouiller le canapé.

Mais à chaque fois qu'il soulevait un coussin, Mangy fourrait le nez dessous.

— Qu'est-ce que tu cherches, toi ? demanda-t-il en lui tapotant la tête.

À cet instant, le chien attrapa quelque chose sous un

coussin et tenta de s'enfuir avec. Liam le retint par le collier et lui arracha un jouet en plastique de la gueule.

— Qu'est-ce que vous fabriquez, tous les deux ? demanda Ellie, James calé sur sa hanche.

En voyant le jouet, le bébé se mit à se tortiller dans ses bras.

— On cherchait la télécommande, mais Mangy a trouvé ce jouet, répondit-il. Désolé, mon vieux, ajouta-t-il à l'attention du chien, mais ce n'est certainement pas à toi.

— Tiens, surveille James, je vais laver ce jouet, dit Ellie en déposant James par terre. Reste ici avec oncle Miim, je vais nettoyer ton jouet, d'accord ?

— Comment ça, oncle Miim ? Ne t'y mets pas, toi aussi. Je viens juste d'apprendre à Fiona à prononcer mon prénom correctement.

James se mit à ramper vers la table basse et se leva.

— Miim… Miim… Miim…, balbutia-t-il en tendant les bras vers Liam.

Liam donna le jouet à Ellie et s'assit face à son neveu.

— Écoute bien : Li-am… Vas-y, dis-le.

Le bébé le dévisagea, perplexe.

— Désolée, mais je crois que tu vas rester « oncle Miim » pendant un bon moment encore, intervint Ellie en riant. Mais au moins, tu n'auras pas ce problème avec le nôtre.

— Comment ça ?

— Parce qu'il ou elle t'appellera papa.

— Quoi ? Waouh, ça fait peur. Mais si ma sœur et Riley ont survécu à ça, alors nous survivrons, nous aussi… j'imagine.

— Tu crois ?

— Enfin, toi, oui, vu que tu es infirmière aux urgences. Tu as toutes les qualifications requises pour être maman.

— Je ne sais pas si on me laissera ramener ce bébé chez moi… Je suis tellement distraite, en ce moment.

— Ah bon ? dit-il en farfouillant sous les coussins, toujours à la recherche de la télécommande.

Elle s'assit par terre à côté de James.

— Figure-toi que la semaine dernière, j'ai mis du jus d'orange sur mes cornflakes.

— Tu n'avais plus de lait ? demanda-t-il en regardant, perplexe, un minuscule dé en plastique rose qu'il venait d'extraire du canapé.

— Pas du tout. Je me suis trompée.

— Et donc ? fit-il en posant l'objet sur la table basse, avant de se raviser en réalisant ce que James pourrait en faire.

— J'ai tout jeté, bien sûr, et je me suis resservie.

— À ta place, j'aurais mangé les céréales avec le jus d'orange.

— Tu es bien un mec !

Il haussa les sourcils.

— Content que tu l'aies enfin remarqué. Ah ! Voilà la télécommande.

Ellie leva les yeux au ciel.

— Passe-moi ce chapeau de Barbie, je vais le ranger dans la chambre de Fiona.

— Comment sais-tu ce genre de choses ? demanda-t-il en lui donnant le dé rose qu'il avait toujours à la main.

— C'est un truc de fille.

— Hé, James, et si on regardait le sport ? lança joyeusement Liam en s'asseyant avec James sur le canapé.

Comme ça, tu pourras tuyauter ton père sur les vraies équipes de base-ball.

— Oh ! je crois qu'il est mouillé. Je vais chercher une couche propre.

— C'est vrai, tu es mouillé, dit Liam en soulevant le bébé, qui éclata de rire.

Ellie revint avec une couche et un paquet de lingettes.

— Tu veux que je m'en occupe ? demanda-t-elle.

— C'est bon. J'ai déjà changé Fiona. Un peu d'entraînement ne me fera pas de mal.

Allongeant James sur une couverture posée par terre, il le déshabilla et lui ôta sa couche trempée. Apparemment, il n'avait pas perdu la main.

— Liam, attends ! Mets ça sur…

Au moment où il levait les yeux pour prendre le gant de toilette que lui tendait Ellie, un jet de liquide chaud inonda sa chemise.

Il jeta un regard perplexe à James.

— Qu'est-ce qui lui prend, tout à coup ?

— C'est un truc de garçon, expliqua Ellie en riant.

— Pourquoi tu ne m'as pas prévenu ?

— Je pensais que tu le savais. Puisque tu as déjà changé des bébés, paraît-il.

— Quand je changeais Fiona, elle n'a jamais fait ça.

— Parce que c'est une fille. Quoique parfois, ça arrive quand même.

— Et que faut-il faire pour éviter ça ?

— Anticiper en posant un gant de toilette ou une serviette.

— Comment aurais-je pu imaginer une chose pareille ?

— C'est la première fois que tu changes James ?

Il acquiesça sans répondre.

— Eh bien, maintenant tu le sais ! répliqua Ellie. Essaie de voir le bon côté des choses. Au moins, il a épargné ton visage.

James se remit à rire.

— Tu trouves ça drôle, toi ? marmonna Liam en lui chatouillant les pieds Maintenant je vais devoir emprunter une chemise à ton papa et obliger ta maman à laver la mienne.

— Miim, gazouilla le bébé en tendant les bras vers lui.

Liam regarda James, pensif. Il y avait tant de choses qu'il ignorait sur les bébés et les enfants, malgré le temps qu'il passait avec sa nièce et son neveu. Son propre père avait-il ressenti la même chose, à l'époque ? Cette impression d'être complètement dépassé par la situation ?

Il réalisa alors que son apprentissage ne faisait que commencer.

Une fois de plus, Ellie s'éveilla dans un lit vide. Trois jours plus tôt, Nick, l'ami de Liam, était passé le chercher. Elle se retourna et passa la main sur les draps froids, réalisant à quel point elle s'était habituée à avoir Liam à ses côtés.

Elle ne savait même pas quand elle le reverrait. Apparemment, il profitait de son temps libre pour faire des heures supplémentaires. Ce qui était prévu depuis longtemps, lui avait-il expliqué.

Frissonnant dans le froid matinal, elle enfila son peignoir puis s'immobilisa, à l'écoute de son corps. Aucune nausée ne semblait s'annoncer. Du moins, pour l'instant. Bien sûr, celles-ci pouvaient toujours se manifester à d'autres moments de la journée ; une simple odeur suffisait parfois à les déclencher.

Malgré cette accalmie passagère, les nausées s'étaient accrues, dernièrement. Mais ce n'était pas surprenant car l'afflux d'hormones, vers la huitième semaine, se traduisait généralement de cette façon.

Aujourd'hui, c'était son premier rendez-vous chez le gynécologue. Elle s'y rendrait seule, et c'était en partie sa faute. Car elle avait expliqué à Liam que ce n'était qu'une visite de routine. Mais à présent elle était triste d'y aller non accompagnée. Au moins, Liam ne manquerait pas la première échographie qui serait effectuée un peu plus tard, au troisième mois.

Certes, Liam semblait désireux de s'impliquer mais leur éloignement géographique ne faciliterait pas les choses, à moins, bien sûr, qu'elle déménage à Boston. Sur ce point, elle n'avait pas évolué. Abandonner la vie qu'elle s'était construite ici pour devenir une simple spectatrice de celle de Liam à Boston ne présentait aucun intérêt à ses yeux.

Mais je n'ai pas forcément dit mon dernier mot ! assura-t-elle à son reflet dans le miroir tout en se brossant les cheveux.

Chez le médecin, alors qu'elle feuilletait des magazines people vieux de trois mois, elle réalisa qu'elle était incapable de se concentrer. Trop de choses lui passaient par la tête. Curieusement, le fait de travailler dans le domaine médical ne l'aidait absolument pas, dans ce genre de situation.

Certes, les tests sanguins prévus aujourd'hui étaient de la routine, mais ils concernaient aussi son bébé. Cela changeait tout. Statistiquement, elle avait autant de chances que n'importe quelle femme de mener cette grossesse à terme dans de bonnes conditions. Mais comment réagirait-elle si les analyses révélaient que son bébé avait un problème ? Tout comme ses parents avant elle, serait-elle un jour confrontée au fait que son enfant soit atteint d'une maladie potentiellement mortelle ?

Chassant vivement ces pensées noires de son esprit, elle regarda les autres femmes à différents stades de grossesse qui attendaient comme elle, parfois accompagnées de leur partenaire. Poussant un soupir, elle reposa son magazine.

À cet instant, une infirmière apparut et appela son nom.

— Ellie, quel plaisir de te revoir.

Ellie reconnut aussitôt son ancienne camarade d'étude.

— Kim Smith, c'est ça ?

— C'est Dawson maintenant, répondit l'infirmière en l'entraînant dans un couloir.

— Eh bien moi, c'est toujours Harding, comme tu as sûrement dû le voir sur la fiche, fit-elle remarquer, se sentant rougir.

Elle s'en voulut de sa gêne ridicule. Des quantités de femmes n'avaient-elles pas des enfants hors mariage, de nos jours, y compris à Loon Lake ?

— Et comment ça va, depuis tout ce temps ? demanda Kim.

— C'est une question professionnelle ou personnelle ?

— Les deux, répondit Kim en riant. Bien. Monte sur la balance.

— J'ai horreur de ça…

— Et ça ne fait que commencer.

Kim nota son poids sur sa fiche.

— Bon, maintenant, assieds-toi, je vais prendre ta tension.

— Tu aurais dû le faire avant que je monte sur cette

balance. Ma tension sera sûrement plus élevée que d'habitude.

— Pas de souci. Alors, ce début de grossesse ?

— Tout se passe à peu près normalement, si ce n'est les nausées qui peuvent surgir à n'importe quelle heure. Sans parler de mon état émotionnel. Je pleure pour tout et n'importe quoi.

— J'ai connu ça, moi aussi. Je ne sortais jamais sans un sac en plastique et plusieurs paquets de mouchoirs, lui expliqua Kim en posant la fiche sur la table. Après la tension, je te ferai une prise de sang. Mais tu connais la procédure.

— C'est vrai, mais ce n'est jamais la même chose quand c'est toi qui subis un examen, répondit-elle, regrettant une fois de plus l'absence de Liam.

— J'avoue que les infirmières et les médecins ne font pas les meilleurs patients, fit remarquer Kim en ajustant le brassard du tensiomètre. Ça te plaît toujours, les urgences ?

— Oui, mais je n'exclus pas le fait d'évoluer. Surtout maintenant que je suis enceinte. Et toi, tu aimes ce que tu fais ?

— Oh ! ce n'est certainement pas aussi motivant que les urgences, mais les horaires sont plus faciles quand on a une famille, répondit Kim en notant la tension d'Ellie sur sa fiche.

Ellie acquiesça, réalisant que, tout comme Kim, elle avait quelqu'un d'autre qu'elle-même à prendre en considération, à présent. Peut-être devrait-elle renoncer à ses services de douze heures d'affilée…

— On devrait avoir les résultats complets d'ici une à deux semaines, expliqua Kim en terminant la prise de sang. Aujourd'hui, nous allons juste vérifier les taux de fer et de vitamines. Si besoin, nous te prescrirons des compléments. Voilà, c'est terminé ! Ça m'a fait plaisir de te revoir. Le médecin va venir t'examiner.

Les dix minutes qui suivirent parurent durer une éternité, et Ellie commençait à sérieusement s'impatienter lorsque la porte s'ouvrit et que Kim passa la tête dans la pièce.

— Le docteur demande que tu fasses une échographie. Heureusement, nous avons l'équipement sur place.

L'estomac d'Ellie se noua. Depuis qu'on lui avait diagnostiqué un cancer, elle craignait toujours les complications.

— Que se passe-t-il ? Pourquoi le médecin a-t-il demandé une écho ? C'est au troisième mois, en principe.

— Ellie, tu sais bien que je ne peux rien te dire, répondit Kim. Mais il n'y a aucune raison de t'affoler, ajouta-t-elle en souriant, avant de s'éclipser.

Foudroyant la porte du regard, Ellie se tordit les mains. Réagissait-elle de manière excessive ? Peut-être, mais c'était parfaitement son droit. Après tout, c'était son bébé et ce serait peut-être sa seule chance d'être mère…

Au bout de dix autres minutes à tenter d'apaiser le cours angoissé de ses pensées, Ellie entendit frapper à la porte.

— Enfin, marmonna-t-elle.

La porte s'ouvrit. C'était la secrétaire.

— Quelqu'un demande à vous voir, mademoiselle Harding, mais j'ai besoin de votre permission.

Qui cela pouvait-il bien être ? Sa mère ? Ellie dévisagea la secrétaire, perplexe.

— Allez-y, faites entrer, répondit-elle.

À peine eut-elle donné sa permission que Liam entra, vêtu de son uniforme de pompier.

Elle cligna des yeux, mais la vision persista. Liam était bien là !

- 13 -

Ellie se redressa, stupéfaite.

— Qu'est-ce que tu fais là ?

Liam ferma la porte et la rejoignit en deux enjambées.

— Je te l'ai dit, je veux être à tes côtés. J'ai pris la route ce matin, dès la fin de mon service, et j'ai appelé Meg pour savoir où tu étais, expliqua-t-il.

— Je suis tellement heureuse de te voir, murmura-t-elle, les larmes aux yeux. Il y a un problème…

— Que se passe-t-il ?

— Je ne sais pas. C'était un examen de routine mais…

Elle agita les mains, incapable de poursuivre.

Sans un mot, il l'attira au creux de ses bras et la serra contre lui.

Elle l'aimait. Elle était amoureuse de lui. Ce n'était pas un béguin d'écolière. Ni une attirance irrépressible pour un pompier sexy. Mais un amour profond et éternel.

Elle renifla contre sa poitrine.

— Oh ! Liam, et si notre bébé avait un problème ?

Il l'étreignit de nouveau.

— Alors nous ferons ce qu'il faut. Ils ont dit ce qui se passait ?

— Non.

Il lui massa doucement le dos.

— La secrétaire n'avait pas l'air très inquiète.

— Elle ne sait sans doute rien, et dans le cas contraire, elle n'a pas le droit d'en parler.

— Ellie ? dit soudain Kim en ouvrant la porte. Oh ! désolée. Je ne savais pas qu'il y avait quelqu'un d'autre, ajouta-t-elle, manifestement impressionnée par l'uniforme de Liam.

— Liam McBride, se présenta-t-il en lui serrant la main. Désolé, je suis en retard. Mais j'ai travaillé de nuit et je n'ai pu prendre la route que ce matin.

— Depuis Boston ? demanda Kim en jetant un coup d'œil à l'écusson de son uniforme. Ce n'est pas la porte à côté…

— En effet.

Ellie se leva.

— Liam est le… le père du bébé.

C'était un peu idiot de dire les choses comme ça, mais c'était l'explication la plus simple.

— Enchantée, Liam. Je m'appelle Kim. Ellie et moi avons fait l'école d'infirmières ensemble. La salle d'échographie est prête. C'est juste au bout du couloir. Ellie, tu peux laisser tes affaires ici.

Kim se tourna vers Liam.

— Si vous voulez bien rester…

— Non, il vient avec moi, l'interrompit Ellie en tendant la main vers lui.

Kim hocha la tête.

— Bien sûr, je voulais juste dire qu'il pouvait rester ici le temps que je te prépare pour l'examen.

Une fois Ellie partie avec Kim, Liam se mit à faire les cent pas dans la petite pièce, attendant que l'infirmière revienne le chercher. Était-ce Ellie ou le bébé qui avait un problème ? Chaque fois que le mot cancer tentait de s'imposer dans son esprit, il le repoussait résolument.

Un problème à la fois, McBride. Attends d'être fixé, s'ordonna-t-il, fixant la porte fermée.

Il aurait voulu l'ouvrir et exiger des explications. Il aurait voulu courir vers Ellie, la prendre dans ses bras et régler le problème une fois pour toutes.

Il se félicita d'avoir écouté son instinct lorsqu'il avait décidé de la rejoindre. Car, examen de routine ou pas, Ellie avait besoin de lui. D'ailleurs, rien ne pouvait être de la routine lorsqu'il s'agissait de votre enfant.

Mais aujourd'hui, il ne pouvait pas laisser Ellie traverser cette épreuve seule. Il se souvint de la promesse qu'il lui avait faite d'être fort quand elle en aurait besoin. Eh bien, le moment était venu de faire ses preuves !

La porte s'ouvrit et il résista à l'envie de bondir sur Kim et d'exiger des réponses.

— Nous sommes prêtes, annonça cette dernière.

Il la suivit dans la salle d'échographie où Ellie est allongée sur une table d'examen, les genoux relevés. Un drap recouvrait la moitié inférieure de son corps.

— Je te présente Liam, dit Kim à la technicienne avant de s'en aller.

— Bonjour, Liam. Je m'appelle Sherrie. Je suppose que vous savez que nous ne pourrons pas encore déterminer le sexe du bébé.

— Oui, ce n'est pas pour ça que nous sommes là, dit Ellie.

— Je voulais juste mettre les choses au clair, précisa Sherrie.

Liam vint se placer à côté d'Ellie et lui prit la main.

— Ellie, maintenant détendez-vous, dit Sherrie.

Liam glissa ses doigts entre ceux d'Ellie et pressa sa main contre sa poitrine. En regardant le moniteur, il essaya de donner un sens à ce qu'il voyait.

— Je vais appeler le médecin, déclara soudain Sherrie en se levant d'un bond avant de sortir de la pièce.

— Liam ! Pourquoi elle va chercher un médecin ? Qu'est-ce qu'elle a vu ?

— Du calme, murmura-t-il en lui embrassant le front. Tu le sais, le personnel médical n'a le droit de rien dire.

— Mais en général, quand tout va bien, ils le disent tout de suite. Si elle est allée chercher le médecin, c'est qu'il y a un problème. Oh ! Liam, quelle horreur…

— Ellie, regarde-moi, ordonna-t-il gentiment en se penchant vers elle. Quel que soit le problème, nous y ferons face ensemble. Je suis là, ajouta-t-il d'un ton assuré malgré l'angoisse qui lui tordait les tripes.

Un homme grisonnant entra et se présenta comme étant le Dr Stanley.

— Alors, voyons voir…, dit-il en chaussant ses lunettes avant de s'asseoir face à l'écran.

— Alors ? demanda Ellie dans un souffle.

— Il semble qu'il y ait deux embryons.

— D… deux ? bafouilla Liam.

Le Dr Stanley hocha la tête.

— Félicitations. Vous allez avoir des jumeaux.

Liam fixa le médecin, médusé. Quoi ? Des jumeaux ? C'était possible, ça ? Bien sûr que c'était possible !

— Merci… Je ne sais pas quoi dire… Je suis tellement soulagée, murmura Ellie. N'est-ce pas merveilleux, Liam ? Liam ?

Le docteur se leva d'un bond, poussant le tabouret roulant vers Liam.

— Tiens, fiston. Tu en as plus besoin que moi.

Liam se laissa tomber sur le tabouret, essayant de digérer l'information.

Bien sûr, il était ravi que tout aille bien… mais *deux* bébés ? En même temps ?

— Vous en êtes sûr, docteur ? demanda-t-il.

— Absolument. C'est encore trop tôt pour déterminer le sexe, mais je peux vous dire que ce sont de faux jumeaux. À part ça, l'échographie est parfaitement normale. Nous aurons juste besoin de surveiller la maman d'un peu plus près vers la fin, mais je ne vois aucune raison de s'inquiéter.

— Avec de faux jumeaux, nous aurons peut-être un garçon et une fille, fit remarquer Ellie. Je suis sûre que Meg dira que nous l'avons copiée.

— Bien, si vous n'avez pas de questions, je vais demander à Kim de vous donner des brochures sur les grossesses multiples, dit le Dr Stanley. Elle vous prescrira aussi des vitamines.

— Merci, docteur, je suis tellement soulagée, dit Ellie.

— Désolé que vous ayez eu peur. Vous pouvez être tout à fait rassurée à présent.

Il les félicita à nouveau et quitta la pièce.

Liam serra la main du médecin, dans un état second. Depuis l'annonce de la présence de deux bébés, il avait l'impression d'être dans une bulle, n'entendant que le bruit de sa respiration.

— Vous avez l'air un peu sonné, lui fit remarquer Kim en le raccompagnant jusqu'à la salle d'attente.

— Je venais à peine de m'habituer à l'idée qu'il y en ait un, et maintenant il y en a deux… En même temps…

— Je comprends, et c'est parfaitement normal. Si vous

voulez, je peux vous mettre en contact avec un groupe de paroles dédié aux grossesses multiples.

— Ça existe ?

— Bien sûr, répondit Kim en riant. Votre réaction est assez typique, en tout cas. Bien, je vous laisse. Ellie ne va pas tarder.

Liam se laissa tomber sur une chaise et enfouit la tête dans ses mains.

Bon. La nouvelle était certes inattendue mais il pouvait faire face. Cela dit, quel impact une grossesse gémellaire pouvait-elle avoir sur le corps ? Ellie devait absolument emménager à Boston. Mais bien sûr, il ne pourrait pas lui mettre la pression à ce sujet. Elle pouvait être têtue.

Il fixa ses bottes comme si elles pouvaient lui fournir des réponses.

Il allait en parler à Meg. Peut-être serait-elle de bon conseil.

Ellie frappa à la porte de Meg et Riley. Meg avait insisté pour qu'ils viennent dîner. Apparemment, elle les considérait à présent comme un couple, et Ellie ne savait pas trop quoi en penser. La ville entière ne tarderait pas à faire de même, surtout si Liam venait tous les quatre matins à Loon Lake. Contrairement au personnel médical, les gens croisés dans la salle d'attente n'étaient pas tenus à la discrétion.

En attendant que Meg ou Riley ouvre la porte, elle jeta un regard à Liam. Il était devenu blanc comme un linge quand il avait appris la nouvelle, après l'échographie. Il s'était vite ressaisi, mais elle savait que sa joie n'était pas vraiment sincère. Elle n'était pas loin de partager le même sentiment. Après le soulagement, elle n'avait pas tardé à replonger dans l'angoisse.

La porte s'ouvrit et Riley les accueillit, James en larmes dans les bras.

— Entrez. Désolé pour ça.

— Pas de souci, répondit Ellie. Qu'est-ce qu'il a, le pauvre chou ? demanda-t-elle, réalisant que, d'ici peu, elle serait confrontée aux mêmes psychodrames, fois deux !

— Je lui ai interdit de toucher aux jouets de Fiona, expliqua Riley en s'écartant pour les laisser entrer.

— Tu t'inquiètes pour sa virilité ? fit remarquer Liam, moqueur, en les précédant dans le salon où se trouvait Meg.

— Tu devrais savoir qu'il risque de s'étouffer, s'il met à la bouche des petites pièces, expliqua cette dernière. Je te ferai une liste des dangers pour les petits. Ça ne sera pas du luxe !

— Merci, ma sœur. Où est Fiona ? s'enquit-il en regardant autour de lui.

— À la ferme de Brody et Mary. Ils la ramèneront dans la soirée, expliqua Meg en prenant son fils des bras de Riley.

— Asseyez-vous, dit Riley. Le dîner n'est pas encore prêt. Cette petite crise nous a mis en retard.

— Je peux vous aider ? proposa Ellie.

— Merci, je contrôle la situation, répondit Meg en chatouillant le ventre de James qui se mit à glousser. Riley, et si tu prenais Liam avec toi pour allumer le barbecue ?

— Peut-être pourrions-nous annoncer la nouvelle avant, suggéra Ellie en jetant un coup d'œil à Liam.

Meg les dévisagea tour à tour.

— La nouvelle ? Vous allez vous…

— C'est une nouvelle médicale, l'interrompit Ellie, peu désireuse que Meg oriente la conversation vers le mariage.

— Il y a un problème ? demanda Meg, visiblement inquiète.

— Non, tout va bien, répondit Ellie, posant la main sur son ventre. Les bébés vont bien.

— Oh ! tant mieux ! Attends… Tu as dit *les* bébés ? Au pluriel ? s'écria Meg. Tu veux dire… ?

— Oui, ce sont des jumeaux, répondit Ellie, tout sourire.

À cet instant, elle était sur un petit nuage. D'abord, parce que tout allait bien. Des années plus tôt, elle avait cru ne jamais pouvoir tomber enceinte en raison des traitements contre le cancer. Cela n'avait pas grande importance, à l'époque, mais par la suite, son désir d'enfant était devenu plus pressant. Aujourd'hui, elle en attendait deux ! C'était peut-être un défi, mais c'était aussi un véritable miracle.

Meg l'étreignit tendrement.

— Je suis tellement heureuse pour toi, murmura-t-elle. Même si… je sais que… Mais non. Ce n'est que du bonheur.

— Félicitations, dit Riley, étreignant Ellie à son tour.

— Félicitation à toi aussi, frérot ! s'exclama Meg en serrant son frère dans ses bras. Décidément, il faut toujours que tu essaies de faire mieux que moi !

— Tu vois, Ellie, je t'avais dit qu'elle dirait ça ! fit remarquer Liam en lui adressant un clin d'œil.

— Cela dit, pour me battre, il aurait fallu des triplés, ou des quadruplés, fit remarquer Meg.

— Oh là, doucement ! N'oublions pas que c'est moi qui porte ces bébés ! s'exclama Ellie.

— Désolée, dit Meg en riant. Je suis ravie de devenir tante deux fois de plus.

— Il y a des jumeaux dans ta famille, Ellie ? s'enquit Riley.

— Pas à notre connaissance. Ma mère m'a dit que non quand je lui ai annoncé la nouvelle.

— Elle doit être surexcitée, fit remarquer Meg.

— Totalement ! répondit Ellie. Mais elle ne veut pas être appelée « mamie ».

Meg se mit à rire.

— Elle n'aura peut-être pas le choix. Fiona a appelé Doris « Mamie Mac » pendant très longtemps.

James pointa un doigt vers Liam.

— Miim…

Tout le monde éclata de rire et James se tortilla contre sa mère, fier de son petit effet.

Ce moment joyeux aurait dû détendre Ellie, mais soudain son cœur se serra. Si, à l'avenir, Liam et elle n'étaient pas en couple, il amènerait les enfants aux réunions familiales sans elle… Serait-elle condamnée à les entendre raconter les bons moments passés chez les McBride sans avoir pu les partager ?

Elle fit de son mieux pour refouler les larmes brûlantes qui lui montaient aux yeux.

— En tout cas, vos enfants ont un problème pour nommer les gens, reprit Liam en couvant son neveu du regard.

Liam ne le savait pas encore, mais il ferait un père formidable, songea Ellie.

— Parce que tu crois que les tiens seront différents ? répliqua Meg en riant. Tu verras, cher frère !

Riley se mit à rire et posa une main sur l'épaule de Liam.

— Allez, opération barbecue ! dit-il. Je te rappelle que nous avons des steaks à faire griller. Je n'ai aucune envie que cette discussion dégénère.

Pendant que Riley et Liam s'occupaient du barbecue, Ellie aida Meg à mettre James au lit.

— Bientôt, ce sera moi qui t'aiderai à coucher les tiens, fit remarquer Meg en mettant James en pyjama.

— J'ai comme l'impression que je viendrai souvent te demander conseil.

Meg déposa son fils presque endormi dans son lit.

— Je serai toujours là pour toi, Ellie, tu le sais, n'est-ce pas ?

— Bien sûr, comme je sais que Liam sera un père formidable.

— Évidemment.

Ellie suivit Meg jusqu'à la cuisine pour s'occuper du repas. Elle dressait la table lorsque Liam apparut avec un plat de pommes de terre fumantes. Riley le suivait, une assiette de steaks grillés à la main.

— J'espère que vous avez faim, mesdames ! annonça Riley en posant les steaks sur la table.

— De toi, toujours, chéri, murmura Meg en l'enlaçant.

— Hé, vous voulez nous couper l'appétit ? s'exclama Liam.

— Il va falloir que tu l'éduques, tu en es consciente ? rétorqua Meg à l'attention d'Ellie.

Ellie haussa les épaules en souriant mais elle avait le

cœur serré. Elle aurait tant voulu partager avec Liam la tendresse que Meg et Riley avaient l'un pour l'autre…

Hélas, elle en était loin. Liam semblait encore sous le choc de sa prochaine paternité, même s'il faisait des efforts pour faire bonne figure. Était-ce trop demander que de vouloir un compagnon capable de faire face aux épreuves de la vie ?

— Alors, Ellie, dit Meg lorsque tout le monde fut à table, tu comptes rester dans ton appartement après la naissance des bébés ?

— Au début, oui. Mais des jumeaux, ça change la donne. J'aurais pu caser un berceau chez moi… mais deux ? Je pense donc chercher un logement plus grand, ici, à Loon Lake. Je tiens absolument à vivre ici.

Elle perçut la crispation de Liam, mais celui-ci ne fit aucun commentaire.

— Tu pourrais acheter la maison d'à côté, suggéra Meg en servant les steaks. Ce serait génial, non ?

— Sauf qu'elle n'est pas à vendre, fit remarquer Riley en passant le plat de pommes de terre.

— Peut-être, mais le propriétaire a du mal à trouver des locataires. Je me demande bien pourquoi…

— Sans doute parce qu'ils n'ont pas envie de t'avoir comme voisine, intervint Liam.

Meg grimaça.

— Méfie toi, cher frère. Tu crois être en sécurité de l'autre côté de la table, mais tu te trompes.

— Tu n'as donc aucun contrôle sur ta femme, Riley ? lança Liam, hilare.

Riley embrassa Meg.

— Femme heureuse, vie joyeuse. Pas vrai, chérie ?

— Bon sang, Meg, tu lui as fait un sacré lavage de cerveau, grommela Liam en souriant.

— Le propriétaire serait peut-être intéressé par une location à long terme, reprit Meg.

— Tu as ses coordonnées ? demanda Ellie.

— Je crois, je vais les chercher.

— Merci. C'est sympa.

Ellie savait que ce n'était pas gagné, mais cela valait la peine d'essayer. Vivre à côté de chez Meg et Riley serait formidable. Les enfants pourraient grandir ensemble.

— Tu restes encore quelques jours, Liam ? demanda Riley.

— Non, je dois rentrer ce soir.

— Tu dois ? Pourquoi ? s'enquit Ellie en se mordillant la lèvre.

Elle avait cru qu'il passerait son temps libre avec elle. N'était-elle pas en droit de l'espérer, après ce qu'ils venaient d'apprendre ? Ce n'était pas tous les jours que l'on apprenait qu'on allait être parents de jumeaux. Il y avait tant de choses à dire, de décisions à prendre, y compris sur le choix des prénoms. Elle retint ses larmes, mettant son émotivité sur le compte des hormones.

Liam plongea son regard dans le sien.

— Nick me remplace aujourd'hui. En échange, j'ai promis de le remplacer demain, expliqua-t-il.

Elle le dévisagea, se forçant à sourire.

— Je suis ravie que tu aies pu venir chez le médecin, mais je regrette que tu doives repartir et, en plus, de nuit.

— Ça ira, ne t'inquiète pas. Je suis ravi d'être venu, moi aussi, murmura-t-il en lui effleurant le bras.

— Tiens, voilà Liam qui roucoule, maintenant, fit remarquer Meg d'un ton moqueur. Mais tu es pardonné.

Ce n'est pas tous les jours que l'on apprend que l'on va être papa deux fois.

À ces mots, Liam se mit à agiter le genou sous la table et Ellie posa une main apaisante sur sa cuisse.

— Chacun son tour, lui murmura-t-elle à l'oreille. Quand l'un panique, l'autre le calme. Tu n'as pas oublié ?

Le clin d'œil complice qu'il lui adressa lui réchauffa le cœur, beaucoup plus qu'elle n'aurait pu le dire. Elle cligna des yeux pour chasser ses larmes.

Oui, elle était réellement amoureuse de Liam. Bien sûr, elle n'avait pas eu à faire beaucoup d'efforts pour cela, mais à présent ce sentiment était devenu une certitude et clignotait, tel un néon dans sa tête.

Elle jeta un regard à Meg et Riley. Qu'arriverait-il si elle déménageait à Boston, abandonnant les gens qui l'avaient tant soutenue tout au long de sa maladie ? Et si elle restait à Loon Lake, sa relation avec Liam survivrait-elle à l'éloignement ? Et si son cancer revenait, que deviendraient ses enfants ? Cette épreuve déchirerait-elle cette famille comme cela s'était produit dans la sienne ? Ou, au contraire, les McBride feraient-ils bloc pour les envelopper, les jumeaux et elle, de leur amour ?

- 14 -

Sortant du vestiaire des urgences à la fin de son service, Ellie frotta son dos douloureux et soupira. Au fait, qu'avait-elle pour dîner, dans son réfrigérateur ? Bien que consciente qu'elle devait se nourrir correctement, elle était souvent trop fatiguée pour se préparer autre chose qu'un sandwich.

Elle fit quelques étirements, réalisant à quel point elle était courbaturée. Si elle était déjà épuisée maintenant, dans quel état serait-elle dans quelques mois ? Normalement, la fatigue s'atténuait au cours du deuxième trimestre, mais cela devait être différent pour des jumeaux.

Cela faisait trois jours que Liam était reparti, et il lui manquait. Depuis qu'il avait appris qu'ils attendaient des jumeaux, quelques semaines plus tôt, ils passaient plus de temps ensemble. Ils se téléphonaient aussi beaucoup plus souvent ; Liam l'appelait tous les soirs depuis qu'il était rentré à Boston. Ce qui était bien sûr moins satisfaisant que de se voir.

Ils avaient de longues conversations, mais elle hésitait à lui déclarer ses sentiments. Si elle lui avouait son amour, s'en servirait-il pour l'obliger à déménager à Boston ? Ou croirait-il qu'elle cherchait à lui extorquer une demande en mariage ou à le forcer à s'installer à Loon Lake ? Dans le doute, elle préférait s'abstenir de tout épanchement.

Alors qu'elle remontait le couloir des urgences, elle s'immobilisa, agréablement surprise.

Liam était là, adossé au poste des infirmières. Il discutait avec plusieurs de ses collègues qui semblaient sous le charme. Avant qu'elle ait eu le temps de se demander si elle avait des raisons d'être jalouse, il jeta un œil dans sa direction et lui sourit. Ce sourire et ce regard étincelant ne s'adressaient qu'à elle, et cette certitude la combla. Elle se sentit soudain plus légère, malgré sa fatigue.

— Désolé, mesdames, mais on dirait que mon rendez-vous est arrivé, dit-il en s'avançant vers elle.

Ellie salua ses collègues et sortit de l'hôpital en compagnie de Liam.

— Comme ça, on a rendez-vous ? demanda-t-elle, partagée entre l'envie de sortir avec lui et celle de s'effondrer dans son canapé devant la télévision.

— Il faut bien te nourrir, non ?

— C'est adorable, mais je préférerais rentrer, avoua-t-elle.

Allait-il mal le prendre ? Elle frissonna, resserrant sa veste trop légère autour d'elle. Il la prit tendrement contre lui.

— Pas de problème. J'ai fait des courses. Je cuisinerai pendant que tu te reposeras.

— Génial ! s'exclama-t-elle en se blottissant dans sa chaleur. Rien ne pouvait me faire plus plaisir.

— Qu'est-ce que tu aurais mangé si je n'étais pas venu ?

— Un sandwich au beurre de cacahuètes.

— Avec du pain complet, j'espère ?

— Euh…, murmura-t-elle en regardant ses pieds.

— Honte à toi, Ellie Harding. Quand je pense à tes grandes leçons de morale sur mon alimentation…

— Je sais, mais en ce moment je raffole du pain de mie.

— Eh bien, pas ce soir. Ce sera wok de nouilles sautées au poulet et aux légumes. Absolument équilibré.

— Waouh ! Génial !

— Attends quand même d'y avoir goûté. J'ai aussi apporté un dessert, mais tu devras finir tous tes légumes avant.

— Qu'est-ce qui t'arrive, McBride ? Tu t'entraînes à dire des trucs de papa ?

Il se mit à rire.

— Il y a un début à tout.

— Et ce dessert, tu l'as acheté ou bien… ?

— C'est top secret. Mais si tu veux un indice, sache que mes compétences en pâtisserie sont limitées.

— Alors je crois que j'ai ma petite idée. En tout cas, quel programme !

— Viens. Rentrons à la maison. Tu dois être épuisée.

— Toi aussi, avec tous ces allers-retours.

— Bien sûr mais, contrairement à toi, je ne suis pas tout le temps debout et je ne porte pas deux personnes dans mon ventre.

— Cela dit, l'uniforme de pompier est vraiment très lourd, fit-elle remarquer.

— Peut-être, mais au moins je peux l'enlever.

— Pas faux, marmonna-t-elle en se frottant le ventre. Quand je vois à quel point ils me fatiguent maintenant, je me demande ce que ce sera après leur naissance.

— N'oublie pas que tu ne seras pas seule, lui rappela-t-il en plongeant dans son regard. Tu le sais, n'est-ce pas ?

— Oui, je le sais.

C'était vrai, à ceci près que, la plupart du temps, ils vivaient à trois cents kilomètres l'un de l'autre. Mais elle n'exprima pas ses doutes. Certaines femmes enceintes, comme Meg ou même Mary, avaient connu des situations bien plus difficiles que la sienne. Et contrairement à bien des pères, Liam était prêt à s'impliquer.

Cela dit, c'était aussi par fierté qu'elle évitait de se plaindre. Sachant que les jumeaux la lieraient à Liam pour la vie, qu'ils soient ensemble ou non.Que se passerait-il si elle lui déclarait ses sentiments et qu'il ne les partageait pas ? Après ce qu'elle avait vécu quand elle avait eu son cancer, elle n'avait aucune envie qu'il la regarde avec pitié.

Liam suivit Ellie en voiture jusque chez elle, son sac de courses sur le siège passager. Il n'était pas un fin cuisinier mais un wok était dans ses cordes. Jetant un coup d'œil à la boîte de cannoli posée à côté des courses, il sourit.

Il se gara derrière la voiture d'Ellie et coupa le moteur. En montant l'escalier derrière elle, une étrange sensation le saisit. Pourquoi était-ce soudain si réconfortant d'être de retour à Loon Lake avec elle ?

Arrivé dans la cuisine, il posa les courses sur le plan de travail.

— Avant que j'oublie : Lorena, du supermarché, te passe le bonjour.

— Tu lui as dit que tu allais cuisiner pour moi ?

— Non. Juste que je passais chez toi. Mais elle m'a tellement bombardé de questions que j'ai donné quelques détails.

— C'est vrai que les gens ont tendance à être curieux

dans les petites villes. Bon, je vais me changer. Ensuite, je te donnerai un coup de main.

— Prends ton temps. Je m'en occupe, dit-il en commençant à sortir les courses du sac.

— Il y a de la bière au frais, si tu veux. Sers-toi. Moi je ne peux pas en boire, précisa-t-elle en disparaissant dans le couloir.

Après avoir plongé les nouilles dans l'eau bouillante, il éminça les légumes tout en sirotant une bière. Il était en train de découper les escalopes de poulet en fines lanières lorsque Ellie le rejoignit. Lorsqu'il posa les yeux sur elle, un violent sentiment, mélange de désir et d'envie impérieuse de la protéger, le submergea. Il avait déjà expérimenté les deux, mais jamais en même temps. Cela lui fit l'effet d'un uppercut dans l'estomac.

— Liam ? Qu'est-ce que je peux faire ?

— Rien. Mais tu peux me regarder cuisiner, si tu veux, répondit-il, s'efforçant d'adopter un ton badin.

— Ce n'est pas très productif.

— Alors raconte-moi ta journée, suggéra-t-il en versant un filet d'huile d'olive au fond du wok.

Elle sortit quelques ustensiles des placards tout en lui racontant qu'un homme en pleine crise psychotique avait été admis aux urgences.

— Heureusement, Riley et son adjoint étaient là pour aider les ambulanciers à le maîtriser, précisa-t-elle.

Cessant de remuer les légumes, il la dévisagea, horrifié. L'idée que son Ellie enceinte puisse être exposée à des épisodes violents dans le cadre de son travail lui était insupportable.

— Tu ne crois pas que tu devrais changer de service ? s'enquit-il.

— Pourquoi ?

— Si des personnes dangereuses arrivent aux urgences, tu pourrais être blessée, répondit-il en remuant énergiquement les légumes et le poulet.

— Ces bébés sont très bien protégés pour le moment.

— Je ne parlais pas d'eux. Je parlais de toi, Ellie.

— Je suis une grande fille. Je n'ai pas besoin que l'on me dise ce que j'ai à faire.

— Je m'inquiète pour ta sécurité. C'est un crime ?

Il prit une gorgée de bière avant d'ajouter les nouilles dans le wok.

— Et en plus, tu continues à jouer au softball ! ajouta-t-il, soudain furieux.

— Mais enfin, qu'est-ce que ça peut te faire ? s'exclama-t-elle en le regardant fixement, les mains sur les hanches. Oh ! attends, j'ai compris. On n'aurait pas cette conversation si je n'étais pas enceinte, c'est ça ?

— Que veux-tu que je te réponde, puisque tu l'es ?

— Je t'assure qu'enceinte ou pas, je suis assez grande pour m'occuper de moi. Je n'ai pas besoin de toi.

Il éteignit le brûleur et posa le wok grésillant sur un plateau.

— Le dîner est prêt. Mangeons avant que ça refroidisse, dit-il après avoir rempli deux assiettes.

Elle s'apprêtait à répliquer mais se ravisa lorsqu'il se retourna pour jeter le wok vide dans l'évier, agacé.

Elle s'élança vers lui et glissa les bras autour de sa taille, pressant son front contre son dos.

Il prit ses mains dans les siennes et, pivotant sur lui-même, l'enlaça à son tour.

Elle leva les yeux vers lui.

— Liam, pourquoi on se dispute ?

— Je suis désolé mais je m'inquiète pour toi. Et je parle vraiment *de toi*. Pas des bébés.

— Ça me fait plaisir. Je pense à toi, moi aussi, tu sais ? murmura-t-elle en l'étreignant. D'ailleurs, merci de cuisiner pour moi…

— C'est quand même mieux qu'un sandwich au beurre de cacahuètes, non ?

— Beaucoup mieux.

— Alors, vas-y. Goûte.

Lorsqu'ils eurent terminé leur dîner, elle insista pour ranger la cuisine tandis qu'il cherchait quelque chose à regarder à la télé.

Alors qu'il s'asseyait sur le canapé, son regard tomba sur un guide de grossesse. Il l'ouvrit à l'endroit qu'Ellie avait marqué d'un signet.

Le chapitre en question portait sur les relations sexuelles aux différents stades de la grossesse. Que fallait-il en déduire ? Ellie avait-elle des idées en tête ?

— Ellie ?

— J'arrive, répondit-elle, le rejoignant avec la boîte de cannoli et des serviettes en papier.

Elle s'arrêta net en voyant le guide ouvert devant lui.

— Lecture intéressante, fit-il remarquer.

Elle posa les gâteaux sur la table basse.

— Rends-moi ça, ordonna-t-elle, embarrassée.

— Mais je n'ai pas fini ce chapitre fascinant, protesta-t-il en lui adressant un clin d'œil.

Elle tenta de lui arracher le livre, mais il le tenait fermement.

— On pourrait le lire ensemble, non ? suggéra-t-il.

— Juste ce chapitre ou tout le livre ?

— Tout le livre, bien sûr. Nous devons tout partager.

— Absolument, mais commençons d'abord par ce chapitre, dit-elle en lui adressant un clin d'œil.

À ces mots, il jeta le livre sur la table basse et se leva d'un bond.

— Quoi ? Pas de livre ? Tu penses improviser, McBride ?

— Pourquoi ? Il y a quelque chose de spécial que je devrais savoir ?

— Pas vraiment. Ma grossesse n'est pas encore très avancée.

C'était tout ce qu'il avait besoin de savoir. Il la fit basculer contre lui et la souleva dans ses bras.

— Liam ! Tu vas te blesser !

Il grogna et fit mine de tituber.

— J'avoue que..., marmonna-t-il.

— Hé, je n'ai pas grossi tant que ça !

— Si tu le dis...

— Repose-moi ! ordonna-t-elle avant de passer les bras autour de son cou.

— Pas question ! répliqua-t-il en s'élançant vers la chambre.

Lorsqu'il la posa par terre, il feignit d'être hors d'haleine.

— Si tu es trop fatigué, on n'est pas obligés de passer à l'acte, fit-elle remarquer d'un ton narquois.

— T'inquiète, je suis en pleine forme, rétorqua-t-il en passant les mains autour de sa taille pour l'attirer contre lui.

— Ouf ! j'ai eu peur...

— Dis-moi, murmura-t-il en lui mordillant le lobe de l'oreille. Et si on enlevait certains de ces vêtements ?

— Bonne idée..., répondit-elle en ôtant son sweat-shirt.

Il tomba en arrêt devant son ventre rebondi. Ses bébés

étaient là… Sans réfléchir, il s'agenouilla et pressa la joue contre son ventre.

Alors elle plongea la main dans ses cheveux tandis qu'il passait les bras autour d'elle. Le vent avait tourné. Soudain, la taquinerie n'était plus de mise. Il aurait voulu dire quelque chose, mais il était submergé d'émotions.

— Liam ?

Il n'avait peut-être pas les mots, mais il pouvait lui montrer ce qu'elle représentait pour lui.

Se levant, il lui prit la main et la conduisit jusqu'au lit, où il lui enleva vivement le reste de ses vêtements. Puis il se mit à lui titiller les seins.

— Tes mamelons sont plus foncés, non ? demanda-t-il en la dévisageant, étonné.

— Oui, c'est l'action de l'hormone Beta HCG, ça modifie la pigmentation, expliqua-elle en gloussant.

— J'adore ce jargon infirmier, dit-il avant de plonger dans son regard. Tu es magnifique, Ellie.

— Et toi, tu as beaucoup trop de vêtements…

— Je vais arranger ça, rétorqua-t-il en écartant la couette et en l'aidant à s'allonger.

Il se débarrassa de ses vêtements en un tournemain puis, se glissant aux côtés d'Ellie, la prit dans ses bras.

Contrairement à la première fois, où ils étaient tous deux si fébriles, il prit tout le temps nécessaire pour lui montrer ce qu'il ressentait pour elle, mais sans parvenir à trouver les mots pour le lui dire.

Lorsqu'ils eurent fait l'amour, il la prit au creux de ses bras et posa la joue contre ses cheveux soyeux, réalisant qu'ils formaient à présent un couple. Pour la toute première fois, il s'autorisa à penser à leur avenir. Ensemble.

- 15 -

Ellie sortit de la douche le lendemain matin, radieuse après cette nuit d'amour. Liam et elle auraient-ils un avenir ensemble ? Pouvait-elle l'espérer ? Elle sourit en prenant une serviette. Il n'avait peut-être pas prononcé les mots qu'elle aurait souhaité entendre, mais elle non plus.

Liam l'emmenait chez Tante Polly, un restaurant local connu pour ses crêpes. Ensuite, peut-être qu'elle... Toutes ces pensées s'évaporèrent lorsqu'elle sentit un léger renflement sous son bras gauche. Secouant la tête, elle chassa ses sombres pensées.

En vain.

Un gonflement du ganglion lymphatique axillaire... Non, ce n'était pas bon.

Bien sûr, il pouvait y avoir moult explications autres que le cancer. Luttant contre l'envie de se mettre en position fœtale sur le sol, elle appela Liam.

Il passa la tête dans l'embrasure de la porte et lui adressa un immense sourire. Son sourire eut raison d'elle, et elle étouffa un sanglot.

— Ellie, mon Dieu, que se passe-t-il ? demanda-t-il en entrant dans la petite salle de bains.

— C'est là, dit-elle en levant son bras gauche.

— Quoi ? Qu'est-ce que c'est ?

— Une boule. Le ganglion lymphatique axillaire est hypertrophié...

Son regard croisa le sien.

— Tu en es sûre ?

— Évidemment que j'en suis sûre !

Il l'attira dans ses bras.

— Je n'ai pas envie que tu paniques, c'est tout. Tu t'es peut-être cognée, suggéra-t-il.

— Je m'en souviendrai si je m'étais cognée à cet endroit. Et puis, ce n'est pas douloureux, ou bleu, ou noir, comme un hématome.

Elle se blottit contre sa poitrine tandis qu'il lui massait le dos.

Ils restèrent ainsi un long moment, en silence. On n'entendait plus que le son d'une émission de sport provenant de la télévision dans l'autre pièce.

En soupirant, elle s'écarta.

— Je vais devoir faire une biopsie, dit-elle.

— D'accord. Où et quand ?

Elle sentit ses yeux se brouiller de larmes.

— Tu dis ça comme si tu passais une commande sur Internet, murmura-t-elle.

Il posa un doigt tremblant sur ses joues pour essuyer ses larmes.

— Je suis désolé, Ellie. Je voulais juste…

— Non, c'est moi qui suis désolée. Je ne devrais pas passer mes nerfs sur toi. Laisse-moi m'habiller et je vais téléphoner pour avoir un rendez-vous.

C'était parfois bien utile d'être infirmière dans une petite ville comme Loon Lake. Elle obtint un rendez-vous pour une biopsie en fin de matinée chez son oncologue.

Liam insista pour l'emmener prendre le petit déjeuner chez Tante Polly comme prévu, affirmant que ce n'était bon ni pour lui ni pour elle de rester là à broyer du noir.

Elle appréciait ses efforts de faire comme si de rien n'était, mais en même temps, cela l'agaçait. Toutefois elle accepta, ne voulant pas rendre la situation plus pénible encore.

Après le petit déjeuner, ils se rendirent directement chez le médecin. Dans la salle d'attente, elle s'accrocha littéralement à la main de Liam. Qu'il soit près d'elle aurait dû la rassurer, mais les souvenirs des épreuves traversées par ses parents se bousculaient dans son esprit. Cela avait-il commencé comme ça pour eux ?

L'oncologue, un aimable quinquagénaire, examina avec soin une coupure sur son avant-bras.

— C'est peut-être notre coupable, dit-il.

— Mais ça n'a pas l'air d'être infecté, fit-elle remarquer.

— Peut-être que votre système immunitaire fait son travail et est en train de combattre cette infection, expliqua le médecin. Nous allons faire quelques examens pour nous en assurer, mais je ne veux pas que vous vous inquiétiez. Nous aurons les résultats dans trois ou quatre jours.

De retour à la maison, elle essaya de suivre les conseils du médecin et de rester optimiste. Elle fit semblant de lire son guide de grossesse pendant que Liam réparait une fuite dans les toilettes.

Elle avait eu beau lui dire que le plombier devait passer, il avait insisté. Elle ne pouvait pas lui en vouloir. S'occuper était probablement sa façon de ne pas s'inquiéter pour elle.

Elle l'entendit parler au téléphone et, quelques instants plus tard, il sortit de la chambre avec son sac de voyage.

— Que se passe-t-il ? demanda-t-elle.

Il rougit, embarrassé.

— On m'a demandé de prendre un service supplémentaire, répondit-il.

Elle l'avait entendu parler, mais elle n'avait pas entendu son téléphone sonner. Avait-il inventé une excuse pour s'échapper ?

Il se passa la main dans ses cheveux.

— C'est mon travail, Ellie. C'est ce qui me permettra de subvenir aux besoins de ces bébés.

— Tu es sûr que ce n'est pas une excuse ? répliqua-t-elle, choquée qu'il ait accepté des heures supplémentaires dans un tel moment.

— Une *excuse* ? répéta-t-il en lui lançant un regard noir. Qu'est-ce que tu veux dire ?

— Eh bien, que c'est peut-être moins dur d'aller travailler que de rester coincé ici avec Mme Cancer.

— Ellie ! Comment peux-tu dire une chose pareille ?

— Je parle d'expérience. C'est exactement ce que mon père faisait quand j'étais malade. Et c'est ce qui a détruit la relation de mes parents.

— Nous ne sommes pas tes parents.

C'était vrai. Contrairement à ses parents, ils n'étaient même pas mariés.

Voyant qu'elle ne répondait pas, il la regarda, agacé.

— Le médecin a dit que tu n'aurais pas les résultats des tests avant trois jours au moins. Je reviendrai dès que j'aurai fini mon service. Et toi, tu fais comme si je t'abandonnais.

C'était le cas ! Elle prit une profonde inspiration, s'efforçant de garder son calme, mais c'était de plus en plus difficile. Sa mère ressentait-elle la même chose lorsque son père se réfugiait dans le travail ? Abandonnée, alors qu'elle avait besoin de lui ? Elle fit un effort surhumain pour ne pas pleurer.

— Tu as tout à fait raison, Liam, mais je ne peux pas m'empêcher de me sentir abandonnée. Je suis désolée, ce n'est peut-être pas juste pour toi, mais c'est ce que je ressens. Tu ne m'as même pas consultée.

— Je n'y ai pas pensé, désolé. Et puis je vais travailler, pas faire la fête, bon sang !

— Je sais que c'est irrationnel, mais c'est la nature même des sentiments, répliqua-t-elle, réalisant qu'il pensait sans doute qu'ils n'étaient pas assez proches pour prendre la peine de la consulter.

Il poussa un profond soupir.

— Nous sommes ensemble, Ellie.

Elle jeta un œil au sac de voyage posé près de la porte.

— Si tu le dis…, murmura-t-elle.

Il suivit son regard et fronça les sourcils.

— Tu aurais pu refuser ? demanda-t-elle.

— C'est mon travail, répondit-il, inflexible.

— Mon père aussi avait un travail. J'ai vu ce que mon cancer a fait à mes parents, à leur relation. Longtemps, je m'en suis voulu. J'étais convaincue que tout était de ma faute, mais maintenant je sais que non. J'ai eu un cancer, mais je ne veux pas être assimilée à cette maladie. Je suis désolée si tu es incapable de faire face, mais ce n'est pas ma faute.

— Je ne t'abandonne pas, Ellie. Simplement, j'ai besoin d'un peu de temps et d'un peu d'air pour digérer tout ça.

— Ça, je peux le comprendre. Mais sache quand même que je ne m'engagerai jamais dans une relation avec un fantôme.

Trois heures plus tard, Liam était à la caserne. Les mots d'Ellie résonnaient toujours dans sa tête. Partir alors qu'elle attendait les résultats de sa biopsie était un geste lâche. Mais c'était trop d'émotions à gérer pour lui, et il avait préféré fuir.

Ellie aurait pu le détester. Il se détestait lui-même.

Légalement, la caserne ne pouvait lui imposer un service supplémentaire, mais il n'avait pas refusé. Parce qu'il avait paniqué.

Depuis l'épisode de la salle de bains, c'est à peine s'il arrivait à respirer. Comme si le cauchemar qu'il avait vécu avec sa mère puis avec son ami et mentor Sean recommençait. Il allait perdre Ellie et, cette fois, il ne s'en remettrait pas.

Il s'était efforcé de vaquer normalement aux quelques occupations domestiques chez Ellie, mais ces routines ne lui avaient apporté aucun apaisement.

Avait-il vraiment cru que s'éloigner d'Ellie permettrait d'atténuer la douleur, ferait disparaître la peur ? En réalité, cela produisait l'effet inverse.

À peine arrivé à Boston il avait appelé Ellie pour prendre des nouvelles, et leur échange avait été plus que froid.

Avait-il commis la plus grosse erreur de sa vie ?

Il secoua la tête, jetant sur son épaule la peau de chamois avec laquelle il venait d'astiquer le moteur au lieu de regarder un film avec ses autres collègues.

— Le chef veut te voir, McBride.

Liam hocha la tête et jeta la peau de chamois au stagiaire.

— Vas-y, Gilman, termine.

Que pouvait vouloir son chef ? Il s'immobilisa devant le bureau dont la porte était ouverte.

— Tu voulais me voir ?

Al Harris s'approcha pour lui serrer la main.

— Je voulais être le premier à te féliciter, *capitaine* McBride.

Liam le dévisagea, interdit. *Capitaine* ? *Lui* ? Il avait réussi à passer capitaine avant son père ? Pourtant, la nouvelle ne parvint même pas à le faire sourire.

— Eh bien, tu as vraiment une sale tête pour quelqu'un qui vient d'atteindre l'objectif de sa vie, lui fit remarquer Al.

Oui, pourquoi cela ne lui faisait-il pas plus d'effet que ça ? Bien sûr, il était fier, mais il ne se sentait pas plus heureux pour ça.

— Bon, maintenant, pose tes fesses sur cette chaise, McBride, et dis-moi ce qui ne va pas.

Le lendemain matin, après son service, Liam se rendit à la maison de son enfance, où son père vivait à présent avec Doris. Il avait toujours des sentiments mitigés chaque fois qu'il revenait ici. Au début, c'était réconfortant car il sentait la présence de sa mère. Aujourd'hui, c'était tout autant la maison de Doris que celle de Bridget McBride.

Il sonna et attendit.

Les rhododendrons que sa mère avait tant aimés avaient besoin d'être taillés, mais c'était trop tard. La saison était trop avancée pour le faire maintenant. Sa mère lui avait appris qu'il fallait les tailler dès la fin de la floraison, faute de quoi on risquait de couper les boutons de fleurs de l'année suivante. Une fois, elle l'avait obligé à les tailler pour le punir d'une bêtise dont il ne gardait aucun souvenir.

Il se frotta la poitrine en se rappelant que, ce jour-là, elle avait acheté des glaces au vendeur ambulant juste avant le dîner, ce qui était exceptionnel. Il se souvenait encore du clin d'œil complice qu'elle lui avait adressé lorsqu'ils les avaient mangées ensemble, assis sur le perron.

Doris ouvrit la porte, manifestement aussi surprise que ravie.

— Liam ! Quel plaisir de te voir ! Entre.

— Salut, Doris, mon père est là ? s'enquit-il en l'étreignant rapidement.

— Oui, sur la terrasse. Je peux t'offrir quelque chose ? Un café ? Un muffin ?

— Non, merci. Je ne reste pas longtemps.

— Comment va Ellie ? demanda Doris en l'accompagnant à travers la maison.

— Elle va bien.

Hormis le fait qu'il l'avait abandonnée alors qu'elle attendait les résultats d'une biopsie. Mais il n'avait aucune intention de s'étendre sur le sujet.

— Elle attend avec impatience le deuxième trimestre qui est censé être plus facile, ajouta-t-il.

— Normalement, oui, mais je n'ai jamais eu de jumeaux.

— Eh bien, on est deux, alors.

Elle se mit à rire et ouvrit la porte qui donnait sur le jardin.

— Mac ? Liam est passé te voir.

Son père lâcha son râteau et se dirigea vers lui.

— Je suis si content que tu sois là. Laisse-moi te

féliciter, *capitaine*, dit son père en l'étreignant maladroitement.

— Tu es au courant ?

— Il faut croire… J'ai encore quelques contacts à la caserne, tu sais.

— Merci, dit Liam avant de s'éclaircir la gorge.

Son père fronça les sourcils.

— Qu'est-ce qui ne va pas, fils ? On ne dirait pas que tu viens d'apprendre une bonne nouvelle.

Liam ne répondit pas tout de suite.

Comment était-il censé expliquer le vide qu'il ressentait en lui ? Bien sûr, il était fier d'être capitaine, mais après avoir abandonné Ellie, il culpabilisait tellement du mal qu'il lui avait fait qu'il ne pouvait même plus penser à autre chose. D'ailleurs, n'était-ce pas totalement égoïste ? Pourquoi ne pensait-il qu'à sa propre douleur ? Il aurait dû être auprès d'Ellie pour la réconforter, l'aider à gérer son angoisse dans l'attente des résultats de sa biopsie. Comment avait-il pu croire que, loin d'elle, il parviendrait à mieux gérer sa peur ?

— Qu'est-ce qui t'arrive, mon fils ?

La voix de son père le ramena à l'instant présent, et il expliqua rapidement la situation. Il avait honte de reconnaître sa lâcheté mais il ne pouvait plus s'en cacher.

— Lorsque Ellie m'a montré la boule sous son bras, j'ai paniqué. Après ce qui s'est passé avec maman, je ne suis pas sûr d'avoir le courage nécessaire d'aimer quelqu'un que je risque encore de perdre. Contrairement à toi.

— Ce n'est pas du courage.

— Alors qu'est-ce que c'est ?

— Eh bien, la certitude d'avoir trouvé quelqu'un qui soit plus important que ta peur, répondit son père en le regardant dans les yeux. Ellie est-elle plus importante que ta peur ?

Ellie prit sa veste et referma son casier avec un soupir. Liam était parti depuis vingt-quatre heures mais elle ne se remettait toujours pas de son départ. Il l'avait appelée à son arrivée à Boston, lui avait envoyé un texto dans la journée mais sans donner la moindre précision quant à son retour. Apparemment, il avait quelques affaires à régler avant, avait-il indiqué.

S'était-elle montrée trop dure avec lui ? Trop exigeante ? Peut-être lui demandait-elle plus que ce qu'il pouvait donner. Ce n'était pas sa faute, ni la sienne. C'était juste… triste.

Elle fit quelques mouvements pour étirer son cou, essayant de retrouver un peu d'énergie tout en cherchant ses clés au fond de son sac. Relevant la tête, elle s'arrêta net au beau milieu du parking. Liam était appuyé contre sa voiture, bras croisés, tête baissée.

— Liam ?

Il releva la tête et esquissa un rapide sourire, cherchant son regard.

— Salut, Ellie.

— Tout va bien ?

Il s'approcha et, posant les mains sur ses épaules, les massa doucement.

— Ça va maintenant, dit-il. Tu as eu des nouvelles ?

Elle secoua la tête, craignant que sa voix ne trahisse son émotion. L'éclat du regard de Liam faisait naître en elle quelque chose qui ressemblait à de l'espoir. Mais l'espoir était dangereux. L'espoir poussait à être sincère, à se dévoiler. Cela pouvait être dévastateur, même si l'on s'exprimait avec prudence.

Il lui pressa les épaules.

— Il faut que l'on parle, dit-il. Peux-tu m'accorder un moment ?

Parler ? Oui, ils en avaient besoin mais, pour le moment, elle était juste soulagée de le voir. Elle fit de son mieux pour tuer l'espoir qui ne cherchait qu'à éclore. Mais peut-être se contenterait-il de parler logistique ou garde partagée après la naissance des jumeaux.

Certes, il paraissait impatient. Elle se souvint alors qu'il attendait toujours sa réponse.

— D'accord, répondit-elle. Tu viens chez moi ?

— J'ai quelque chose à te montrer d'abord, si tu veux bien.

Elle hocha la tête, essayant toujours de deviner à quelle sauce elle allait être mangée.

Il lui prit la main.

— Prenons mon pick-up, dit-il. Nous reviendrons chercher ta voiture après.

— Que… que veux-tu me montrer ?

— Notre avenir, répondit-il, ouvrant la portière passager.

Elle le dévisagea sans comprendre.

Du bout du pouce, il leva son menton et déposa un chaste baiser sur ses lèvres.

— Liam, qu'est-ce que ça veut dire ?

Elle ne comprenait rien à son attitude. Comme s'il hésitait entre l'appréhension et l'enthousiasme. Mais peut-être était-ce elle qui perdait la tête. Dans ce genre de situation, une double dose d'hormones de grossesse n'aidait pas à voir clair.

— J'ai besoin de ton avis à propos de quelque chose, précisa-t-il en se glissant derrière le volant sans mettre le contact. Mais d'abord, je veux m'excuser d'avoir pris la fuite. Je n'aurais pas dû faire ça.

— Et je n'aurais pas dû t'accuser de m'avoir abandonnée. J'ai peut-être réagi de façon excessive.

Il lui prit la main et la porta à ses lèvres.

— J'aurais dû mieux m'expliquer, Ellie. Je regrette la façon dont j'ai géré les choses avec ma mère, et pourtant je me suis comporté de la même façon avec toi.

— Je connais un très bon groupe de soutien pour les familles exposées au deuil, si ça t'intéresse. Peut-être même pourrons-nous y aller ensemble. Mais d'abord, je veux voir ce que tu as à me montrer.

Il lâcha sa main et démarra.

Il la regarda plusieurs fois tandis qu'ils traversaient la ville. Mais il ne s'expliqua pas davantage.

— Tiens, on va chez ta sœur ? fit-elle remarquer en voyant qu'il tournait dans l'allée menant chez les Cooper.

— Il n'y a pas qu'une seule maison, ici, répondit-il avant de s'arrêter devant un ravissant cottage situé juste en face de chez Meg et Riley.

Bondissant hors du pick-up, il se précipita pour lui ouvrir la portière.

— Doucement, dit-il en lui tenant la main. Cela aurait été mieux à la lumière du jour, mais je ne pouvais pas attendre demain.

Elle le dévisagea, perplexe.

— Liam, je ne comprends toujours pas ce que l'on fait ici.

— Je l'ai dit, on est là pour voir l'avenir.

Son cœur se mit à battre tellement fort qu'elle eut l'impression qu'il allait jaillir hors de sa poitrine.

D'un mouvement circulaire du bras, Liam montra le vaste jardin qui s'étendait entre le bungalow de sa sœur et le cottage qui lui faisait face.

— Je vois des enfants, les nôtres et leurs cousins, courir dans ce jardin, dit-il. Peut-être même un chien, le nôtre, en train de les poursuivre. Des parties de base-ball, de football et des barbecues en été.

Pivotant sur lui-même, il lui prit les mains et s'éclaircit la gorge.

— Je t'aime, Ellie Harding. Quoi qu'il advienne. Aujourd'hui et à jamais. Pour le meilleur et pour le pire. Veux-tu m'épouser et vivre ici avec moi ?

Elle ouvrit la bouche et la referma, à court de mots.

— Mais… et ton travail ? Et ta maison à Boston ?

— Quand le chef Harris m'a annoncé que je passais capitaine, on…

— Quoi ? s'exclama-t-elle en lui donnant une tape sur l'épaule. Tu es passé capitaine et tu ne me le dis que maintenant ?

Il haussa les épaules.

— Ça n'a aucune importance, marmonna-t-il.

— Comment peux-tu dire ça ? Mais si, c'est important.

— Pas autant que toi et les jumeaux. Et que vivre ici en famille. Le chef Harris n'arrêtait pas de me demander quand j'allais lui vendre ma maison et, hier, je lui ai proposé de me faire une offre. De plus, j'ai réussi à mettre la main sur le propriétaire du cottage, et il est prêt à vendre. Alors, qu'est-ce que tu en dis ? On fait une offre ?

Submergée par l'émotion de voir ses rêves se réaliser,

elle secoua la tête et étouffa un sanglot. Voyant que Liam devenait blanc comme un linge, elle réalisa qu'il avait mal interprété sa réaction. Elle se jeta dans ses bras.

— Moi aussi, je t'aime, murmura-t-elle d'une voix étranglée.

Il sourit, posant sur elle un regard brillant d'espoir.

— Alors, c'est oui ?

Cette fois, elle hocha vigoureusement la tête.

— Attends, dit-il en reculant de quelques pas. Normalement, j'aurais dû faire ça en premier…

Plongeant la main dans sa poche, il en sortit une bague.

— C'était celle de ma mère. Mon père me l'a donnée aujourd'hui. Veux-tu m'épouser, Ellie ?

— Oui !

Il glissa la bague à son doigt et l'embrassa.

— Je n'ai pas encore reçu les résultats de la biopsie.

— Je n'ai pas encore de nouveau travail, répliqua-t-il. Mais nous règlerons ces détails ensemble, ajouta-t-il en essuyant du bout du pouce ses joues striées de larmes.

— Je rêve ou tu es en train de me dire que je viens d'accepter d'épouser un chômeur ?

— Allons, tu ne vas pas laisser ce genre de détail t'arrêter, si ? En fait, je suis toujours sous contrat mais je vais devoir réduire mon temps de travail. Quand je t'attendais sur le parking, mon père m'a appelé pour me dire que le Bureau des Enquêtes Incendies du Vermont cherchait quelqu'un.

— Et ça te plairait vraiment, ce genre de travail ?

Il posa la main sur son ventre rebondi avant de répondre :

— Tout ce qui compte dans ma vie se trouve là, avec toi.

— Et si les résultats de la biopsie ne sont pas bons ?

— Alors nous déclarerons la guerre au cancer et nous nous battrons ensemble. Quoi qu'il arrive, tout le clan McBride fera bloc derrière toi.

Épilogue

Six mois plus tard.

— Tu sais mon grand, tu n'avais pas besoin de jouer autant des coudes pour sortir le premier. Comme tu le sauras bientôt, rien ne sert de courir, murmura Liam à son fils nouveau-né, Sean, qui le regardait fixement.

Il se tourna vers l'autre bébé presque identique qui occupait le berceau voisin.

— Quant à toi, Miss Bridget, je compte sur toi pour rappeler à ton frère qu'il n'y a pas que la vitesse dans la vie, mais aussi la gentillesse, sans parler de la beauté.

Sa fille tressaillit dans son sommeil et il se pencha pour lui déposer un baiser sur le front.

Il se tourna alors vers Ellie, sa précieuse épouse qui, malgré la course folle vers l'hôpital, était tout sourire.

— Tu as vraiment assuré, Harding, bredouilla-t-il, les larmes aux yeux. Ou devrais-je dire McBride ? Tu es vraiment de la famille, maintenant.

— Tu ne t'es pas mal débrouillé non plus, McBride, répondit-elle, tout aussi émue.

Il déglutit et se concentra, pour caler les deux bébés au creux de ses bras.

— Vous avez entendu, j'espère, leur dit-il. C'est

peut-être la dernière fois que votre mère me fait un compliment pareil.

Ellie remua les pieds sous les couvertures.

— Meg va être tellement jalouse que je puisse enfin voir mes pieds, fit-elle remarquer en riant.

Liam regarda son fils.

— Il faut quand même que tu saches quelque chose, mon bonhomme : les femmes de la famille ont l'esprit de compétition.

— Au moins, maintenant, je peux mettre mes chaussures toute seule, poursuivit Ellie en étouffant un bâillement. Quand j'y pense, quelle chance que vous ayez pu terminer la chambre d'enfants, Riley et toi.

Liam hocha la tête.

Les derniers mois avaient été particulièrement mouvementés, avec un mariage, la vente d'une maison et l'achat d'une autre, et le début de son nouveau travail au Bureau des Enquêtes Incendies. Mais pour rien au monde il n'aurait échangé une minute de cette nouvelle vie contre celle qu'il avait quittée. Même si l'attente des résultats de la biopsie avait mis tout le monde sur des charbons ardents. Cela dit, la fête qu'ils avaient organisée en famille pour célébrer la bonne nouvelle avait été inoubliable.

— Pourquoi tu souris comme ça ? demanda Ellie.

Calant les bébés dans ses bras, il se leva.

— Je pensais à ma chance. Je suis plus qu'impatient de commencer ce nouveau chapitre de notre vie.

Elle haussa un sourcil.

— Quel chapitre ?

S'approchant du lit, il posa doucement leur fils dans les bras d'Ellie.

— Changer les couches, pourchasser les Razmokets dans le jardin, sécher leurs larmes, repêcher les Barbie au fond des toilettes…

Ellie bâilla de nouveau et fit un câlin à son fils.

— Je crois que je ferais mieux de me reposer, murmura-t-elle. C'est vrai que je vais être bien occupée…

Liam l'embrassa en souriant.

— Je ne disais pas ça pour toi, mais pour nous, précisa-t-il. Nous sommes dans le même bateau, Ellie. Aujourd'hui et pour toujours. Peu importe ce que l'avenir nous réserve, c'est toi et moi, ensemble. Partenaires pour la vie.

— Au lit aussi, n'oublions pas ! ajouta-t-elle en riant.

Et en l'entendant rire, il sentit son cœur se gonfler d'amour.

Retrouvez prochainement,
dans votre collection

PASSIONS

Les flammes de la passion, de Sheri WhiteFeather - N°1043

SÉRIE : LIAISONS À LOS ANGELES 1/2

C'est décidé : Margot va mettre un terme à la liaison qu'elle entretient avec son ex-mari Zeke ! Bien que ses baisers langoureux la fassent fondre, leur relation est dans l'impasse. Parce qu'elle est une célèbre actrice, Margot vit sous le feu des projecteurs, tandis que Zeke aspire à une vie tranquille. Surtout, il y a Liam, le petit garçon qu'elle vient d'adopter, et auquel elle veut pouvoir se consacrer sans imaginer à chaque instant que Zeke pourrait faire partie de leur famille…

Amis et amoureux, de Sheri WhiteFeather

SÉRIE : LIAISONS À LOS ANGELES 2/2

Bailey et Wade étaient de simples amis au lycée, mais une réunion d'anciens élèves les entraîne sur la piste de danse… et dans un lit. Bailey entame alors une liaison sans attache avec l'ancien rebelle devenu milliardaire. Pas exactement le *happy ending* qu'elle espérait… En effet, troublée par les tendres sentiments que Wade éveille en elle, Bailey craint d'avoir le cœur brisé quand viendra l'heure de se séparer…

La proposition de l'héritier, de Niobia Bryant - N°1044

Bobbie, détective privée de renom, a bouleversé la vie de Lincoln en lui révélant qu'il était l'héritier de Phillip Cress, un riche homme d'affaires à la tête d'un empire culinaire. Alors qu'elle pensait en avoir fini avec son enquête et cet homme exaspérant, voilà qu'elle le retrouve à New York quelques mois plus tard. Et sa surprise grandit encore quand Lincoln lui propose de jouer le rôle de sa petite amie auprès de sa nouvelle famille…

Troublée malgré elle, de Kerri Carpenter

Grace doit faire équipe avec Xander pour préparer le mariage de leurs meilleurs amis. Un seul problème : ils ne cessent de se disputer ! Pourtant, Grace doit bien l'admettre : malgré son arrogance, Xander l'attire au plus haut point ! Et quand un baiser troublant les transporte, Grace se surprend à espérer voir leur étreinte se prolonger encore…

Dans le lit du play-boy, de Katherine Garbera - N°1045

SÉRIE : UN MARIAGE À NANTUCKET 2/3

Créatrice de bijoux, Danni a besoin d'un mentor, pas d'un amant ! Alors que le mariage de son amie était l'occasion parfaite pour rencontrer Leo Bisset, son rival en affaires, et lui demander des conseils pour lancer son entreprise, voilà qu'elle a passé la nuit avec lui ! Une nuit de rêve mais dont elle mesure aujourd'hui la folie. *Jamais* elle n'aurait dû mêler travail et plaisir…

Sous le charme de Spencer, de Brenda Harlen

Kenzie était éperdument amoureuse de Spencer lorsqu'elle était adolescente, avant qu'il quitte leur petite ville de Haven, dans le Nevada. Or – surprise ! – le champion de rodéo est de retour, accompagné par sa fille de quatre ans. Si Kenzie ne tarde pas à retomber sous le charme de son premier amour, elle reste sur ses gardes. Pas question pour elle d'avoir le cœur brisé une seconde fois…

Un séduisant célibataire, de Karen Booth - N°1046

SÉRIE : SCANDALEUSES RÉVÉLATIONS 2/3

Les intentions de Taylor sont tout sauf romantiques quand elle gagne une soirée avec Roman Scott à une vente aux enchères. Ce qu'elle veut, c'est approcher le séduisant hôtelier afin de solliciter ses conseils pour le lancement de son hôtel. Hélas, elle perd vite son objectif de vue, en succombant au plaisir entre les bras de Roman. Un moment d'égarement qu'elle regrette d'autant plus que le sulfureux compte « Petit Carnet Noir » menace bientôt de le dévoiler…

En souvenir de nous, de Jessica Lemmon

La tentation. Voilà ce qui réunit Vic et Aubrey, sa trop charmante ex-petite amie. Mais quand, le lendemain, cette dernière est victime d'un accident et perd en partie la mémoire, leur relation devient plus ambiguë encore. Parce qu'elle a tout oublié de leur rupture, le rancher décide de jouer le jeu pour ne pas la brusquer. Une comédie dangereuse, car tout en comprenant qu'il aime encore Aubrey, Vic se demande comment elle réagira le jour où les souvenirs lui reviendront…

Ce fils dont tu ne sais rien, de Cat Schield - N°1047

Harcelée par sa belle-famille – qui menace de lui retirer la garde de Dylan, son fils de dix-huit mois, si elle ne renonce pas à son héritage –, Savannah comprend qu'elle n'a plus le choix : elle va devoir accepter la protection que lui propose Trent, son ex-fiancé. Trent, qu'elle a toujours passionnément aimé, mais qu'elle a quitté deux ans plus tôt sans lui dire qu'elle attendait un enfant de lui...

Rival et amant, de Michelle Celmer

Comment Roman ose-t-il revenir dans sa vie pour lui demander une seconde chance ? Pour Grace, il est absolument hors de question de renouer avec le détective privé, qui s'est odieusement servi d'elle pour détruire sa famille dix ans plus tôt. Pourtant, chaque regard que Roman lui lance la bouleverse. Au point que, bien qu'elle s'en défende, Grace se surprend à douter. Est-elle en train de commettre une terrible erreur en le repoussant ?

Un époux sous contrat, de Joanne Rock - N°1048

Depuis qu'elle vit avec Quinn, Sofia est perdue. Car, à force de côtoyer cet homme très séduisant, elle en est arrivée à la plus inattendue des conclusions : il est le prince charmant dont elle a toujours rêvé ! Hélas, il ne s'agit entre eux que d'un mariage de convenance lui permettant à elle, danseuse étoile au ballet de New York, de repousser ses admirateurs les plus insistants. Malgré leur formidable entente, jamais Quinn ne partagera ses sentiments...

Coup de foudre au Texas, de Jules Bennett

Frappée par un coup de foudre pour Colt Elliott, Annabelle est désemparée. Cet homme est son ennemi, celui qui a ruiné son père ! Si elle lui fait face aujourd'hui, c'est pour lui demander d'annuler une dette de jeu – une hypothèque sur leur maison de famille. L'enjeu est trop grand pour abandonner la lutte. Annabelle doit se ressaisir. Sur-le-champ.